长篇纪实文学

红色杨牌坊

孙仲◎著

一个红色村庄，也是一座
不朽的丰碑，一面飘扬的旗帜

中国文史出版社

图书在版编目（CIP）数据

红色杨牌坊 / 孙仲著 . —北京：中国文史出版社，2022.8

ISBN 978-7-5205-3572-4

Ⅰ . ①红… Ⅱ . ①孙… Ⅲ . ①纪实文学—中国—当代 Ⅳ . ① I25

中国版本图书馆 CIP 数据核字（2022）第 116226 号

责任编辑：方云虎

出版发行：**中国文史出版社**
社　　址：北京市海淀区西八里庄路 69 号院　邮编：100412
电　　话：010–81136606　81136602　81136603（发行部）
传　　真：010–81136655
印　　装：廊坊市海涛印刷有限公司
经　　销：全国新华书店
开　　本：710 × 1000 毫米　1/16
印　　张：19.5
字　　数：269 千字
版　　次：2022 年 11 月第 1 版
印　　次：2022 年 11 月第 1 次印刷
定　　价：68.00 元

杨琛

杨秉刚

杨秉国

杨秉承

杨秉钧

张立梅（女）

杨秉模

杨秉尧

杨秉芝

杨秉华

杨行奎

杨连

杨珍

杨维澍

张惠琴（女）

杨耀东

范锡华（女）

杨曙明

杨玉华（女）

杨效周

以杨牌坊烈士杨炳来名字命名的炳来路

杨牌坊昔日村貌

目　录

CONTENTS

引　言 / 1

第一编　渊源

第一章　崇文尚武植家风 / 6

1. 杨牌坊今昔 / 7
2. 尚武扬正气 / 11
3. 崇文树家风 / 14

第二章　精神图腾百岁坊 / 19

1. 关于祖上的传说 / 20
2. 此牌坊非彼牌坊 / 21
3. 牌坊今何在 / 23

第二编　火种

第三章　党的光辉照大地 / 28

1. 党组织送来光明火种 / 28
2. “大游行”影响深远 / 30
3. “读书会”点亮思想航灯 / 33

4．“民先队”指引成长方向／34

第四章　革命浪潮滚滚来／37

1．八路军宣传到村头／37

2．民主政府近在咫尺／42

3．曾经的牌坊乡／44

第三编　革命

第五章　救亡图存寻大道／52

1．参加革命蔚然成风／52

2．参军入伍争先恐后／55

第六章　革命不分先与后／61

1．二次入伍表衷心／62

2．离开了组织，依然为党服务／65

3．挣脱婚姻的枷锁／68

4．从国民党区长到人民教师／70

第七章　巾帼奉献绽芬芳／75

1．战争，很难让女人走开／76

2．三吊铜钱送子参军／81

3．慈母寻儿泪花流／83

4．一声“干妈”见证革命情谊／88

5．新婚第三天，送夫出征／90

6．追随丈夫到军营／93

第四编　征战

第八章　南征北战舍生死／96

1．到战争中接受锻炼／97

2．血染八滩／103

3．激战娘娘庙／105

4．见证三任通信员的牺牲／107

5．攻克“海防司令”的老巢／112

6．联防队历险记／116

7．卫生战线的“长征”／119

8．记者生涯中的十八天／127

第九章　烈士光辉照千秋／131

1．鲜血染红的炳来路／132

2．血洒宿北战场／136

3．捐躯沙场，长眠异乡／140

4．没有违背参军诺言／144

第五编　解放

第十章　苦尽甘来得解放／150

1．备战中迎来新中国诞生／151

2．公园收听开国大典实况／154

3．不比上战场从容／156

4．欢庆之后，他们继续战斗／161

5．解放了，她等来的却是噩耗／167

第十一章　重整行囊再出征／170

1．演习中紧急入朝／171

2．真正意义上的立国之战／175

第十二章　硝烟散尽心如初／181

1．四海为家／182

2．战争带来的伤痛／196

3．淡漠私念心自宽／201

4．做一个对社会有用的人／205

5．难忘的年夜饭／208

6．桃李情，赤子心／211

7．笔杆与枪杆的轮回／214

8．七旬老人当“交通员”／219

9．退伍不褪色／222

10．滚滚长江寄深情／223

第六编　传承

第十三章　薪火相传铸军魂／230

1．崇军传统代代扬／231

2．战火中的援建／237

3．在父辈的引领下前行／243

4．一生从戎无怨无悔／252

5．在绿色军营中锤炼火热青春／261

6．与小白杨一同守边防／265

7．疫情面前再显军人本色／272

第十四章　觅迹寻踪讴先贤／277

1．一篇文章的启发／278

2．特殊“采访团”／280

3．源源不断的资料／283

4．层出不穷的线索／287

5．尘封的纪念章／291

结　语／295

引　言

在花乡沭阳这片广袤土地上，有一个默默无闻却又不同寻常的小村庄，就好似含苞待放的花朵，不绽则已，绽则香飘四溢、惊艳八方——因为它不是一个普通村庄，而是一个具有深厚底蕴与光荣传统的革命村庄，红色家园。

它，就是江苏省沭阳县马厂镇炳来村的杨牌坊！

今天，我们就来认识一下这个不一样的小村庄。

杨牌坊，因村中人杨姓居多，且杨氏祖上曾被乾隆皇帝恩赐建人瑞牌坊一座而得名。中华人民共和国成立前，这里走出了32位为中国人民解放事业英勇奋斗的革命者，其中4位为国捐躯，成了烈士，多位成为军队将领、地方干部或企业领导；中华人民共和国成立后，又先后有40多人当兵入伍，支持国防，可谓是名副其实的革命村庄、红色村庄。

对于人类来说，村庄是一个非常普遍的聚居形式。也有人说，它是走向高级聚落——城市的必经形式。

中国的村庄，因其与众不同的地理环境、容貌特征、文化背景、道德传统等，一直在世界上享有盛誉，备受瞩目。

其中，形成鲜明特色，并因此赢得相应称号的村庄更是不少，如状元村、教师村、长寿村、书法村、花木村、淘宝村等。而英雄村、将军村之类的红色村庄或者说革命村庄，也是其中的一种。

在中国革命大潮中，村庄的影响及贡献很大。特别是抗日战争和解放战争期间，村庄成为重要的阵地。

当时在很多村庄，奔流不息的革命精神不断蔓延，如火燎原，乡亲们深受影响，或帮地下党联络工作，开展隐蔽活动；或直接拿起武器，投入战斗。

他们的英勇表现，彰显出保家卫国、救亡图存的家国情怀和大无畏的斗争精神，同时也铸就了一个个“红色村庄”的辉煌。

曾风靡一时的革命题材电影《地道战》《地雷战》《小兵张嘎》等，便是根据战争年代一些村庄的革命事迹、传奇故事改编拍摄的。

而在沂蒙山区，还因一群送子参军、送夫支前，舍生忘死救伤员、不遗余力抚养革命后代的母性群体的杰出贡献，催生了感天动地的“红嫂精神”“沂蒙精神”，激励着后人。

人们常说，一个烈士就是一座不朽的丰碑，一个英雄就是一面飘扬的旗帜。其实村庄又何尝不是？完全可以说，一个红色村庄，也是一座不朽的丰碑、一面飘扬的旗帜！

在全国各地，有许多村庄以革命烈士的名字命名，如开慧村、尚志村、本斋村等，个中原委莫过于此。

而杨牌坊这样一个无名小村庄，在中国革命进程中也作出过重大贡献，同样值得关注。

2020 年 11 月 24 日，《宿迁日报》刊登了一篇题为《红色杨牌坊》的文章，让人对杨牌坊的革命事迹有了初步了解，也让很多本土读者、网友惊叹，“在我们身边竟然还有这样一个名不见经传的红色村庄”。

该文由杨牌坊革命后代、江苏省化工设计院原高级工程师杨星惠撰写。杨星惠是曾任黑龙江省军区司令部副参谋长等职的杨牌坊老革命杨琛（上校军衔）的女儿，近年来一直致力于对家乡革命事迹的挖掘、整理与宣传。

其实，《红色杨牌坊》只是揭示了杨牌坊红色过往的冰山一角，该村鲜为人知的革命事迹还有很多呢。

2021年6月1日，党的百年华诞前夕，《宿迁晚报》利用一个整版刊登了《抗日烽火中我入了党》这样一篇长稿，再度关注了杨牌坊。

该文系杨牌坊早期革命者、曾任中国人民解放军三野第九兵团第26军88师262团1营教导员等职的杨秉钧生前回忆，其子杨燎原后期整理，回顾了杨秉钧从走出杨牌坊，加入革命队伍，到在党组织的关心下不断成长，并在战争中“火线入党”的光辉历程。

而像杨秉钧这样，在战争烽火中背井离乡，出生入死，并光荣加入中国共产党，继而为中国革命作出巨大贡献的，在杨牌坊还有很多人，一度成为一种现象。

其中，杨曙明、杨行奎二位革命老人今年分别为93岁和97岁高龄。杨曙明回忆起杨牌坊革命史，依然谈辞如云、清晰如昨，感慨良多而又引以为豪。杨行奎因为身体原因，不方便与人交流，但从他早年写下的日记、自传等资料中，同样可以看出他的革命经历，感受到他对家乡的革命感情。

他们这些早期革命者，是中国历史上极富传奇色彩的一代人。在民族危亡的关键时刻投身革命大潮，历尽艰辛，九死一生，侥幸活到新政权诞生，很多人又被派去异邦作战。杨牌坊的很多老革命，都参加过抗美援朝。

和平建设时期，他们则带着浑身的战伤和病痛，依旧不知疲倦地为国家和军队的建设事业而奔忙。在他们的思维和行为中，既有着共产主义的闪光思想，又富含着中华民族温良恭俭让的传统美德。

他们，永远是我们学习的榜样。

如果说，在硝烟弥漫的战争年代里，出生入死、保家卫国是军人的无悔追求；那么在安居乐业的和平年代中，默默坚守、无私奉献则是军人的滚烫情怀。

有人选择高山，注定要一往无前勇于攀登；有人选择独处，那是为了宁静而致远；有人选择军营，就意味付出和牺牲……

新时代的军人，用顽强拼搏的斗志鼓舞人生，用淬火加钢的铁骨铸造军魂，用披肝沥胆的忠心报效祖国，守护人民。

而在杨牌坊的后人中，革命传统、崇军意识非常浓厚，各个年代都有人选择从军，支持国防，像先辈一样成了“最可爱的人”。其中还有一些人参加过对越自卫反击战、援老（挝）抗美等。包括在卫国戍边、抗洪抢险、抗击新冠肺炎疫情等之中，也常有杨牌坊军人的身影。

他们，同样是我们学习的榜样。

高山仰止，回味无边。对于杨牌坊这样一个革命村庄，红色村庄，我觉得有责任、有义务将其好的传统、好的行为记载下来，传承下去。

尤其是对于杨牌坊的红色历史、光荣事迹，外界知之甚少，这就更赋予了我等庄严而迫切的使命，我们必须行动起来，将其搜集整理，公之于众。

这是对过去有个交代，也是对当下及今后负责。

历史，绝不能在我们这一代人手中消失！

创作本书，对于党和国家倡导的弘扬红色文化、传播正能量、培育社会主义核心价值观来说，也是一种契合和小小的贡献，所以我个人倍感欣慰。

烈火硝烟激荡古今，先辈功勋彪炳史册。谨以此书——

献给每一位对中国革命作出过贡献和牺牲的杨牌坊人。

也献给全国所有的革命先烈。

并愿我们的祖国、我们的家乡，越来越安宁、越来越美好！

第一编
渊源

杨牌坊之所以能从一个普通小村庄变成革命村庄、红色村庄，与村中的人们身上普遍存在侠肝义胆情结、英雄豪情劲儿不无关系。

第一章　崇文尚武植家风

来自西南方的港河（亦称古港河），从六塘河畔起步，在沭阳县马厂镇境内蜿蜒曲折，就像一条巨龙，朝东北方向盘旋而去，先入柴南河，后入柴米河，再入盐河，最后流入大海。

碧水悠悠、波光粼粼的港河，一度被视为马厂的母亲河，不仅曾船来船往、商贾云集，更润泽了沿岸人民，福佑一方。

“十里港河九道湾，湾湾圣水育英才。”港河在马厂境内先后拐了九道弯，每道弯如今都是一处好村庄，它们分别是张湾、徐湾、穆湾、田湾、纪湾、沈湾、南坝头湾、西桥头湾和范湾。

中华人民共和国成立后，马厂兴修水利，在镇域的东西两边各挖了一条南北方向的灌溉渠，曰厂东大沟、厂西大沟。其中厂西大沟在范湾附近与港河相遇。

当时，港河已趋于荒废，出于修渠需要，便将其隔断，以保证厂西大沟的完整性及送水通畅。

从厂西大沟与港河交岔处向南约1公里，有一个东西走向的静谧小村庄，叫杨牌坊。

就是这个小小的杨牌坊，在抗日战争及解放战争期间先后有30多人参加人民军队或地方革命工作，成为当地独树一帜的革命村庄。

而中华人民共和国成立后，该村又先后有40多人当兵入伍，支持国防建设，继承和发扬了村中先辈们的革命精神与崇军传统，同样在当地产生了很大影响。

探寻个中缘由，不难发现，这与该村的历史渊源、传统理念有关。

1. 杨牌坊今昔

讲述杨牌坊的悠久历史、优良传统，得从马厂说起。

马厂，是江苏省沭阳县的一个重要乡镇，也是淮海经济区历史名镇。

相传明代开国皇帝朱元璋骑兵部队南征得胜，班师休整途中见该地草肥水甜，气候宜人，遂养兵憩马于此。人们从未见过这么多的马，四里八乡的听说了都过来一睹为快，口口相传，便称之为“马场”，后演变为“马厂”，并且成了这儿的地名。

马厂在中国革命斗争史上有其辉煌的一页，沭阳县第一届县政府便是在马厂的马棚村成立的。许多老一辈无产阶级革命家都曾在这里生活过、战斗过。这里还成立过铁工会，领导当地铁匠们制造土钢枪，支援抗战，被人们称为“马厂造”。

中华人民共和国成立前后，这里曾为马厂区、乡所在地，1958 年成立人民公社，1984 年改为马厂乡，1986 年撤乡建镇至今。

马厂素有“南京到北京，要数马厂大街心”之美誉。1997 年，马厂被批准为江苏省小城镇建设试点示范镇，2014 年，则被评为国家级重点中心镇。

如今的马厂，紧紧围绕上级党委、政府的工作思路，不断开拓创新，狠抓工作落实，通过苦干实干，已成为一颗闪光璀璨的明珠，点缀在花乡沭阳的大地上。

在马厂众多的行政村中，有一个行政村是以烈士名字命名的，叫炳来村。

位于马厂镇西南约 3.5 公里处，靠七里河与塘沟镇接壤的杨牌坊，则是炳来村的一个村民小组。

炳来村由杨牌坊以及杨园、大桥、桥南、桥北、建兴等村民小组组成，目前辖区面积 1.4 平方公里，户籍人口 1840 人，耕地面积 1796 亩。

近些年来，炳来村按照各级政府建设社会主义新农村建设的要求，对全村实施了道路硬化、路灯亮化、村庄绿化、家庭洁化、环境美化等工程，人们生活不断改善，村集体先后被授予文明村、文化示范村等荣誉称号。

通过在杨牌坊实地走访，我深切感受到了这些变化及荣耀。

在炳来村的 6 个村民小组中，杨牌坊和杨园仅一水（厂西大沟）之隔，彼此有着割不断的历史渊源和血脉关系，在这两个小组的成员心目中，他们就是一个庄的，分不出你我。

这种缘分，要从杨牌坊的杨姓始祖说起。

杨牌坊杨姓始祖叫杨迁，并非本地人，而是祖籍泗州（今盱眙）。

明朝万历年间，为躲避水患，杨迁携家眷从泗州来到沭阳生活。先是住在分水龙王庙，后于癸未年（1583 年）东迁至马厂南 7 华里的地方，从此在此定居，繁衍生息。

据杨牌坊老革命杨炳文之子、现年 83 岁的杨星华老人介绍，这儿原本不是村庄，既无村名也无地名，当时只零星住着两三户人家，恰巧也姓杨，杨迁一家到此等于是遇到了本家，所以才定居下来的。

而后来，这两三户人家都搬到其他地方生活了，此处便只剩杨迁一家及其后代，随后逐渐发展成庄，并陆续有少量外姓人家迁入。

还有一种说法是，这儿原本叫杨庄或东杨庄，杨迁一家到此定居时，庄上曾有其他的杨姓人家，只是后来由于种种原因，这些人家的宗脉逐渐衰落（也有部分支系迁居到了外地），而杨迁后代却人丁兴旺，香火鼎盛，延续至今。

在《民国重修沭阳县志》中，有涉及杨迁后人杨文选的记载：“杨文选，字灿生，治东金墩庄农人……”

这里的“治东”，无疑是指沭阳县东部，即马厂一带的意思。“金墩庄”，则可能是杨迁所在的村庄的名字，也可能是那一带大的地名。如今的马厂镇有一个行政村叫金墩，在杨牌坊东北方向约 3 公里处，不知与早年间的“金墩庄”是否有关联。

真相究竟如何，还有待进一步考证。但不管怎么说，有两点是可以肯定的：

其一，杨牌坊杨姓始祖杨迁是从外地漂泊到此处，定居下来并繁衍生息的；

其二，杨牌坊现有的杨姓人家，均为杨迁的后代。

到了清乾隆年间，杨迁重孙杨文选获朝廷恩赐建昇平人瑞牌坊，这儿便被叫作杨牌坊了。杨迁，也就成了杨牌坊杨姓族人的始祖。而杨文选，则被其后人称为先祖四世老太爷。

后来，经过五世、六世、七世的繁衍，杨牌坊杨姓后代达到了 15 户，这儿已成为一定规模的村庄。

此时不知是因为拥挤，还是其他什么缘故，七世杨丕振、杨丕钦兄弟俩从庄上分居到了圩东，也就是现在杨园组西角的位置。那儿原本无人居住，因西边有挡水用的圩堤，所以被称为圩东。

说起圩东的来历，皆因早年间这里经常闹水患。那时，杨家在这一带有很多土地，但因地势西高东低，而且落差很大，所以一遇大水便受灾。后来杨家在这片土地的西侧立起圩堤，情况才逐渐好转。慢慢地，庄上人便将此处称为圩东。

再后来，经过八世、九世、十世的繁衍，庄上（连同圩东）男丁已达 40 余人。此时，十世杨开业、杨开吉兄弟俩又从庄上分居到了园上，也就是现在杨园组东角的位置。这儿原本也无人居住，同样因地势高而被称为园上（意思是上边的园子）。

但从大的村落来说，无论是圩东，还是园上，都属杨牌坊范畴。一方面，当时官方并未对此地进行区划调整，三个庄子就是浑然一体的一个大庄；另一方面，三个庄子的杨姓族人都有先祖四世老太爷的牌坊这一情感组带及纪念场所，因此他们始终认为都是一个庄的，一大家人。包括中华人民共和国成立以后村落调整，杨牌坊老庄成为单独的杨牌坊组，园上以及圩东合并成了杨园组，他们依然认为还都是一个庄的。

也就是说，如今的杨牌坊，从狭义上讲是指杨牌坊组，和相邻的杨园组同属炳来村；而从广义上讲，则是指杨牌坊组和杨园组（亦即其包含的圩东、园上）的共同体，是泛指。

这种现象在全国各地并不鲜见，一个大庄分成了两个甚至多个村组，但各组的成员依旧以大庄的成员自居。这里面，有历史传统的因素，也有血脉亲情的因素，还有文化背景等因素。

事实上，杨文选当时还有一个兄长叫杨文恒，但去向不明，支系失考。而从始祖到三世都是单传，因此说杨牌坊当今杨姓族人都是杨文选的后代，所以他们尊称杨文选为先祖四世老太爷。

这，或许正是杨牌坊杨姓族人能那么团结、那么行动一致的原因所在吧。比如，在20世纪三四十年代血雨腥风的岁月里，全村三十几户人家（除了陈、张等几户外姓，其余全部姓杨），竟先后有30多人参加人民军队或地方革命工作。

抗日战争期间，沭阳县在马厂建立了民主政权以后，杨牌坊还曾被确立为牌坊乡，由杨牌坊革命者杨秉钧任乡长。当时杨牌坊所在的范湾乡，还因杨牌坊出了个烈士杨炳来而改名为炳来乡。

所以说，在马厂辉煌的革命斗争史中，也有杨牌坊的一份勋劳，这个小村庄，为抗日战争和解放战争的胜利作出了不可磨灭的贡献。

2. 尚武扬正气

杨牌坊之所以能从一个普通小村庄变成革命村庄、红色村庄，与村中的人们身上普遍存在侠肝义胆情结、英雄豪情劲儿不无关系。而这，又源于他们的先辈崇尚习武，注重强身健体。

据杨星华老人介绍，杨牌坊杨姓始祖杨迁，当初从泗州来到沭阳生活以后，因有一身武功，便时常到街头卖艺，挣钱养家。

但在同一个地方待久了，观看的人就会越来越少。后来为了多挣些钱，杨迁便带着家眷，从分水龙王庙一路向东，边走边卖艺，最后来到了马厂。

然而在马厂，只能遇到逢集，在街上卖艺才有人看。所以不逢集的时候，杨迁一家便走村串户，登门表演。

这天，他们一家从马厂街往南出行，希望能找到合适的村庄表演。当时他们是沿着港河边上的小路往南走的，一路也没看到有像样的村庄。

到了离马厂街五六华里处（即后来的五里桥附近），港河向西南方向拐了个弯，他们便不再沿河行进，而是顺着庄稼地里的一条羊肠小道继续向南走。

又走了一段路，还是没有村庄。但这时，杨迁看到东南方向不远处（也就是今天的杨牌坊东北角位置）有户人家，正好走累了，便决定过去歇歇脚，顺便打听打听情况。

登门后，接待他们的是一位中年妇女，也就是这家的女主人。对方很热情，赶忙将他们迎进屋，拿板凳让他们坐下，并且解释说丈夫出去给人干活了。

杨迁觉得奇怪，这荒郊野外的，怎么就住着他们一户人家呢？

女主人一边坐下来，拿起先前在缝的衣服继续缝，一边愁苦着脸说：“我们一家原先住在附近的大庄里，因是小姓，总受人欺负，便搬出来住了。”

杨迁随口一问：“你们家姓什么？”

"姓杨。"

一听也姓杨，杨迁赶忙笑着说道："那我们还是本家哩。"

对方一听说是本家，就更热情了。

正聊着，忽然从不远处出现一个人，径直朝这边走来，膀大腰圆的，一看就不是什么好人。

女主人发现后，一阵惊慌，赶忙将正在缝的衣服塞进边上大草锅的炉膛里，还轻声嘟囔了句："孬种又来了，（新衣服）要是被看见，又要抢走了。"

那个男子进屋后，果然耀武扬威、贼眉鼠眼地四处张望，像是寻找什么。片刻，大概是没发现什么，便非常粗鲁地说道："给爷倒碗开水。"

女主人诺诺地答道："对不起，家里没有开水。"

"没有就给我现烧！"说完，男子露出了凶狠的目光，让人不寒而栗。

女主人招架不住男子的盛气凌人，便老老实实地往锅里加水，然后将柴火塞进炉膛，点火烧起来。

自然，藏在炉膛里的新衣服也被烧掉了。

女主人一声不吭，只是默默地流泪。

而烧水期间，该男子不停地在屋里屋外走动，也不说话。

水烧好后，女主人刚装上一碗准备端给该男子，对方却一甩手说道："不喝了。"然后便悻悻地走了。

望着男子远去的背影，杨迁对女主人说："大嫂，我看你这日子过得挺憋屈呀，被人欺负到这程度也能忍啊？"

女主人叹了口气，无奈地说："没办法呀，谁叫咱们是小姓呢。"

接着，女主人告诉杨迁，这里的村霸实在欺人太甚，想找谁家麻烦就找谁家麻烦，见人家有值钱的东西就偷、就抢，弄得像他们这样的小姓人家担惊受怕，平时连件新衣服都不敢穿，怕被他们盯上眼。

杨迁听后，沉思片刻，说："大嫂，既然我们是本家，我也就不客气了，这样吧，我看你家房子还算宽敞，你就容我们借住一段时间吧，我们慢慢在边上盖房子住，陪你们一起生活，今后你们的事就是我们的事，谁要是再来欺负你们，我就替你们主持公道，你看怎么样？”

女主人虽然将信将疑，但对于借宿，她还是能做得了主。

就这样，杨迁到马厂街把租的房子退了，带上行李，便在这户人家暂住了下来。

在这户人家西南方不远处，其实还住着一户人家，只不过房子更小，不太起眼。这家恰巧也姓杨，也是从附近村庄搬出来的。在这家的前方，有一大片荒地，可能由于地势低洼难耕种，一直无人要。杨迁便在此处找了块稍好点的地段，在上面盖了两间房子，正式安家了。

没多久，还真又有村霸上门来找麻烦了。只是，三下两下就被杨迁制服，灰溜溜地走了。

但村霸走了以后，并不甘心，过两天又带着更多的人，重新找上门来。

殊不知，杨迁功夫了得，再多的村霸也不是他的对手，最终还是被打得落荒而逃。

而且，这回杨迁明确警告那些人，今后别再到这边来找麻烦，否则不仅铁拳伺候，还会让他们尝到更大苦头。

大概是知道了杨迁的厉害，此后果然再无村霸登门，杨迁一家和那两户人家从此过上了太平日子。

杨迁的后代中，有不少人继承了习武传统，不仅强身健体，还起到了震慑恶行、弘扬正气、维护一方平安的作用。直至到了抗日战争以及解放战争期间，村中大批杨姓后人毅然投身革命，英勇杀敌，报效国家。

3. 崇文树家风

在杨牌坊杨姓族人的血脉里，始终流淌着两股血液，一股是前面提到的习武之气，一股则是接下来要说的崇文之风。这两股血液，交融共存，相辅相成，塑造着他们的魂魄，指引着他们成长与奋斗。

始祖杨迁虽是习武之人，却也上知天文、下知地理，不输文采。而且，他注重对孩子的培养，早早便将儿子杨明送到邻村一个私塾念书。

后来，杨明不但也让自己的儿子杨守玉从小念私塾，还将两个孙子杨文恒、杨文选双双培养成了远近闻名的文武双全之人。其中，小孙子杨文选长大成人后，更是自己办起了私塾学堂，恩泽子孙，也惠及邻近的百姓。

杨文选办私塾学堂的做法，就像家风一样在后代中不断传承，直到中华人民共和国成立前，杨牌坊还有私塾学堂。比如杨开五（1860 年前后出生）、杨维澍（1896 年出生）等人，便坚持办私塾学堂，传经送文。

据杨牌坊杨姓族谱记载，在杨牌坊杨姓后代中，仅七世杨丕承（杨文选重孙）一门，便有一个岁贡生和四个邑庠生，分别为：

七世杨丕承：岁贡生；

八世杨瑛（杨丕承之子）：邑庠生；

九世杨日乔（杨瑛之长子、杨丕承之孙）：邑庠生；

九世杨日畅（杨瑛之三子、杨丕承之孙）：邑庠生；

十世杨开寘（杨日畅之子、杨瑛之孙、杨丕承之重孙）：邑庠生。

这仅是现存杨牌坊杨姓族谱里的记载，事实可能不止于此。比如《民国重修沭阳县志》中提到，杨开寘为廪生。而廪生，在清朝属于由公家给予膳食的地方生员，从级别或者说待遇上讲，是高于庠生的。

而且，杨开寘还担任了《民国重修沭阳县志》的“名誉微访”（类似于采访、记录、整理等），可见其在当时的社会影响还是不小的。

崇文之风代代传，形成了杨牌坊杨姓家族重视学习，崇尚知识，以文化人、以文育人的良好传统。在此传统作用之下，孩子们早早便识文断字，懂得仁义礼智信，无数出身寒门的穷苦子弟在战争年代更是成了有理想、有信仰的革命志士，成了有情怀、有抱负、有视野、有格局的杰出人才，为祖国、为人民立下了赫赫战功。

事实上，杨牌坊老革命杨琛、杨行奎、杨秉国等人，都是从小在私塾学堂读书而学到知识，懂得普济群生等道理，最终走上革命道路的。

现年97岁的杨行奎对私塾学堂这一形式及现象有着独特的感受，曾通过写自传、口头讲述等方式向子女们介绍过。如今，虽然杨行奎由于身体原因不方便交流，但通过其长女、曾任淮阴师范学院外文系党总支书记等职的杨芳莉的描述，还是可以了解到不少细节。

杨芳莉说，从杨牌坊私塾学堂走出去的革命者，每一个名字的后面都有一章辉煌：

杨琛于1937年投身抗日救亡运动，较早参加地下党组织活动，并于1938年8月毅然决然扛枪参加了八路军，后来还当过军区司令部军训部领导，培养了不少军事人才。

杨秉钧于1941年参加革命，作为地方党组织的优秀干部，充实到部队后便担任连队指导员。

杨秉国早年是儿童团长，1943年6月投身革命，先是参加地方党组织工作，不久也扛枪远离家乡。

杨炳来与敌人浴血奋战，被敌人残忍砍下头颅……

这些感人故事，一直激励着杨牌坊杨家子弟们努力奋斗。

杨牌坊私塾学堂的教育功能如此强大令人惊叹，它可以使多少人怀揣理想，远离故土，抱着誓死不做亡国奴、救民于水火的情怀，舍生取义。这些人念完私塾时的文化程度，也许只相当于初中，甚至更低水平，却打下了良好的文化根基，并让他们受益终身。

以杨行奎为例，他是诗词歌赋烂熟于心，经典章句张口就来。在担任淮安市水产局局长期间陪同省里领导泛舟洪泽湖视察淮安水产养殖时，杨行奎便是以吟诗作对的形式描述眼前情景和水产养殖工作的，令在场领导赞不绝口。

杨行奎的见多识广，源于曾祖父杨开五的悉心教导。

杨开五，字典斋，为杨牌坊杨氏第十世孙，一生多数时间是在教私塾，虽不算名师大儒，但品行端正，学识渊博，精通文墨，知晓天文，是非常仁义善良的儒雅老者。

杨开五有一个会看天气的本领，乡亲们收割麦子、剥玉米、挖红薯、晒薯干等之前，都会来讨教他，“麦子能收割吗？”“可以打场吗？”……他都能给出较为准确的答案。

杨开五的私塾学堂名不见经传，也没有高墙大院，只设在自家逼仄简陋的堂屋，几条木制长凳，堂屋一角还摆放着较大的磨盘，可供弟子们伏案练字。学习内容是“四书”“五经”、唐诗等，还学写典地卖地的文契。学习形式是半农半读。

杨开五为了不让杨家的后代成为“睁眼瞎”，大量招收愿意学习的本族子弟就读，最多时有 20 多人。他特别注重弟子们识文断字和毛笔书法的基本功练习，有时遇到邻里八乡喜庆之事，还要求弟子们能立刻写对联。对联写错一字，会被罚站或用烟袋轻敲小脑袋。

杨开五并不靠私塾授教来发家致富，而是仅仅维持生计。杨芳莉表示，父亲杨行奎曾亲口念过一首有关教书先生与小偷对话的打油诗，诗中教书先生说：“贝戎何故扣柴扉，教读之人物甚微。只有破书三五卷，别无珠宝赠君归。”小偷则说：“闲来无事到斋头，久慕先生有束脩。若是囊中真空乏，劝君高枕莫担忧。”诗中的教书先生，活脱脱就是杨开五的真实写照。

杨行奎非常珍惜读私塾的机会，学习极其用功。因为他知道，曾祖父杨开五年龄不小了，自己才 7 岁，如果不加紧学习，一旦老人家因为身体原因不能再授教，自己就失学了。

果然，1934 年那年，杨开五病了一场，杨行奎和他的同学们首次失学。1938 年，杨开五又大病一场，不再授教，所有弟子全部失学。

杨行奎的第二任私塾先生，也是杨牌坊的最后一位私塾先生，是他的叔祖父杨维澍。杨维澍曾考取国民党统治下的沭阳县区长，但他看不惯国民党的腐朽作风，毅然弃官回乡办了私塾改良学校。他虽然仍以授教古文、左传等为主，但新加了珠算等教学内容以及报刊上的时事论文，时不时还会介绍新四军在各地建立民主政权的动态新闻。

这一时期，杨牌坊不仅有大批杨姓青年参加人民军队或地方革命工作，很多人还充分发挥文化优势，力所能及地承担一些文职工作，从而在革命大潮中作出了特殊的贡献。

仍以杨行奎为例，他在杨维澍那里接触到了先进思想，凭着多年的私塾老底，于1944年做了西范湾小学校长，成为地方爱国战线的领导者。杨行奎在极端困难的情况下，积极开展群众性文化教育活动，宣传爱国思想。在其宣传影响下，西范湾小学的师生充满了爱国热情，有的还成为革命栋梁。

后来，因工作需要，杨行奎做起了战地记者。淮海战役打响后，按照上级党组织的安排，杨行奎身藏盒子枪，手拿照相机，走到哪写到哪，在《淮海报》发表了大量新闻作品，既宣传了党的方针政策，也鼓舞了广大民众，起到了凝心聚力的作用。

再比如杨秉国，当年参加沭阳公安局的革命工作以后，因文化功底强，被安排当通讯员，并很快得到领导赏识，多次被提拔。离开沭阳以后，先后做过宿县分区政治部干事、秘书、安徽总队部秘书、武汉军区司令部作战参谋等。还曾兼任过《战斗报》的军事记者。

还有杨曙明、杨秉模等人，参加革命进入部队后被安排从事医护工作，他们认真学习医疗知识，切实钻研业务，不断提升专业技术水平，为部队医护工作作出了特殊贡献。其中杨曙明在20世纪50年代到重庆军医大学继续学习，毕业后到中国人民解放军6军第44医院工作，当时医院的软硬件设施条件都比较差，但是学习风气却比较浓厚，一到晚上，杨曙明和战友们要么学习业务，要么学习政治，要么学习如何为患者提供更为良好的服务。如今，杨曙明已93岁高龄，仍经常上网浏览各类文章，真是活到老学到老。

而在后来的杨牌坊，崇文之风更被发扬光大。尤其是村中的革命后代们，就像继承先辈革命传统一样延续了崇文之风，并因此受益。

比如杨琛的次子杨星明，不仅像父亲一样一生从军，还刻苦学习专业知识，不断谋求人生进步。他先后就读于铁道兵工程学院（中专）、西南交通大学（大专）、解放军运输工程学院（本科）、哈尔滨师范学院（研究生），荣获过军队科技进步三等奖3项、四等奖2项，在军内外报纸、杂志发表相关文章80多篇，最后官至中国人民解放军驻哈尔滨铁路分局军代处主任、高级工程师（大校军衔，专业技术四级）。

再比如杨秉承的孙子杨征宇，从小立志要像前辈们一样投身军营，如愿于2003年考入军校入伍，先后在空军部队服役14年，被授予副营职少校军衔。

在杨牌坊革命后代中，还有不少人像杨文选、杨开五等前辈从事私塾授教那样，走上了光荣的教育之路。

比如杨炳文之子杨星华，谨遵父母教诲，认真学习，考取沭阳师范后成了一名教师，后来还做了多年小学校长，并因教学成绩突出，多次受到政府部门表彰。

再比如杨琛之女杨星惠、杨行奎之女杨芳莉等人，都从事过教育工作。

据不完全统计，在杨牌坊革命后代中，有10多人从事或曾经从事过教育工作，很好地继承、发扬了先辈们的崇文传统。

第二章 精神图腾百岁坊

顾名思义，杨牌坊与牌坊有关。

这个村子确实有过牌坊，而且是村中杨姓人家的祖上获朝廷恩赐所建。

只不过，此牌坊并非人们印象中的节孝坊之类，而是比较少见的人瑞坊（即百岁坊）。

尊老、敬老、赏老是中国传统社会礼制的重要内容，历朝历代当政者都看重这一点，并不遗余力地提倡，使之成为社会公认的良好道德风尚。

杨牌坊杨姓族人的祖上杨文选高寿103岁，在当时实属罕见，受到了朝廷的重视，获恩赐建百岁坊，不仅轰动一时，更名垂千秋。

而杨文选之所以能如此高寿，在于其注重习武强身，拥有一个好体魄，并且与世无争，心态平和。

作为杨牌坊杨姓后人，受百岁坊影响，竞相效仿先辈，也多拥有好体魄和好品质，乃至到了民国时期遇上日寇入侵、局势动荡，明知危险重重，也要当兵入伍，冲锋陷阵，保家卫国，表现出大无畏的斗争精神和英雄气概。

在他们看来，祖上留下的百岁坊，已然成为一种精神图腾，永远鼓舞着他们。

全村在抗日战争及解放战争期间先后有30多人参加人民军队或地方革命工作，与百岁坊所产生的激励作用有很大关系。

1. 关于祖上的传说

话说到了清朝乾隆年间，杨牌坊杨姓始祖杨迁的后人已经到第四代了，分别是杨迁的重孙杨文恒和杨文选。其中杨文恒不知因为何故搬走了，杨文选则继续住在原处，结婚成家，繁衍生息。

杨文选继承先辈习武传统，而且注重保养，真正做到了强身健体。90多岁的时候，还身体硬朗，精神矍铄，什么事都能干。

另外，杨文选还识文断字，一边习武一边办私塾，教子孙及附近村庄的孩子念书。空闲时，也会教孩子们打打拳、练练武。

一天，一位手执幡杖的测字先生来到杨文选所办的私塾讨水喝。

杨文选见来者气度不凡，忙迎入屋中，又是茶饭招待，又是同品老酒，双方都觉着十分投缘。

席间，两个半酣老者还拉开架势，在院子里切磋起了武功。

临别之时，那测字先生从随身的包裹中取出文房四宝，挥毫泼墨，写下了四个大字“甘谷耆英”（意思是穷沟沟里德高望重的老英雄），赠予杨文选作为纪念。

杨文选见此人书法遒劲俊秀，甚有功力，连声叫好并妥为收藏。

乾隆四十四年（1779年）的一天，朝廷派出的一干人等吹吹打打地来到庄上，代表当朝皇上（也就是先前装扮成测字先生的那位）传下圣旨：

为杨文选老人家建昇平人瑞牌坊一座，将御提的“甘谷耆英”四个字包金镶嵌于上；赐给老人家以紫檀木雕成的八角锤一枚，说是“见锤如见朕”，享有上打昏君下灭奸佞之权；再就是赏老人家黄马褂一件。

按照清代规制，黄马褂仅赏赐给亲兵卫队成员和功勋卓著者穿用。此举的蕴意是，皇上已经把杨文选老人家看成自己人了。

此后，杨文选及其后代居住的这个地方，就被叫作杨牌坊了。

2. 此牌坊非彼牌坊

以上内容，有点传奇色彩。

杨牌坊老革命杨琛的长子杨星光，曾根据小时候从奶奶、父亲等长辈那里听到的这些内容，整理成文章《关于祖上的传说》，收录于他们家为纪念杨琛诞辰百年而编印的《老父百年——纪念革命老人杨琛诞辰一百周年》纪念册中。

然而，由于牌坊已不复存在，所以真实情况是什么，一直困扰着杨牌坊的杨姓后人，尤其是杨星光本人。

为了弄清真相，我和杨星光通过实地走访、查阅资料、上网搜索等方式，就杨牌坊“庄名是怎么来的”“牌坊是什么样子”“牌坊弄哪里去了”等问题进行了深入探究，力求还原或贴近史实，有了很大的收获。

首先可以肯定，杨牌坊的庄名确实与牌坊有关。

2017 年 6 月，沭阳县民政局发布了沭阳县第一批历史地名保护名录，其中“自然村落”条目下就有：“杨牌坊：清乾隆四十四年，朝廷为百岁老人杨文选亲定‘百岁坊’，后人称杨牌坊，沿袭至今。位于今马厂镇炳来村。”

而在 1982 年 10 月编印的《江苏省沭阳县地名录》一书中，也提到了杨牌坊地名的由来：“杨牌坊：乾隆四十四年为杨文选立‘百岁坊’,后人称‘杨牌坊’。”

再往前追溯，在《民国重修沭阳县志》第十一卷“金石志（节孝坊、百岁坊）”条目下，有这样的记载：“杨文选百二岁坊：乾隆四十四年建，额曰‘甘谷耆英’。”

这里的“百二岁”，是指建牌坊时杨文选的年龄（102 岁）。杨文选实际年龄为 103 岁，即牌坊建成后的第二年去世。

更早一点，在《嘉庆海州直隶州志》第八卷“旌奖六（沭阳）”条目下，也有记载：“杨文选，乾隆己亥年百岁，奉敕建‘昇平人瑞’坊。”那个时期，沭阳隶属海州管辖。

由此可见，杨牌坊历史上确实存在过牌坊，而且村庄因此得名。

其次，杨牌坊出现过的牌坊，并非人们印象中的节孝坊之类，而是比较少见的人瑞坊（即百岁坊）。

尊老、敬老、赏老是中国传统社会礼制的重要内容，早在春秋时期，孔子便订立了《孝经》。“家有一老，如有一宝”，可谓深入人心。历朝历代当政者都看重这一点，并不遗余力地提倡，使之成为社会公认的良好道德风尚。

到了清朝，这一传统被进一步发扬光大，各种“优老”政策应运而生，尤其是确定了“旌表百岁”制度。

据《清乾通典》记载，康熙四十二年明文颁布：“老民年登百岁者，给予建坊银，并给‘昇平人瑞’匾额。”

其后，雍正制定了超过百岁者加倍赏赐的政策：“年至110岁加一倍赏赐；至120岁者，加两倍赏赐；更有多寿者，按其寿算加增，著为定例。”

乾隆更是把老人看成社会太平昌明之象征，因此大力予以宣扬。对于耆寿至百岁老人，除了按常例给银建坊以外，还会赏给御制诗章、匾额以及缎匹、官服、职衔等。

而在编撰于清末民初的杨牌坊杨氏族谱中，有这样的记载：“杨文选，字灿生，耆寿百有三岁，于乾隆已亥年蒙恩赐六品衔，建昇平人瑞坊，匾额甘谷耆英，至今犹存。”

这就为杨牌坊有没有牌坊以及是什么样的牌坊，给出了合理的解释。

3. 牌坊今何在

综上所述，杨牌坊存在过的牌坊，确系乾隆年间杨文选活至百岁后蒙恩赐所建的百岁坊。

而坊中悬挂的“甘谷耆英”匾额，有可能真是乾隆皇帝写好后恩赐下来，也有可能是地方官府根据圣旨请人书写制作的。

之于传说中的黄马褂、八角锤，更有可能真的有过，乃百岁杨文选被恩赐六品衔后所获的“配套”赐物。

据杨牌坊老革命杨秉华长子杨兴柏介绍，随着百岁坊的被毁，那件黄马褂不知所踪，而那枚八角锤，传来传去，最后传到了杨秉刚家。

年轻时，他经常看见杨秉刚将八角锤挂在身后到处转悠，甚至锤头随着身体晃动不时触碰杨秉刚屁股的滑稽情景，他都记忆犹新。

可惜等杨秉刚去世后，那枚八角锤便不知去向，再也没人见过。

然而值得欣慰的是，杨兴柏当年觉得好玩，曾照着八角锤的样子自制了一枚普通木材的八角锤，至今仍保存在家里。

在他家采访时，杨兴柏特地找出这枚“山寨”八角锤，让我拍照和欣赏。虽不如传说中的八角锤那么精致，却也能让人从中嗅到历史的味道，仿佛看见杨文选老先生百余岁时蒙恩受宠、荣耀加身的情景。

据现年 83 岁的杨牌坊老人杨炳全介绍，很多人以为村中曾经的牌坊是牌楼式的，这是不对的。他听长辈讲过，村中牌坊是房屋式建筑，正门上方写有“昇平人瑞”几个大字，室内则挂有文选公画像和“甘谷耆英”匾额。

采访间隙，杨炳全老人还现场指认了牌坊遗址的所在位置，也就是从他家往东约 200 米的地方，即杨跃高、杨秉富两家所在的位置。

在场的其他几位老人也反映，小时候曾见过这儿一片瓦砾，听长辈说是牌坊被毁后遗留下来的。

杨牌坊老革命杨曙明老人则很肯定地表示，他曾听长辈讲过，以前每到逢年过节，族人便会集中到牌坊里文选公画像前烧香祭拜。

他甚至还记得，小时候见过被毁后的牌坊遗址，被烧得只剩四堵砖墙了。再后来，砖墙也倒塌，能用的砖头陆续被各家捡回去使用了，原处只剩一些瓦砾。

这些都表明，杨牌坊出现过的牌坊确实是房屋式结构，而非牌楼式的那种。

至于说牌坊是什么时候被毁以及如何被毁的，人们的说法不一。

有人说，是“文化大革命”期间“破四旧”时拆除的。这显然不对，因为村中很多经历过“文化大革命”的年长者均反映，从他们记事起牌坊就已经不在了，见过的都是废墟或破墙，不可能到“文化大革命”时才被毁。

也有人说，是抗日战争期间被日本飞机炸毁的。这种可能性并非没有，但也不能肯定。因为，村中很多健在的老人都是抗日战争前后出生的，无论凭他们当年的亲眼所见，还是听长辈讲述，如果真是日本飞机炸毁，不可能没有一个人能讲出点具体情况。尤其是杨曙明老人，1929 年便已出生，还亲身经历过抗日战争，应该说最有发言权，他也称没见过牌坊原貌，并且坚信不是日本人毁掉的。

杨曙明老人倒是给出了另一种说法——是北伐混战期间被毁掉的。当时，北洋军阀分裂，各军阀间为争夺地盘，扩充实力，连年混战，民不聊生。与此同时，面对中国人民打倒北洋军阀，结束封建军阀黑暗统治的迫切要求，由中国国民党领导下的国民政府以国民革命军为主力，于 1926 年至 1928 年发动了北伐战争。

当时，马厂境内也是战场，某一方的部队就驻扎在杨牌坊。杨牌坊北边的港河上，还曾被该部队建了一座桥（五里桥），用于运送物资，后来被另一方部队给炸了。村中的牌坊正是在这场混战中被毁掉的，不是交战双方炮火误毁，就是一方部队报复另一方部队而人为烧毁。

杨曙明老人还说，因为牌坊是房屋式的建筑，所以顶部的木质部分均被烧掉了，只有下面的砖墙没全化为灰烬。也正因此，他才有幸见过残存的四堵砖墙，还能对牌坊留下一丝直观的回忆。

只可惜，村中人保护意识不强，加之那个年代物资匮乏，所以对于残存的砖墙，他们没能设法保护起来，反而纷纷将能用的砖头捡回家使用了。再后来，又有人家在那里盖上了房子，牌坊遗址也就不复存在了。

不过，杨牌坊杨姓后人每当说起那座百岁坊，便会想到先辈习武强身的事，不仅心生敬意，还竞相效仿，乃至遇上日寇入侵、局势动荡，他们明知危险重重，也要当兵入伍，保家卫国，表现出大无畏的斗争精神和英雄气概。

在他们看来，祖上留下的百岁坊，已然成为一种精神图腾。纵然不幸被毁，难觅踪迹，它依然神圣地存在于家族每一个后人的心中，激励着他们前行，奋斗，拼搏。

第二编
火种

沭阳及马厂本地声势浩大的革命浪潮，为杨牌坊这个偏僻的小村庄送来了光明火种，照亮了这个村庄的夜空，也点燃了村中一批热血青年的崇高理想

第三章　党的光辉照大地

杨牌坊的革命历史，是与马厂、沭阳乃至整个苏北地区的革命历史紧紧相连在一起的。

就像是一朵浪花融入大海，为大海的汹涌澎湃推波助澜，贡献了一己之力。

反过来，当年正是苏北大地上，尤其是沭阳及马厂本地声势浩大的革命浪潮，为杨牌坊这个偏僻的小村庄送来了光明火种，照亮了这个村庄的夜空，也点燃了村中一批热血青年的崇高理想。

因此说，杨牌坊在战争年代能有 30 多人先后参加人民军队或地方革命工作，既有其自身因素，也有一定的外围因素，二者相辅相成。

1．党组织送来光明火种

1924 年秋天，出生于沭阳县颜集乡的共产党员吴苓生，从苏联学习回国后，到家乡从事革命活动，带领一批进步青年，在沭河两岸的古老大地上播下了革命的种子。

1927 年冬，沭阳籍共产党员郑传诰从上海回到家乡，秘密从事革命宣传和组织发展工作。不久，他所在的陈庄小学建立了沭阳早期的党支部——中共陈庄小学党支部。

离此地十几里路的杨牌坊，有个10来岁的孩子叫杨琛，聪明好学，积极上进。作为一个懵懂少年，他自然不清楚何为共产党，更不知道当一名共产党员意味着什么。但他明白，那一定是个关心穷人、帮助穷人的组织，跟在这样的组织后面，肯定不会错。

所以，杨琛早早便受到感染，心中蒙生了一棵追求崇高理想的嫩芽。

若干年后，他光荣地成为杨牌坊第一位共产党员。

陈庄小学党支部对沭阳各地党组织的发展具有一定的历史影响。比如领导农民协会进行革命宣传，将“打土豪，分土地，夺取武装，建根据地”的标语、传单，张贴、散发到马厂、汤涧等地，对这一带农民起来斗争具有鼓舞和推动作用。

到了1929年，全县共划分为东区、西区、南区、北区、城区五个区，每个区委都下设若干个党支部。

其中，杨牌坊所在的范湾乡属东区范围，也设立了党支部，支部书记为小梨园的范立基。小梨园是杨牌坊的邻村，也是杨牌坊所在的范湾乡的公所所在地。

1930年2月6日，在徐海蚌特委和东海中心县委直接派员指导下，沭阳县党组织于北龙王庙召开区委书记扩大会议，选举产生县委领导机构，由徐通甫任县委书记。自此，中共沭阳县委正式成立，沭阳党组织也得以快速发展。

中国共产党在沭阳的早期活动，使广大知识青年看到了中国的光明和前途，使贫苦农民看到了自己的出路，使全县人民进一步觉醒和振奋起来，对推动爱国斗争运动的蓬勃发展，具有极其重要的作用。

彼时，杨牌坊后来走上革命道路的很多人还只是刚出生或年幼的孩子，他们断然不会想到，等他们长大后，这个世界带给他们的“见面礼”不是快乐，而是责任，一种普济天下、解救众生的责任。

父辈们小时候上私塾，学的无非是“人之初，性本善……”之类的古书古经，枯燥乏味了点，却也不失童真与欢乐。而他们这代孩子上私塾、进学校，老师教的却已不仅仅是这些了，还有“天下兴亡，匹夫有责”之类的家国情怀、使命担当。

他们幼小的心灵，就这样早早烙上了忧国忧民的印记。

几年之后的1938年，已经19岁的杨琛，对共产党的认识有了质的飞跃，对其也有了深厚情感，在共产党员张西春的介绍下率先加入了党组织。

紧随其后，杨牌坊又相继有杨炳来、杨炳文、杨秉钧、杨秉国等人加入共产党，逐渐形成了一个较为庞大的党员队伍和革命群体。

2. “大游行”影响深远

党的“八七”会议后，中共江苏省委根据“八七”会议精神，派遣重要力量分赴全省各地，一边整顿外县党的组织，一边以土地革命为中心，广泛开展农民运动。

沭阳县党组织认真贯彻上级指示精神，在加强党的组织建设的同时，迅速带领城乡人民，对帝国主义、封建主义和国民党反动派进行了政治、经济等反抗斗争，把沭阳的革命运动逐步推向了高潮。

1930年春，沭阳灾情严重，贫苦农民缺衣少食，难以度日，国民党县政府置农民的疾苦于不顾，反而乘农民受灾之危，变本加厉地榨取农民的血汗，加重捐税，增收钱粮，农民被压得透不过气来。

中共沭阳县委在全县开展抗捐抗税、不交钱粮争生存的斗争，到处热气腾腾，一派方兴未艾的景象。其中，马厂的“八百条扁担大游行”影响深远。

1930年4月中旬，为推动沭阳境内革命高潮的兴起，中共沭阳县委决定，利用5月1日马厂街逢集的机会，组织千人大游行，进行抗捐抗税斗争。

为了搞好这次大游行，沭阳县委进行了认真研究和准备。首先，在李恒郑庄召开了扩大会议，对游行作出具体部署。为加强对游行的领导，县委在党内进行了周密组织和分工，马厂及其周边的几个乡镇，从村庄到学校，都由党支部负责牵头，带领群众、师生参加游行。

其次，为使这次大游行能够顺利进行，沭阳县委采取了声东击西、调虎离山的策略。县委指示沭阳城区有关党员干部，于27日和28日在沭城大街小巷遍撒传单，使敌人感到恐慌，诱使国民党县政府将驻马厂等重要集镇的县警备队调回沭阳。这样，就为5月1日在马厂街举行大游行扫清了障碍。

此外，为保证这次斗争的胜利，决定从党员中抽调一批骨干，成立宣传、护卫两个行动队，以做好宣传发动、秩序保障等工作。其中护卫队的成员，要求是立场坚定、斗争性强、身材魁梧、膂力过人的年轻人。

护卫队长人选，最后选中了范湾乡的毛士玉。毛士玉是贫农成分，“农民协会”（又称“家人会”）的主要骨干，为人正直，对党忠诚，勇敢机智，每次都能出色完成党所交给的任务，由他担任护卫队长，再合适不过。

5月1日早晨，各支部按计划将组织好的群众队伍，由共产党员带领，化装成挑葱的、卖菜的、挑柴的、担粮的，随着赶集的人群一起，从四面八方涌向马厂街。

9点钟左右，游行开始了。只听一声号令，刹那间，人群中竖起800多条扁担。顿时，商店关门，摊贩停业，各色传单漫天飞舞。“废除苛捐杂税！”“打倒贪官污吏！”的口号声响彻云霄，游行队伍在口号声中浩浩荡荡前进。

马厂镇乡贤张大方曾写过一篇文章《八百条扁担大游行》（收录于马厂镇作家刘同富编著的《古港河记忆》一书），谈到了游行的一些细节。

根据张大方的描述，那天是个好天气，赶集的人特别多，早饭过后，顽乡队长臧继成带着一帮爪牙到街上催捐收税。他们满以为当天市面热闹，又可以“财源滚滚”，哪知碰到的不是做生意人的笑脸相迎、双手捧钱，而是墙壁上到处贴有“废除苛捐杂税”“打倒土豪劣绅”“打倒贪官污吏”之类的红绿标语。

臧继成一看，肚子都快气炸了，正想发作又无处出头的时候，忽然发现宣传队员站在高凳上，扬起嗓子对群众演讲：“各位父老兄弟姊妹们！我们受苦不是命不好，而是反动派、地主、恶霸等坏蛋压迫剥削的结果……我们要想翻身出头，只有团结起来，打倒这些吃人精、害人虫！要求徐执中（国民党马厂乡乡长）马上废除苛捐杂税！”

臧继成暴跳如雷，唰地抽出盒子枪，喝叫群众让路，恶狼似的扑向宣传队员。这时，身为护卫队队长的毛士玉把扁担一横，大声喝道：“你安稳点，留下整脑袋回去！”

在场的几十个护卫队员，一起举起六七尺长的大扁担，齐声呐喊：“滚回去，滚回去！”

听演讲的群众，像锅里烧开的水，顿时沸腾起来了。

臧继成见势不妙，带着爪牙溜走了。

最终，经过斗争，当地取消了多项苛捐杂税。

这就是著名的“马厂街八百条扁担大游行”。

杨牌坊所在的范湾乡，在这次游行中作出了一定贡献，不仅有毛士玉担当护卫队队长之大任，还派出了众多骨干参与游行，壮大游行队伍，其中包括几位来自杨牌坊的代表。

当时，杨牌坊年仅 15 岁的杨炳来和杨秉琳、杨秉华等几个年龄更小的伙伴，也在赶集过程中加入到了游行队伍。

他们当时虽然只是觉得好玩，而且赤手空拳，却随着人群一起喊口号、打手势，起到了助威作用。

这些年幼的孩子，通过此次游行活动，深刻感受到了社会的不公平、老百姓的不容易，以及共产党对贫苦大众的关心、帮助。

这对他们此后的成长，乃至走上革命道路，有着潜移默化的影响作用。其中杨炳来后来不仅参加革命，担任民主政府范湾乡模范中队副队长职务，还为执行任务而挥洒热血，光荣献身，成为令人景仰的烈士。

3. “读书会”点亮思想航灯

1931 年，九一八事变发生，日本蓄谋已久的侵华战争爆发，揭开了对中国进行全面武装侵略的序幕。从此，中国人民掀起了一场声势浩大、旷日持久的抗日战争。

沭阳县的广大爱国青年和全国人民一样，目睹帝国主义的侵略，国民党的黑暗统治，深感中国前途黯淡。许多青年认识到，抗日救国，责无旁贷；要抗日，必须组织起来！

1937 年卢沟桥事变之后，沭阳抗日救亡运动更加活跃起来，各种形式的群众性抗日组织纷纷成立。

比如钱序烈等人，在沭阳东乡组织了“读书研究会”（以下简称“读书会”），通过“读书会”学习马克思列宁主义，宣传抗战主张。

“读书会”队伍不断扩大，很快由几个人发展到几十人，他们以读书为名，以走亲访友作掩护，四处聚集进步青年，宣传抗日救国道理。

“读书会”的活动内容，主要是读进步书籍：一是马克思列宁主义书籍，如《政治经济学》《大众哲学》等；二是抗日救亡的进步杂志和报纸，如《大众生活》《永生》等；三是革命作家的著作，如《彷徨》《呐喊》《子夜》等。

“读书会”的成员通过读书活动，接触马克思列宁主义理论和无产阶级思想，思想上出现了新的天地，看到了中国的光明和希望，也看到了青年人自己的前途。

这批同志，通过读书，提高觉悟，为不久以后加入中国共产党、投身抗日洪流打下了坚实的思想基础。

1939 年春，成立八路军陇海南进支队第 3 团时，“读书会”的绝大多数成员都成了 3 团的干部。包括周边地区的一些进步青年，也因受“读书会”影响，走上了革命道路，成为 3 团的重要一员。比如杨牌坊的杨琛，便是其中一个代表。

作为杨牌坊革命者之一的杨琛，很早便通过种种渠道接触进步刊物，不仅学到了知识和文化，更受到了教育与启迪，思想上越发进步。

马厂与李恒是邻乡，从马厂的杨牌坊到李恒的陈庄、老钱庄等地，也就10来公里路程，对于杨琛这样的青年人来说实在不算什么。所以，成立和活动于李恒陈庄、老钱庄一带的“读书会”，深深吸引着杨琛，他没事就去与“读书会”的成员接触，不时从他们手中借来进步书刊阅读。

在杨琛的影响下，杨牌坊的杨炳文、杨秉钧、杨秉华、杨秉承等人，也开始接触进步刊物，从中汲取精神营养，为后来从事革命工作奠定了思想基础。

4. “民先队”指引成长方向

“父亲能走上革命道路，离不开‘民先队’的培养，它为父亲的成长指引了方向。”回忆起父亲杨琛的革命经历，杨星惠如是说，“其实不光是父亲，老家还有不少前辈加入过‘民先队’。”

“民先队”，全称为中华民族解放先锋队，本是1936年由北京、天津大中学校部分学生在中国共产党领导下创立的救亡团体，不久，发展为全国性的抗日爱国组织。1937年，卢沟桥的枪声震动着每一位中国人的心，也宣告中华民族到了最危险的关头，全国性的抗日高潮蓬勃兴起。随后，“民先队”逐步发展成了群众性的抗日武装组织。

很快，“民先队”的章程以油印小册子的形式，从北方传入到了苏北东灌沭一带。

钱序烈等人在“读书会”的基础上，发起成立了李恒一带的“民先队”。到1938年底，该“民先队”队员已发展到近200人。活动地点是原五区、九区两地的柴米河两岸，长几十里、宽十里左右的范围。

这支党领导下的群众武装，在武器严重不足又未经过正规训练的情况下，于1939年2月日本侵略者踏上沭阳县的土地时，在李恒大黄庄附近碰上了一支从高沟向沭阳来的约400人的日本军队，这批热血青年敢于藐视敌人，奋勇向敌人开炮，进行了一场激烈的战斗，这就是沭阳县东乡的第一次抗战。

事实上，中华民族解放先锋队当时在沭阳很多地方都有了组织。彼此之间是否有直接联系，目前尚不清楚。但有一点是可以肯定的，这些组织都严格按照统一的章程秘密开展活动，而且在后来，都被整合到了八路军山东纵队陇海南进支队第 3 团。

比如在李恒西南方 30 多公里处的张圩区东营乡（今东营村），便有一个“民先队”组织，发起人是当地的张鑑佐。

张鑑佐，1915 年 7 月出生，1940 年 12 月参加革命，1948 年 4 月加入中国共产党。1949 年 4 月随军渡江，历任宜兴、江阴县教育局局长，中华人民共和国成立后历任江苏教育学院办公室负责人、教务处副处长、轮训部主任等职。

参加革命之前，张鑑佐曾在沭阳县第五小学、东海师范学校等学校读书学习，还曾在沭阳公立汤涧小学任教，可谓见多识广，所以一接触到“民先队”这样的先进组织，很快便被吸引，还在家乡成立了分支机构，培养身边的队员，共同宣传抗日主张。

张鑑佐有个远房叔父叫张恒坤，是私塾先生，思想开明进步，对他这个晚辈组织的本地“民先队”非常支持，而且还让儿子张立峻也加入了该组织。

张立峻后来也成为革命军人，参加过宿北战役、陇海战役、淮海战役、渡江战役、抗美援朝等，历任淮海军区 2 团 3 营教导员、华野苏北兵团 12 纵 35 旅 103 团政治副主任兼组织科科长、沈阳高级炮校政治教研室主任、淮南市科学技术委员会主任等职，于 1955 年被授予中校军衔。

而杨牌坊的杨琛，当时已经与张恒坤的女儿张立梅结婚。杨琛知道张圩地区的地下党活跃，所以经常会带着张立梅往其娘家跑，有时也会自己一个人去。久而久之，张恒坤看出了杨琛的心思，便鼓励他加入了“民先队”。

还有一种说法。沭阳县下辖的“民先队”是由周瑞迎、韩锡三、杨琛等同志共同组织创建的。

周瑞迎，1939年2月担任中共海属中心县委（即后来的苏皖区党委第二地委，下辖东海县委、灌云县委、沭阳县委）代理书记，后来与汤曙红等人一道组建了八路军山东纵队陇海南进支队第3团，并在该团担任政委。

杨琛的长子杨星光回忆，1967年初春的一天，他们家来了一位大学毕业不久分配到沈阳市沈河区一所为海军生产舰艇装备军工厂的年轻人，叫周吉现。周吉现的父亲，正是杨琛非常敬重的3团政委周瑞迎。

杨琛说：“周瑞迎政委是一位资深的共产党员，也是我参加革命的引路人。当年他受党的指派从外地来到沭阳，给我讲过许多救国救民的道理，还介绍我参加了中华民族解放先锋队。一段时间之后，他、我、韩锡三以及一位姓于的同志共同筹备创建了沭阳县的中华民族解放先锋队。经过大家选举，我被推举为‘民先队’的分队长。”

直到20世纪六七十年代，杨琛和周瑞迎一直保持着通信联系。

总而言之，杨琛、张立峻郎舅俩双双参加了“民先队”，一起投入到了中华民族的解放运动之中。

而由于家庭关系，他们俩私下交流的机会又更多一些，成了无话不谈的朋友和战友，互相帮助，互相促进，思想上进步很快。

后来，他们一起加入了八路军陇海南进支队3团，正式走上了武装革命的道路。

除了杨琛以外，杨牌坊还有一些青年因为受到“民先队”的影响，最终走上了革命道路。

若干年后，杨琛与张立梅各自组建新的家庭，但杨琛与张立梅弟弟张立峻依然保持着亲密的战友关系，并经常来往。而当他在张立峻家再次见到张恒坤时，依然以晚辈身份对其行大礼，感谢老人家当年对自己从事革命活动的鼓励和帮助。

第四章　革命浪潮滚滚来

“星星之火，可以燎原。”意思是说，一个小小的斗争火种，有时会引发一场熊熊燃烧的革命烈焰。

在当年的杨牌坊，便是这样的情形。

原本寂静的小村庄，自从来了八路军宣传队，一下子沸腾起来，好多人尤其是青年人受到影响，毅然决然地走上了革命道路。

共产党在当地建立了沭阳县民主政权，杨牌坊随之升级为牌坊乡……

这些大事件，无不像股股铁流，送来革命的讯息，影响并引领着整个村庄的男女老幼。

他们，走向了一个共同而光明的方向：革命！

1．八路军宣传到村头

1939 年 8 月的一天，天高气爽，秋色宜人。这天正好塘沟街逢集，16 岁的杨秉钧无事可做，便独自离开杨牌坊，前去赶集。

走到半路，忽见有些人匆匆往回走。

杨秉钧感到很奇怪，难道这么快就赶完集了？

一问方知，原来是他们听说塘沟来了很多八路军，不敢去了。

当时，群众普遍对八路军不了解，再加上过去有些传说，称共产党是红头发、绿眼睛，甚至有关于共产党“共产共妻”的污蔑谣言，所以很多人一听说共产党、八路军，就会下意识地感到害怕。

“你也不能去，回去吧。”这些人一边往回走，一边劝阻杨秉钧。

杨秉钧犹豫片刻，反而受好奇心驱使，决定前去看看。于是，他头也不回地径直朝塘沟而去。

快要到街上了，杨秉钧将头发往斗笠下塞一塞，怕八路军看见他的小分头。当时有传言，说共产党不许男子留分头。

到了街头，只见两个八路军扛着枪在站岗。他们穿一身黄军装，粗布料，很旧。见他们对来往行人并不过问，杨秉钧就放心地过去了。

走在街上，只见两边房屋的墙上用石灰水写了很多标语，诸如“打倒日本帝国主义”“八路军是人民子弟兵”“军民团结起来抗日”“共产党是人民大救星”，等等。

街上八路军很多，买卖却还和往常一样，也没见八路军有抢东西、打骂人、调戏妇女等行为。相反，他们对人说话的态度还十分和蔼，一点不像国民党兵那样。

八路军的武器多是土枪。有的人只配一把大刀背在身后，刀把上系着一块红布，看起来同样十分威武。

杨秉钧在街上逛了一大圈，感到八路军并不可怕，跟国民党部队可大不一样。于是，他带上一些八路军散发的传单，就愉快地回家了。

谁知回到家，进门就被母亲骂了一顿：“人家都不敢去，你逞的什么能？要是八路将你抓走怎么办？”

杨秉钧没想到母亲会如此激动。但他知道，肯定是有人告诉母亲他执意去塘沟的消息了。于是，他少有地跟母亲顶了句嘴：“我看八路军并不坏！”

这时，庄上一些男女老幼听说杨秉钧从塘沟回来了，都来打听八路军是什么样子，有的人还问他遇没遇到危险。

杨秉钧将所见所闻和个人看法都一五一十地讲了出来，不少人还是将信将疑，有的老人还说："八路要真能打日本，领导穷人翻身过太平日子，我就天天给他们烧香磕头。"

杨秉钧笑笑，说道："那你就等着瞧吧。"

不久后的一天，八路军宣传队突然来到了杨牌坊。当时一群孩子正在村头玩耍，见了便纷纷围着宣传队员跑，吵吵嚷嚷进庄了。

一开始，只有几个老人大胆地过来跟宣传队员们搭话拉呱。

后来，人越聚越多，而且不光男的，一些妇女听说宣传队还有两个剪二道毛（一种时髦发型，将头发剪齐在耳垂之上，当时比较少见）的女兵，也跑过来看热闹。

不知不觉，现场已经有几十个人了，将宣传队团团围住，叽叽喳喳说什么的都有。

这时，宣传队一位中年男子站出来说话了："父老乡亲们，大哥大嫂姊妹们，我们是共产党派来的宣传队，来同大伙一块商量如何抗日救国、翻身解放，如何让大家过上好日子的，请问大家愿意不愿意？"

众人一听，随口应答："愿意，我们百分之百愿意。"

"既然都愿意，那就请大家坐下来，我们共同研究研究好不好？"

"好！"又是一个共同回答。然后，大家便都坐了下来。

那个中年人自我介绍道："我姓胡，大伙就叫我胡同志吧。"

"同志"这个词，让在场的人们感到新鲜，也很亲切。挤在人群中的杨秉钧，也有这样的感觉。

接着，胡同志又将其他队员一一作了介绍，其中两位女同志一个叫苏明义，一个叫龙新棠，都是十八九岁的大姑娘。

然后，胡同志便开始演讲，从当下国际形势，讲到国内状况；从日本帝国主义侵略中国，讲到共产党二万五千里长征；从共产党在延安领导全国人民抗日救国，讲到打败日本帝国主义的重要性……

讲到男女平等，妇女要翻身求解放时，会场突然热闹起来，妇女们互相捶打、嬉笑个不停，年轻姑娘们也两手捂着脸咯咯地笑。

有的男同志打趣道："今后不能打女人了。"又引得大家一阵欢笑。

而当胡同志最后讲到"要打倒日本帝国主义，建设新中国""将来人人平等，不许人压迫人、人剥削人，人人有地种、有饭吃"等美好景象时，会场又沸腾起来，有的老人摸着胡子高兴地说："胡同志，盼望这一天能早日到来，我就怕等不到那一天啊！"

"能等到，一定能等到。只要我们男女老幼组织起来，形成统一战线，这一天很快就会到来。"

胡同志讲完话，两位女队员还为大家唱了几首抗日歌曲，声情并茂，令大家深受感动。

散会了，有的人还不回家，继续围到宣传队员身边，问长问短。有的人关心地问道："同志，你们在此地待多久，还走不走啊？"

对方回答说："大家请放心，共产党八路军永远不会离开老百姓，我们宣传队要和父老乡亲们一起打日本鬼子。"

这时，杨秉钧也关切地上前问道："同志，你们住在什么地方？"

一听对方回答说"乡公所，欢迎去玩"，杨秉钧高兴地点了点头。

通过这次宣传，村上人对共产党有了进一步的认识，特别是抗日救国方针大得人心。

但有些人顾虑也很多，比如国民党中央军还会不会来，抗日救国是不是说男的都要当兵，等等。不过经别人一解释，他们也便理解和安心了。

而杨秉钧、杨秉承等青年人，听了这次宣传更感到受益匪浅，过去不知道的一些事开始有了了解，对抗日救国也增强了信心，对宣传队讲的道理则是心服口服。

从此之后，他们经常与宣传队同志接触、聊天，向他们请教问题。宣传队同志对他们也像亲兄弟一样，无微不至地给予关怀，并经常向他们询问一些个人及家族情况，就像家人聊天似的。

于是，杨秉钧、杨秉承他们对共产党的了解和认识越来越深刻了，对抗日救国的信心更足了，知识面也更广了。这些，为他们下一步走上革命道路打下了良好的基础。

而宣传队的同志，不仅宣传革命道理和抗日主张，还帮助各村建立相应群众组织，依靠群众组织凝心聚力，进一步开展革命活动。

为此，宣传队于 1939 年 10 月中旬，在范湾乡公所组织召开了一次乡民大会，各村男的编一队，女的编一队，孩子编一队，每人手里都拿着小红旗，还有人敲锣打鼓在前面开道，非常热闹。

会上，胡同志请来县农救会会长黄以干做报告，黄会长告诉大家："要想打败日本鬼子和摆脱恶霸地主压迫剥削，就必须组织起来，这样才有力量。过去我们就像一盘散沙，没有力量，所以我们就受人欺侮。"

接着，黄会长以及胡同志分别讲解了几个群众组织的名称及任务，具体为：

农民成立农民抗日救国会，简称"农救会"，任务是种好地，多收粮，支援八路军打日本鬼子；组织担架队，帮八路军抬伤员；再就是带领农民闹革命，争取减租减息。

妇女成立妇女救国会，简称"妇救会"，主要任务是做军鞋，磨面粉，支援前线；替伤员洗衣服；在主要路口站岗放哨，检查过路行人。

青年成立青年救国会，简称"青救会"，任务是宣传抗日救国，组织青年人参加模范中队（也就是民兵），拿起武装抗日救国，保护人民生命财产不受侵犯。

儿童成立儿童团，任务是帮妇救会站岗放哨，查坏人。

这次大会结束后不久，这些组织就在各村相继成立起来了。其中，杨牌坊的农救会会长是杨维河，妇救会会长是张立梅，青救会会长是杨秉钧，儿童团团长是杨秉国。

就这样，在八路军宣传队的影响与帮助下，杨牌坊广大群众的抗日烈火熊熊燃烧起来了。

2. 民主政府近在咫尺

从杨牌坊到东南方的马棚村（中华人民共和国成立前叫秦马棚），四五公里远，开车10来分钟就到。

当年，杨牌坊人相继走上革命道路，与秦马棚的历史性贡献也有一定关系。因为，沭阳县第一届抗日民主政府就在这里成立，并在这里办公了一段时间，使杨牌坊群众受到影响。

而沭阳县民主政府之所以会选择在秦马棚成立和办公，又与这里出了一位革命志士秦凤书有关。

据马厂作家刘同富在其编著的《古港河记忆》一书中介绍，秦凤书虽然地主家庭出身，却思想进步，目光远大，很早便参加革命活动，积极投身到党的怀抱，共同抗拒外侵，为穷苦大众谋福利。

因为家里有钱，加之父母思想开明，秦凤书十几岁就被送到省城读书。这恰恰让勤学上进的秦凤书有了接触外界、了解新事物的机会。

在学校里，他受到俄国十月革命和孙中山进步思想的教育与启迪，萌生了拯救中华民族于水火的抱负。

毕业后，他弃笔从戎，到北伐队伍中成了一位革命志士，并且作战勇敢，足智多谋，颇受重用，一路官至师长。

但是，辛亥革命失败后，在反帝、反封建、反侵略的五四运动的影响及触动下，秦凤书对国民党搞两面派，阳奉阴违祸害百姓的做法深恶痛绝，毅然回到家乡从事革命活动。

在家乡，秦凤书积极向共产党靠拢。到1924年，秦凤书已经成为一名真正的共产党员，并被党组织同意在家乡发展党员，开展“创红”活动。

秦凤书家道殷实，生活宽裕，给秦凤书“创红”带来了不少便利。特别是父亲秦昌、母亲秦大奶，思想开明，非常支持秦凤书，而且在其动员下也为反帝、反侵略、反地主剥削做工作。

沭阳地方党组织把他们家作为革命的“堡垒户”，用作联络站。一时间，地方党组织及许多热血青年、各阶层进步人士经常来秦风书家商谈对敌斗争大计和接受上级领导的工作指示。

相关消息也传到杨牌坊，对杨牌坊一些进步青年产生了很大影响。

秦风书被国民党反动派秘密杀害后，父亲秦昌因伤心过度悲愤而死，母亲秦大奶则不改儿子遗志，继续支持地方党组织的革命工作。

后来，沭阳县第一届抗日民主政府决定在秦马棚成立时，秦大奶主动腾出自家东西厢房，供县政府主要机关工作人员做办公用房，并积极帮助他们做些力所能及的事情。

县政府在秦马棚成立以后，一边发动群众与日本侵略者、国民党反动派以及地方恶霸、地痞、流氓等作斗争，一边兴修水利，领导群众抗击洪水、雨涝等自然灾害，支援群众发展经济，丰衣足食。同时，还在群众中兴办文化教育事业，提高群众的对敌斗争思想觉悟，不断发展进步分子为党组织成员。

作为离秦马棚很近的杨牌坊，同样感受到了浓浓的革命气息，这里的人们已然看到胜利的曙光，感觉美好生活就在前方。

有一段时间，县政府各机构又分散到了附近别的村庄办公，包括杨牌坊，也曾有政府机构及其工作人员入驻。

还有一段时间，到地方协助工作的孔建华、秦淑芳等县政府工作人员，不仅吃住在杨牌坊群众家中，还与他们拉家常，认干亲，建立革命友谊。秦淑芳住在已参军入伍的杨琛家中，后来便认杨琛的母亲张桂兰为干妈。

这种形势下，杨牌坊很多人跃跃欲试，随时准备投身革命洪流。村中好几位青年人，如杨秉钧、杨炳文、杨秉琳等，都是在这一时期耳濡目染，成长起来，继而参加革命工作的。

3. 曾经的牌坊乡

因为杨牌坊拥有崇文尚武等好传统、好风气，所以在抗战时期，这里还曾被设为牌坊乡呢。而因为设立牌坊乡，又进一步激发了村中青年参加革命的热情。

沭阳县抗日民主政府建立后，杨牌坊隶属第八区（后为马厂区）的范湾乡。1942 年 2 月，杨牌坊革命者杨秉钧从刘集调回范湾乡公所工作。

不久后的一天，范湾乡党支部书记徐兆璜找杨秉钧谈话，称上级指示区乡要划小，取消保甲改为村，范湾乡要变成两个乡。

原来，沭阳县委刚刚召开了政权改造会议，提出要对旧乡村政权进行改造，废除保甲制度。为加强领导，还成立了乡村改造工作委员会，赴各区指导工作。目标是在游击区和边缘区可暂行保甲制，并争取旧政权人员为我工作；而在解放区、根据地，则要利用几个月时间，彻底废除保甲制度。

徐兆璜对杨秉钧说："范湾乡以东西两边分开，西边仍为范湾乡，名称不变。东边新划乡，初步酝酿为'杨牌坊'去掉'杨'字，叫牌坊乡，你看如何？"

杨秉钧正感突兀，徐兆璜却带着开玩笑口吻补充道："杨家将都是英雄豪杰，万古流芳嘛！"

接着，徐兆璜又告诉杨秉钧，区委已同意由杨秉钧担任牌坊乡筹备委员会主任，过完春节就分别开展两乡筹建工作。

杨秉钧当时只有 19 岁，他表示年幼无知，恐怕难以胜任。

徐兆璜则鼓励说："区、乡领导都很了解你、信任你，你就大胆干吧，不懂就学，在实践中锻炼。"

就这样，经过一段时间的筹备，牌坊乡正式成立，并于当年 10 月初召开了全乡公民大会，选举产生乡委员会，又由委员们推选出正、副乡长。

这次大会十分隆重，县、区也有领导前来参加，指导工作。

当天早饭后，各村组织农救会、妇救会、模范中队、儿童团等成员，每人手拿红、绿、黄三角小旗，分别写上各种标语口号，排着整齐队伍，浩浩荡荡从四面八方向会场进发。很多队伍前面打着锣敲着鼓，有的村还找来了吹鼓手。

大约在9点，会议开始。首先宣布大会主席团成员名单，有县区代表，士绅，乡青、农、妇会主任，教师，一部分村干部等；举手通过后，宣讲乡选重大意义、选举办法和注意事项等；各村推选一名唱票人、监票人、记票人，负责选票统计工作，然后开始选举。

结果，杨秉钧顺利当选为牌坊乡乡长。

区长程公甫在会上讲了话，他提出，新成立的牌坊乡要带领群众抗日救国，积极支援前线，并搞好生产，不负人民期望。

杨秉钧在发言时表示，一定要同乡亲们一道抗日救国，不打倒日本帝国主义绝不罢休；一定要为人民谋利益，与大家同甘共苦，当好人民勤务员。

会后，还组织了游行。刚当选的各位委员胸前佩戴一朵大红花，集体到各村游行，与群众见面。游行过程中，只见各家门口都放上了一碗清水，有的还烧着香。

原来，“一碗清水”是希望乡领导们要为人民谋利益，不要贪赃枉法、欺压人民，心要像碗里的水一样清，工作中严格做到是非分明。

烧香则是期待乡领导们时时刻刻为群众着想，要办好事不要干坏事，要让群众能享受幸福。

群众的希望与信任，使杨秉钧这位牌坊乡首任乡长受到深刻的教育和鼓舞，他感到了身上责任之重大，绝不能辜负乡亲们的期盼和重托。他在心中默默说道：“乡亲们，就在今后的实践中来检验我们吧，我们一定会全心全意为人民服务，奋斗终生！”

为此，他在游行结束后还写了一首自视为“打油诗”的《誓言》：

党的哺育恩似海，
人民委托重如山。
赴汤蹈火无所惧，
除暴安民心才安。

而在这次乡选之前，还有一个小插曲，杨秉钧一直未曾忘却。在晚年撰写革命经历时，他着重提到了这一段。

一天上午，徐兆璜邀杨秉钧到外边逛逛，不知不觉来到了小梨园（范湾乡公所当时办公所在地）南面河边的一棵棠梨树下。

此时正值梨花盛开，微风吹动下，送来阵阵扑鼻清香，令人心旷神怡。

徐兆璜问杨秉钧："这一段时间工作怎么样？有什么困难或意见没有？"

杨秉钧回答："同志们对我帮助很大，让我学到了不少东西，困难倒是没有。意见嘛，我还真有一点。"

"哦，是吗？"徐兆璜惊讶地问道，"那你说说看。"

"我就感觉这段时间有些会议没让我参加，我心存疑虑和苦恼，为什么不信任我，难道我还有什么问题吗？今天正好请领导帮助指出来，我一定虚心接受和改正。"

徐兆璜一听，哈哈大笑起来："原来是这样啊。"

接着，他拍拍杨秉钧肩膀，说："其实我也正是为这问题找你来谈谈的。有些会议之所以没让你参加，不是不信任你，也不是你还有什么问题，而是因为那是党支部开会，你现在还没有入党，不是党员，怎么可以参加党组织的会议呢？"

杨秉钧似懂非懂地说："我不是已经参加革命了吗？这难道不算参加共产党？"

"你说这些，是对党组织和党员认识模糊，这说明我们在入党问题上对你讲得不透，帮助不够。"

接着，徐兆璜便较为详细地解释，要想成为一名党员，首先要承认党纲党章，同时还要符合入党条件，要有入党介绍人，要履行入党手续，等等，该走的程序都走完，才能成为一名党员。

杨秉钧听了之后恍然大悟，同时又带着疑问问道："那我够不够入党条件？你能不能介绍我入党？"

徐兆璜回答："我当然愿意当你的入党介绍人。"说着，他从口袋里拿出一张油印的入党志愿书，交给杨秉钧说："你先念念入党誓词，然后把表格填好。"

就这样，经徐兆璜介绍，杨秉钧顺利成为一名中国共产党预备党员，到了当年 7 月转正，并担任范湾乡党支部委员会武装委员，直到这次牌坊乡成立，被推选为牌坊乡乡长。

可惜的是，没过多长时间，形势急转直下，威胁到了牌坊乡的生死存亡。

那是 1942 年 11 月中旬，日本鬼子联合伪军开始大扫荡，采取了四面出击包围的方式，沭阳城、大伊山、涟水城、淮阴等处的鬼子和伪军同时出动近两万兵力，妄图消灭共产党在苏北各地的领导机关和主力军。

牌坊、范湾两乡同样遭到了日伪围攻。好在两乡有所准备，领导机关提前跳出敌人包围圈，只留一部分力量迷惑敌人，同敌人交战一番便全部撤出，敌人计划落空了。群众也都安全撤离，各村都成"空城"，敌人一无所获，便气急败坏地对民房放火，将群众财物抢上一些，然后扫兴而归。

这次袭击计划落空之后，日本鬼子又采用蚕食扫荡、步步为营的方式，到一处建立一个据点，并占领地盘推行伪政权，企图依靠伪政权的力量来消灭共产党。短短六七天时间，占领要地就有马厂、塘沟、钱集、章集、胡集等区乡，在一些集镇也建筑据点，而且比较坚固，从外到内依次是树枝围、壕沟、土城墙、炮楼、地堡群，可谓是道道关卡、层层设防。

此时牌坊乡的处境是：北面离马厂据点只有七八华里，南边离塘沟据点只有 12 华里，西边离胡圩据点只有 4 华里，东边离敌人据点较远，有

30华里。

由于形势发生如此巨大的变化，民众普遍产生惶恐不安心理。但是中华儿女特别是普通群众、持枪的基层民兵，并没有被敌人唬倒，反而激起他们对敌斗争的气愤和决心。

这时，乡公所将离敌较近的武装集结在乡驻地，增强防御力量。乡驻地周围村庄的模范中队员和群众也自动组织，利用有利地形挖战沟，盖地堡，誓要坚守村庄。

可是不久，上级发出指示，称环境还要进一步恶化，各乡要有充分思想准备，不必固守阵地，随时准备打游击，以免造成大的伤亡。枪支也要暂时收藏起来，绝不能落入敌人之手。

敌人的据点构筑完毕后，果真不断出击扫荡，并开始建立伪政权，抢劫粮食，骚扰民众。

与此同时，也出现了一些民族败类，投靠敌人当了黄狗队、黑狗队（群众称投敌穿黄军装的叫黄狗队，穿便衣的叫黑狗队）。

那段时间，乡模范中队同扫荡敌人不断交战。遇上黑狗队还好，他们一般不敢恋战，打一阵就逃跑了。如果是日本兵，特别是人数较多的情况下，乡模范中队一般不去和他们交战，而是撤退隐蔽起来。

当时，乡公所已不能固守或公开驻在一个地方办公了，情况十分紧急。群众也不能安身，一天要跑几次。

在11月下旬的一天晚上，区长程公甫突然亲自来到牌坊乡传达情况，说马厂敌人明天要出动大批人马对牌坊、范湾两乡进行大清乡，要求两乡立即通知党员骨干全部撤退隐蔽。

一切安排妥当后，根据区委决定，牌坊乡干部杨秉钧、范聚中、邵登银、范其元和范湾乡干部徐兆璜、徐兆杰、徐兆述、徐志章、岳延泰等人，同区政府一起连夜撤出，到柴米河以北的范场躲避几天，正好利用此机会研究对敌斗争应该如何更好地开展。

就在这期间，区委根据上级指示方针，经过多天的讨论研究，并结合马厂区具体情况，作出了若干条重要决定，其中一条便是：为适应当前对敌斗争，便于打游击，行政区划上仍然恢复过去的大乡模式，即该合并的小乡还是要合并成原来的大乡。

这样一来，牌坊乡便暂时撤销了，重新和范湾乡合成一个大乡，名称仍为范湾乡。而杨秉钧，则成了新范湾乡的乡长。

新范湾乡所做的第一件大事，是锄奸。

当时，遵照区委指示意见，范湾乡10位同志悄悄返回范湾了解情况。他们通过几位党员了解到，范锡古被委任为范湾乡伪乡长，每天都带十几人下来动员人们跟他去要粮食，还蛊惑说共产党彻底垮台了，干部都跑了。

杨秉钧他们决定，第二天上午在小梨园南边以港河东西，分成两个战斗小组，待伪军来时给个突然袭击。

第二天上午9点，伪乡长范锡古果然带领八九个伪军大摇大摆地来了。杨秉钧一声令下，河东河西顿时枪声齐鸣，敌人像丧家犬一样掉头就跑。杨秉钧他们边追边打，下去一里多路才停止追击。

由于被突然袭击，伪军几天没敢下来，范湾乡基本恢复到了敌人大扫荡之前的面貌。

邻乡胡圩的乡长胡以选被敌人残忍杀害，范锡古放出话来说，要给杨秉钧好看，“胡圩乡长胡以选就是他的样子”。

经地下党员找其父亲范立松谈话，也没能令范锡古有所收敛，他反而变本加厉，频频带领伪军下来扫荡，更加激起了人民群众对他的仇恨。

杨秉钧等人也感到范锡古是范湾乡一大祸害，不除掉这个汉奸卖国贼是不足以平民愤的。为此，他们制订了周密的计划，在1943年初的一天，终于将范锡古连同他的保镖一起给处决了。

范锡古死后，敌人内部有很多传说，有说他暗通八路，被鬼子活埋了；也有说“狗咬狗”被同僚杀死了；也有说被八路暗探抓走了；等等。老百姓则说：“不管怎么死，我们都高兴。”

此后不久，敌人从马厂撤到徐塘圩据点内，嚣张气焰大大减弱了。

后来，因战争形势错综复杂，且没过多少年便全国解放，行政区划有了新的安排，牌坊乡便没再恢复。

而作为村组的杨牌坊，有一段时间还与邻近的东场合并为东场村，但很快又脱离出来，成为单列的一个组，隶属于炳来村，直至现在。

牌坊乡的历史使命虽然短暂，却也发挥过重要作用及贡献，比如培养出了杨秉钧这样的优秀干部及领导者。更关键的是，鼓舞和影响了村中一大批人。据统计，从那之后的四五年间，杨牌坊约有 20 人走上了革命道路。

第三编
革命

面对破碎的山河，面对惨遭蹂躏的同胞，杨牌坊的广大群众纷纷站了出来，在中国共产党领导下，坚定走上救亡图存、保家卫国的光荣道路。

第五章　救亡图存寻大道

历史是一条不间断的长河，我们每个人都是这条长河中的一分子，并被裹挟成朵朵浪花，或大，或小。

当历史的年轮进入20世纪三四十年代，随着革命火种由远及近地在本地传播开来，杨牌坊一批热血青年、仁人志士的命运，便与国家命运、时代风云勾连在了一起。

正如先哲所言，天下兴亡，匹夫有责。

面对破碎的山河，面对惨遭蹂躏的同胞，杨牌坊的广大群众纷纷站了出来，在中国共产党领导下，坚定走上救亡图存、保家卫国的光荣道路。

他们的英雄事迹，亦如革命浪潮下的一朵浪花，永流于历史的长河中。

1. 参加革命蔚然成风

杨牌坊在中华人民共和国成立前总共有32人参加革命，为中国人民解放事业作出了巨大贡献。其中，参加地方革命工作的为11人。

当然，在参加人民军队的人员中，也有不少人是先从地方革命工作干起，后又参军入伍的，如杨秉钧、杨秉华、范锡华（女）等人。

地方革命工作不像当兵打仗那样枪林弹雨、惊天动地的。但在当时那个特殊的年代，地方革命工作的意义及作用，却丝毫不亚于部队打仗。从某种程度上讲，地方革命工作也是战斗。

且不说部队打仗离不开地方上的支持与配合，单是号召、带领地方穷苦百姓翻身闹革命、建立根据地等，足以说明地方革命工作的重要性，及其在全民族解放事业中的巨大作用。

同时，地方革命工作也像部队打仗一样，面临着各种各样的困难与危险，甚至是牺牲。而杨牌坊的一批群众，恰恰以坚定的信念、顽强的意志和高昂的斗志，战胜了一个个艰难险阻，出色地完成了党和人民所赋予的使命及任务。

杨炳来，原名杨秉来，1915 年出生于沭阳县马厂杨牌坊，为杨牌坊杨氏十二世孙。1940 年参加革命，1941 年加入中国共产党，曾任范湾乡模范中队副队长。1943 年春，在一次执行任务过程中遭到日伪伏击，英勇牺牲。

杨效周，曾用名杨孝州，1920 年 3 月出生于沭阳县马厂杨牌坊，为杨牌坊杨氏十二世孙。1941 年初次参加革命，1943 年因故脱离组织，1947 年重新回到革命队伍，参加了接管宜兴公医院的工作，1949 年调回沭阳，被分配到县人民医院工作。

杨炳文，1918 年出生于沭阳县马厂杨牌坊，为杨牌坊杨氏十二世孙。1941 年参加革命，1944 年加入中国共产党。刚参加革命时，杨炳文和本村的杨秉钧、杨秉琳等人一起，秘密进行地下活动。1941 年至 1942 年，到抗日军政大学学习，结业后分配到地方。那时杨秉钧任范湾乡乡长，杨炳文和杨秉钧组织地方武装，配合八路军 1 团，斩断了马厂据点和钱集据点的联系。同时在地方上组织妇女编草鞋、纺纱、磨面粉，组织男劳力参加小车队、担架队。1950 年转入教育工作，历任金敦、范湾、汤涧、李恒等地的小学校长。

杨峰，原名杨秉仲，1924 年出生于沭阳县马厂杨牌坊，为杨牌坊杨氏十二世孙。1941 年参加革命，同年加入中国共产党。曾任地方游击队分队长，中学教师、教导主任、校长等。中华人民共和国成立后，历任沭阳县教育工会副主席、沭阳县委宣传干事、县委办公室副主任、县文教局副局长兼总支委员会书记、县政治协商委员会常委、秘书长等。

杨行奎，曾用名杨星奎，1925 年 10 月出生于沭阳县马厂杨牌坊，为杨牌坊杨氏十三世孙。1941 年参加革命，1944 年 6 月加入中国共产党。参加革命后历任沭阳教育训练班分队长，沭阳郑庄小学、沭阳范湾小学校长，沭阳支前后勤司令部宣传慰问科文书，沭阳周集区联防队队员、区委秘书、青救会会长，沭城区民政股股长，新华社淮阴支社兼《淮海报》记者，淮阴地委通讯总组副总组长兼通联科副科长等。

杨秉承，1920 年 9 月出生于沭阳县马厂杨牌坊，为杨牌坊杨氏十二世孙。1941 年 6 月参加革命，1942 年加入中国共产党。中华人民共和国成立后曾任扬州食品公司经理、扬州磷肥厂创办副厂长、扬州糖烟酒公司书记、扬州市建经理、扬州农药厂革委会主任、扬州公交公司书记、扬州印刷厂书记、扬州市建材处副处长等。

张立梅，女，1920 年出生于沭阳县张圩东营，1937 年嫁到杨牌坊。1944 年参加革命，1945 年 4 月加入中国共产党。参加革命后历任炳来乡妇联主任、副乡长、乡长等。

杨玉华，女，1926 年 1 月出生于沭阳县马厂杨牌坊，为杨牌坊杨氏十二世孙（女）。1944 年参加革命，1947 年 7 月加入中国共产党。参加革命后历任村长、乡妇联会会长等。

杨秉秀，女，1924 年出生于沭阳县马厂杨牌坊，为杨牌坊杨氏十二世孙（女）。1945 年参加革命，1946 年加入中国共产党。1945 年秋，杨秉秀开始担任婆家所在的大桥村的妇女会长，后改任村长。1949 年底，杨秉秀回到家乡杨牌坊，担任炳来乡妇女会长，兼东场村支部书记。

李玉兰，女，杨效周之妻，1930 年 12 月出生于马厂徐塘圩村。李玉兰早在结婚之前便加入了中国共产党。嫁到杨牌坊以后，她与杨玉华、张立梅等人一道，力所能及地参与地方革命工作。有一段时间，她还担任了村里的妇救会会长。

杨维澍，1896年8月1日出生，为杨牌坊杨氏十一世孙。1928年考入江苏省国民党区长训练班，毕业后先后在沭阳十区、九区、八区等地当区长。虽然在国民党政府工作，杨维澍却更认同共产党，后来辞职回家，一边在家教私塾，一边为革命作贡献。1949年6月，杨维澍被推荐参加了教师集训班，然后分配到塘沟区荣嘴小学任教，成为一名人民教师。

2. 参军入伍争先恐后

前面说了，杨牌坊在中华人民共和国成立前总共有32人参加革命。其中参加地方革命工作的为11人，参加人民军队的，则为21人。

在这些人中间，参军时年龄最大的达40岁，最小的只有13岁。

据现有资料显示，杨牌坊第一个参军入伍的人是杨琛。

杨琛，原名杨秉琛，1919年1月出生于沭阳县马厂杨牌坊一个维持温饱、诗礼相传的农民家庭，父亲早年因病离世，由母亲养大。从小读过私塾和县里的初级中学，少年时开始接触进步刊物，受到先进思想的启迪和影响。后来参加抗日读书会，怀着爱国热忱和民族义愤，投身到民族救亡的行列中。1937年参加中华民族解放先锋队，1938年4月经张西春同志介绍加入中国共产党，同年7月投笔从戎，成为八路军山东纵队的一名战士，正式开始了革命军人的生涯。

参军后，杨琛历任抗日基干队队长、苏皖边区南进支队支部书记、苏北军区滨海大队连长、新四军3师8旅24团7连连长兼政治指导员、新四军3师8旅司令部参谋、东北民主联军2纵队23团教导队队长、作训股股长等。

也有认为，杨牌坊第一个参军入伍的人是杨维池。

杨维池亲侄孙杨星怀说，杨维池在20世纪60年代去世，去世时70岁左右，所以他应该在1890年前后出生。

从年龄上来看，杨维池比杨琛大，所以说他们的参军时间有可能挨得很近。

杨牌坊老革命杨曙明说，印象中杨维池是村中第一个参军的，后来还曾随部队驻扎过杨牌坊。

然而，由于杨维池终身未婚，无人保管他的退伍证等证件、物品，这次也没能从相关部门查到具体资料，所以并不好下结论。

不过，杨维池比杨琛长一辈，所以可以这么说：杨维池是杨牌坊杨氏十一世孙（“维”字辈）中最早参军的，杨琛则是杨牌坊杨氏十二世孙（“秉”字辈）中最早参军的。他们分别为村中的两辈人作出了投身革命的表率。

就在杨维池、杨琛他们参军入伍的这个时候，卢沟桥事变已经发生，中国人民反抗日本帝国主义侵略的战争随之全面爆发。和全国人民一样，杨牌坊群众纷纷投入到了这场轰轰烈烈的卫国战争中。

杨秉刚和杨尔玺年龄相仿，叔侄关系，平时常在一起玩，属于隔代伙伴。他们于 1940 年 1 月同时参军入伍。

杨秉刚，1927 年 2 月出生于沭阳县马厂杨牌坊，为杨牌坊杨氏十二世孙，比杨尔玺长一辈。1940 年 1 月参加八路军，1942 年 6 月加入中国共产党。先后任八路军第 5 纵队 10 旅 28 团 1 营 3 连战士、新四军 3 师 10 旅 29 团 1 营营部通信班长、新四军 10 旅 30 团 2 营 6 连排长、东北野战军 2 纵 5 师 15 团 2 营 6 连副政治指导员、东北野战军 2 纵 5 师 15 团 2 营 5 连政治指导员、39 军 116 师 348 团 2 营副政治教导员等职。身经抗日战争、解放战争、抗美援朝战争，先后参加过大大小小的战斗数十次，因伤被评为一等残疾。

杨尔玺，1924 年 2 月出生于沭阳县马厂杨牌坊，为杨牌坊杨氏十三世孙。1940 年 1 月参加八路军，1942 年 3 月加入中国共产党，曾任连指导员。先是在八路军第 5 纵队 10 旅 28 团 1 营 3 连，后来又先后到过 29 团和 30 团。1946 年 3 月，随部队到达辽北省（今辽宁省）彰武县，向驻扎在此地的国民党军队发起攻坚战，为东北民主联军主力挺进沈阳做准备。在这场战斗中，杨尔玺不幸牺牲。

1941年，杨牌坊同时有杨秉琳、杨连两个人参军入伍。

杨秉琳，1919年9月出生于沭阳县马厂杨牌坊，为杨牌坊杨氏十二世孙。1940年9月参加革命，1941年4月参加新四军，同年7月加入中国共产党。参加革命后历任乡农会会长、乡长，区公安股股长。参军后，历任35旅105团1营3连指导员，30军89师267团1营、3营教导员、党支部书记，89师政治部协理员、分支部书记，20军复员大队教导员，苏南行署卫生处直属医疗队教导员、总支书记等。

杨连，曾用名杨秉连，1924年出生于沭阳县马厂杨牌坊，为杨牌坊杨氏十二世孙。1941年7月参加新四军。转业后回乡务农，直至2011年去世，享年87岁。

1942年，杨牌坊参军入伍的有杨秉华、杨秉钧二人。

杨秉华，1919年1月出生于沭阳县马厂杨牌坊，为杨牌坊杨氏十二世孙。1940年参加革命，1942年2月参加八路军，同年3月入党。参军后曾任部队司务长等职，1946年参加地方土改工作。中华人民共和国成立后从事教育工作，曾任校长等职。

杨秉钧，1923年出生于沭阳县马厂杨牌坊，为杨牌坊杨氏十二世孙。1941年6月参加革命，1942年加入中国共产党，1946年参军。参加革命后，历任沭阳县牌坊乡乡长、范湾乡乡长、沭阳县民兵总队部组织干事等。1946年7月，沭阳县大队成立后，任县大队3连指导员，从此进入部队序列。后历任中国人民解放军华东野战军12纵队34旅100团的连队指导员，华东军区30军88师262团1营副教导员、教导员等。

1943年，杨牌坊又有杨秉国参军入伍。

杨秉国，1927年1月出生于沭阳县马厂杨牌坊，为杨牌坊杨氏十二世孙。1943年6月参加解放军，1944年5月加入中国共产党。参军后历任沭阳县公安局通讯员、书记、内勤股股长、沭阳县机动大队排长，安徽省灵璧县高楼区公安区员、下街区副区长、固镇市副市长、大山区副政委，皖北军区宿县分区灵璧独立团组织副股长、宿县分区政治部干事、秘书，皖北区党委党校学员，安徽省公安总队部秘书、警备科副科长、第六预备师防空主任，武汉军区司令部作战参谋等。

1944 年，杨牌坊参军入伍的是张桂兴。

张桂兴，原名张公丫，是杨牌坊第一位不是杨姓的革命军人。1926 年出生于沭阳县马厂杨牌坊，1944 年参加新四军，1945 年底随部队开赴东北战场，先后参加了彰武战役、四平战役等重要战役。不幸的是，在四平战役中英勇牺牲。

1945 年是日本投降的一年，这一年，杨牌坊的杨秉芝光荣参加人民军队。

杨秉芝，1923 年 9 月 18 日出生于沭阳县马厂杨牌坊，为杨牌坊杨氏十二世孙。1945 年 7 月 14 日参加解放军，1945 年 11 月加入中国共产党。历任沭阳县大队战士，沭阳县公安局战士，分区独立旅 10 团团部战士，27 军 80 师炮团通信队班长，27 军 80 师炮团通信队副排长等。在党内曾任小组长、支委。

抗日战争胜利后，杨牌坊群众继续参军入伍，为人民而战。至 1949 年全国解放，杨牌坊又有多人参加人民军队。尤其是 1946 年这一年，杨牌坊先后有杨曙明、杨耀东、杨秉义、杨珍、杨秉尧、杨秉銮等 6 人参军入伍，为参军人数最多的一年。

杨曙明，又名杨秉琦，1929 年 3 月 10 日出生于沭阳县马厂杨牌坊，为杨牌坊杨氏十二世孙。1946 年 10 月，参加新四军的华中医大卫校八队学习，毕业后被分配到华东军区随营干校一大队任见习医生。1948 年 6 月随营干校整编为陇海支队，南下中原地区作战。

杨耀东，1930 年出生于沭阳县马厂杨牌坊，为杨牌坊杨氏十三世孙。1946 年参加解放军，1947 年加入中国共产党。与杨曙明同为新四军的华中医大卫校八队学员，毕业被分配到华野第七医院。

杨秉义，1927 年 1 月 8 日出生于沭阳县马厂杨牌坊，为杨牌坊杨氏十二世孙。1946 年参军入伍，成为山东野战军第 8 师第 23 团 1 连的一名战士。1946年6月全面内战爆发后，杨秉义随部队从山东回到了家乡作战，也就是著名的宿北大战。在一次紧急撤退中，杨秉义牺牲。

杨珍，1928年7月出生于沭阳县马厂杨牌坊，为杨牌坊杨氏十二世孙。1946年10月15日参加解放军，1948年1月加入中国共产党。历任沭阳县公安局战士、沭阳县公安局警卫团战士、淮海军分区特务连战士、淮海军分区特务团班长、苏北军区102师305团7连班长等。曾参加过战斗6次，负伤1次，三等乙级残疾。1947年8月在涟水战斗中荣立三等功1次，1948年6月在涟水小李庄战斗中荣立四等功1次，在抗美援朝中荣立三等功1次。

杨秉尧，1929年12月出生于沭阳县马厂杨牌坊，为杨牌坊杨氏十二世孙。1946年12月，杨秉尧首次参加解放军，因与大部队走散，后于1948年4月二次入伍，在中国人民解放军公安82团机枪1连任战士。曾荣立三等功3次。

杨秉銮，1921年出生于沭阳县马厂杨牌坊，为杨牌坊杨氏十二世孙。1946年参加解放军，同一年加入中国共产党。曾参加过多次战斗，转业后分配至浙江省淀海军人合作社，后又回乡任大队会计。

杨炳南，曾用名杨秉南，1929年出生于沭阳县马厂杨牌坊，为杨牌坊杨氏十二世孙。1947年8月参加解放军，1948年3月加入中国共产党，在党内任小组长职务。参军后历任沭阳县大队战士、纵队副班长、海军学校班长等。曾在执行任务时不慎摔伤。

杨秉模，1931年5月出生于沭阳县马厂杨牌坊，为杨牌坊杨氏十二世孙。1947年参加解放军，1949年6月5日加入中国共产党。杨秉模8岁开始上学，1946年11月参加革命，1947年底参军入伍，历任苏北军区淮海第6军分区卫生学校学员、淮阴独立团卫生队卫生员、淮阴县大队诊室卫生员、淮阴集训大队卫生员、淮阴军分区睢宁警备连见习医生、淮阴军分区后勤疗养所医务班长等。

范锡华，女，杨秉国之妻，1930年11月1日出生于沭阳县马厂东场，为杨牌坊第一位女革命军人。1943 年参加革命，1947 年参军入伍。范锡华年仅 15 岁时便担任范湾乡妇救会长，1947 年加入沭阳县机动大队，正式成为一名军人。1949 年 2 月，和丈夫杨秉国双双入选援皖队伍，来到了安徽灵璧县，成为驻守这里的公安兵。

张惠琴，女，杨琛之妻，1931 年农历十二月十三日出生于河北省乐亭县胡家坨乡东走马浮村。1947 年参加中国人民解放军，入中国医科大学四分校热河医学院学习，其间加入中国共产党，毕业后先后在东北军区第一陆军医院内科、中国人民志愿军陆军第 39 军教导大队、中国人民解放军陆军第 39 军文化速成学校、陆军第 349 团工作。

第六章　革命不分先与后

中国共产党领导全国各族人民与国内外一切敌人、反动势力作斗争，翻身求解放，可谓深得民心、一呼百应，所以支持者甚众。这也是中国共产党长期坚持走群众路线的原因所在。

然而尽管如此，在那战火纷飞的岁月里，在那血雨腥风的环境下，还是有一些人因为家庭背景、成长经历、形势变化、生活所迫等原因，一度徘徊在人生十字路口，面临着何去何从的立场选择。

在当年的杨牌坊，也有一些这样的人，曾有过特殊的经历，但最终，都回归革命队伍，站到了人民的一边。

他们中，有的人参军后因与部队走散，无奈返乡，结果被乡亲们戏谑为“逃兵”。为了表衷心，二次报名参军，重返前线。有的人参加地方革命工作后不幸被捕，因“变节”风波的影响，被组织上开除。出狱后，一边自谋生计，一边暗中为地下党做工作，终得组织上谅解，恢复了革命者身份。有的人出嫁后，因婆家人投靠日伪而受到歧视，为了保持气节，毅然选择离婚，投身革命，坚决与婆家划清界限。有的人考取了国民党区长职务，但看不惯国民党的腐败，也认清了其腐朽本质，所以先是暗中帮助共产党搞地下活动，后来放弃高官厚禄回家务农，再后来应邀担任共产党创办的学校的老师，正式加入到了人民阵营……

革命不分先后。能参与到革命中来，就是对时代潮流的顺应和对共产党的拥护。

他们，一样是人民的功臣，值得我们尊重与铭记。

1. 二次入伍表衷心

烽火硝烟中，环境恶劣，信息闭塞，情况复杂，随时会让人陷入窘境，甚至抱憾终生。

2007年上映的电影《集结号》，讲述了淮海战役期间的一个故事：中国人民解放军与国民党军队的战斗空前惨烈，某连连长谷子地接受了一项阻击战的任务，并约定以集结号作为撤退的号令，如果集结号不吹响，全连必须坚持到最后一刻。当战友一个个阵亡，自己也被解放军当作国民党士兵俘虏，谷子地不禁对集结号声是否响起心存疑问，他用尽余生去寻找真相……

事实往往就是这样，在残酷的战争环境下，有些真相是难以为外界所知的，是非曲直或许只有当事人清楚。抑或正因此，战争年代才会有很多人蒙受不白之冤，甚至忍受了一辈子的委屈。

杨秉尧，便曾有过这样的感慨。

受哥哥杨秉国影响，杨秉尧于1946年12月报名参军，分在华东野战军第12纵队35旅。该旅主要由新四军老10旅留下的骨干团组成，敢打善拼，有勇有谋，为12纵的主力旅。

当时，他们的部队在苏北一带活动。在淮沭及李堡战役中，配合兄弟部队攻占淮阴、沭阳公路间的钱集、胡集等重要据点，打破了国民党军对淮沭公路的封锁。在盐城战役中，则与兄弟部队一起攻克盐城、阜宁等城镇，歼国民党军数千人。

有一段时间，他们的部队就在沭阳境内四处作战。沭阳籍离休干部李士瑜，曾于2008年将一张珍藏了60年的布质军用地图捐赠给位于浙江省嘉兴市的南湖革命纪念馆，成为沭阳大地上曾经枪林弹雨、刀光剑影的见证。

这是苏北军区司令部印制的一张白布料子地图，区域范围是苏北沭阳地区。当时，李士瑜在12纵队35旅任司令部参谋处书记。

据李士瑜老人介绍，在1947年3月中旬拔取沭阳万匹镇据点的战斗打响前，他们的首长几乎图不离手，时而盯着这张地图沉思，时而用指头在上面比画，时而和身边人进行讨论，直到研究制订最后的作战方案。

一年后，也就是1948年3月，12纵35旅在新组建的中国人民解放军华东野战军苏北兵团的统一指挥下，参与到了对国民党军据守的盐城有关乡镇的攻坚战中。杨秉尧所在的部队，主要负责在外围阻击从淮阴等地前来增援的敌军。

而就在此期间，发生了一个让杨秉尧后来说不清道不明的意外。

那是一次小规模的阻击战，杨秉尧随连队一起坚守一处阵地，抵御敌人的进攻。战斗打得很激烈，部队伤亡严重。

杨秉尧和战友们顽强地与敌人对峙，不让敌人向前推进，却眼瞅着战友们一个个倒下。敌人的火力，实在是太猛。

最后，当杨秉尧从死人堆里爬出来，却发现战场上突然变得静悄悄的，战友们除了牺牲躺在地上，一个活的也见不着了。

而当杨秉尧悄悄离开战场，去寻找大部队的时候，却发现大部队已不知去向，到处也找不着。向当地老百姓打听，有人说南下了，也有人说北上了，还有人说往安徽方向的，总之，已经撤走了。

战斗的地方，离家乡并不算太远。无奈之下的杨秉尧，决定先回家，其他的事慢慢再说。

于是，他便拖着疲惫的身躯，满怀惆怅地回到了杨牌坊，回到了阔别一年多的家中。

见儿子突然回来，父母自然高兴万分，嘘寒问暖的。

乡亲们也纷纷过来探望，问这问那，甚是好奇。

而杨秉尧，则是来者不拒，有问必答。

慢慢地，就有人听出了原委，甚至有年龄相仿的人开玩笑道："铁头，你这是擅自离开部队啊，不是当逃兵吗？”

杨秉尧一听，不以为然地说：“知道我是铁头，刀枪不入，还说我是逃兵！我是怕死的人吗？”

原来，“铁头”是杨秉尧的绰号。大概六七岁的时候，庄上有人家在打场（将收割的麦子、稻子等铺在场地上碾压，使之脱粒），杨秉尧和小伙伴们在边上玩耍。水牛拉着碌碡（石磙），在主人牵引下一圈圈碾压麦子，每当转弯的时候，由于惯性作用，碌碡便会向外甩出。谁也没注意的时候，钻在麦秸中的杨秉尧好像被碌碡碰着头了，可等人们发现后，将其拉起来一看，却什么事也没有。联想到杨秉尧此前有一次曾从树上摔下来，头着地，也没碍事，大家便给他起了个“铁头”的绰号，以示他头硬、命大。

可是，杨秉尧不怕死、不会死，不代表别人不怀疑他会当逃兵。毕竟，在那个年代，有些人当兵后不堪战争压力，便偷偷跑回家（这在当时叫“开小差”），也是不争的事实。

在某些人看来，杨秉尧离开了部队，就是“开小差”，当逃兵。

在家时间长了，村中各种各样的说法甚嚣尘上，特别是总有人拿“开小差”开玩笑，这令杨秉尧很不爽。慢慢地他就觉得，如果照这样下去，怕是跳进黄河也洗不清了。

怎么办？一个坚定的信念忽然在杨秉尧心头产生：不能再这样被人误解下去了，找不到原部队，可以加入别的部队，只要到了部队，重新走上战场，就是“货真价实”的人民子弟兵了，谁也不能再冤枉自己了。

于是，杨秉尧在打探到又有部队在本地征兵后，便赶忙前往报了名，并顺利通过审核，于 1948 年 6 月，再度穿上军装，回到革命队伍中。

几个月后，淮海战役打响，杨秉尧随所在部队参加了攻打徐州等战斗。后来还参加了渡江战役。

中华人民共和国成立后，杨秉尧于 1950 年 2 月被安排到苏北淮阴军分区集训大队参加集训，于 1950 年 7 月转入中国人民解放军公安部队 82

团1营机枪连，任副班长。1952年6月起，转入中国人民解放军3113支队一分队，任副班长。曾荣立个人三等功3次。

杨秉尧用多年的行动证明，他是一名合格的解放军战士。

很多年后，杨秉尧跟儿女们讲起，当年令他离开部队的那场战斗异常残酷，牺牲了好多战士。晚年病重期间，躺在病床上的他还曾喃喃自语："一个连的战友啊，就剩我一人活着……"

2. 离开了组织，依然为党服务

与杨秉尧因跟部队失散，后又二次参军入伍，从而为自己正名不同，杨效周因被捕牵涉"变节"风波而被组织上除名，但他在自谋生计的同时默默为党服务，终得以重新回到革命队伍。

2016年，沭阳县人民医院迎来八十华诞。在该院为纪念建院八十周年而编印的《沭阳县人民医院院史》一书中，隆重列出了"1949年主要人员名录"，其中杨孝州的名字赫然在目。

这里的杨孝州，便是杨效周的曾用名。

杨效周，1920年3月出生。1937年8月，他离开家乡到塘沟一家私人诊所学医，希望将来能以此谋生。

1940年8月，学成归来的杨效周在县城一家诊所临时当医士。这期间，他结识了一些革命同志，受到了进步思想的影响。

1941年3月，淮海军区在沭阳张圩正式成立，随即又成立了军区司令部、政治部、供给部、卫生部以及直属单位医院等机构。

就在这个时候，经人介绍，杨效周到淮海军区司令部当医士，成了一名医疗战线上的革命者。

由于当时苏北尚未全面解放，沭阳依然处于白色恐怖之中，所以革命者时常受到各种威胁。

1943年前后，杨效周突然被捕。敌人知道他在淮海军区司令部工作，便想套出一些情报，甚至想到了拉拢他加入他们的队伍。

当时有传言，说杨效周经受不住拷打和诱惑，叛变投敌了。

后来，虽然被释放的杨效周一再解释，却还是被军区开除了。

没办法，杨效周只能服从组织决定，打道回府。

好在杨效周有看病本领，他一边务农一边行医，自谋生计。

因为手艺好，收费合理，找杨效周看病的人越来越多。

慢慢地，杨效周又关心起革命的事情来，经常把所掌握的对共产党有用的信息，悄悄告诉给前来就诊的革命同志。

尤其是时任沭阳县民主政府公安局局长的孟迪，经常从杨效周这里获取情报。而且,沭阳公安局还根据杨效周提供的情报,破获了一批特务组织，抓获了一批特务或反革命分子。

1947 年春，在孟迪的关心、帮助下，杨效周获得了重新回到革命队伍的机会。

不久，淮海战役打响，解放苏南也指日可待。根据上级安排，沭阳要组织一批骨干机动江南。

所谓机动江南，是指在淮海战役胜利进行之时，华中工委连续于 1948 年 11 月 5 日和 12 月 22 日，发出《关于大量培养江南干部的决定》与《关于大量提拔培养和准备干部的决定》，要求各地委立即着手培训干部，并规定普遍实行副职制，区以上要求设双套副职，以适应江南新解放区的接收需要。根据这一指示精神，六地委要求各县委抽调一部分县、区、乡干部，配备齐一个县的县、区、乡干部全套班子，以配合渡江大军解放江南各地区后，及时接管，建立新的民主政权，稳定政局。

当时，杨效周也成为机动江南大军中的一员，被安排进入无锡宜兴，参与接管宜兴公医院的工作。

宜兴公医院前身是抗战前的县立医院和抗战期间国民党中央卫生署第三流动卫生站以及前宜兴县卫生院三者组合而成。被工作组接管后，更名为宜兴县人民医院，并很快走上正轨，诸如建立健全了医疗制度，开展了医护人员日夜值班制度，废除了手术志愿书等。

那段时间，虽然工作上紧张疲乏，但为了病人的安危以及接管工作的顺利进行，杨效周和同志们的干劲还是很足的，精神上也是深感愉快的。

宜兴公医院接管工作基本完成后，沭阳也已全面解放，县立医院沭阳县人民医院随之成立。大约在 1949 年 6 月，杨效周被调回沭阳，安排在县人民医院工作，以增加人民医院的师资力量。

沭阳县人民医院是在民国时期县立医院的基础上发展起来的。据《沭阳县人民医院院史》介绍，民国二十五年（1936 年）底，县政府遵省民厅训令，组成县“公医院”（沭阳县立医院）筹备委员会，定沭城程氏宗祠为院址，次年 1 月创建县立医院。民国二十八年（1939 年）日军占领沭城后，县立医院从此迁散。1946 年 8 月，沭阳县民主政府在原址恢复“县立医院”，1948 年春改院名为“县人民医院”，并明确服务于社会的医疗宗旨，同时肩负全县卫生行政管理等工作。

起步阶段的沭阳县人民医院，各项工作都需要走上正轨，包括医疗制度、服务措施、技术研究等，都亟待建立和完善。杨效周和同志们一道，积极参与医院建设，竭尽所能，为人民医院的发展奉献青春。

随着全县医疗事业的发展壮大，各乡镇也相应建立了卫生所或卫生站。杨效周在人民医院工作了一段时间后，服从组织安排，积极投身农村医疗服务之中，先后在吴集卫生所、刘集卫生所、龙庙卫生所、庙头卫生所、县农场、麻风院等处工作。

20 世纪 70 年代，轰动一时的沭阳柴油机厂在马厂落户，近千名退伍军人、知识青年、大中学生汇聚这里，一同拼搏，共创辉煌。

1977 年前后，杨效周根据工作需要，来到了沭阳柴油机厂医务室任驻厂医生，为全厂干部职工提供医疗服务与健康保障，直至退休。

在杨效周儿子杨星怀家采访时，杨星怀介绍说：“父亲生前多次提到，多亏共产党宽宏大量，不计前嫌，让他不仅从当年那场风波的阴影中解脱出来，还能继续从事革命工作，终生奉献医疗事业，退休后又享受离休待遇，真的很知足、很感恩。”

3. 挣脱婚姻的枷锁

列宁曾说：“历史喜欢作弄人,喜欢同人们开玩笑。本来要到这个房间，结果却走进了另一个房间。”

不知这句话，用在杨秉秀身上是否合适？

杨秉秀，1924 年出生，杨牌坊老革命、后任鄂西军分区司令员等职的杨秉国的姐姐。

她也曾想过像母亲、奶奶等长辈一样，做一名遵守妇道、相夫教子、看家守舍的好媳妇、好母亲。可后来的结果，却出乎她所料。

杨秉秀是家中老大，从小就很懂事，主动帮父母干家务，忙农活，照顾弟弟妹妹们，深得邻里夸赞。

1941 年，杨秉秀 18 岁，已长成袅袅婷婷、风仪玉立的大姑娘。这一年，在媒人说合下，她嫁给了本乡富农徐善志的二儿子徐建谋为妻。

只是，这桩多少带有点封建包办色彩的婚姻，没有给杨秉秀带来应有的幸福，以及她想要的生活。相反，倒是为她后来的命运转变埋下了伏笔。

徐家以种田为生，家境优裕。可杨秉秀过得并不快乐，因为她和丈夫一直感情不和。

更重要的是，徐建谋的叔叔徐善民，先是在国民党八区范湾乡任职，后来又投奔了伪军。杨秉秀对此很不理解，怎么可以为伪军卖命呢？

而此时，弟弟杨秉国已经投身革命，参加了地方党组织的活动，还加入了中国共产党。并且，杨牌坊已有多人走上革命道路，其中包括堂嫂张立梅、堂妹杨玉华等女性。

这让杨秉秀深受震撼，开始考虑人生抉择问题了。是远离徐善民、徐建谋之流，像弟弟等娘家人一样参加革命，追求真理；还是待在家中，庸度一生，成为摆在她面前的现实问题。

信念就像扑不灭的火焰，一旦在胸中腾起，就生生不息，越发坚强。没作多少思考，杨秉秀便拿定了主意，决定追随弟弟他们的足迹，朝着光明的方向走去。

很快，周边地区一些战斗打响，在党组织的号召与发动下，苏北广大农村开始拥军支前，沭阳首当其冲。杨秉秀抓住这一时机，积极投身革命大潮。

1945 年秋，杨秉秀开始担任婆家所在的大桥村的妇女会长，年底又改任村长。从此，她不仅自己身体力行，做好支前工作，还担负起组织义务，并充分发挥领导才能，带领乡亲们不停忙碌，有时甚至冒着生命危险，为前线送去一批又一批急需物资。

由于工作积极，表现突出，杨秉秀于 1946 年 7 月被吸收为中共党员，入党介绍人是时任范湾乡乡长柴文权和耿桥区妇联会会长华士珍（那一时期，原本隶属马厂区的范湾乡，临时划归耿桥区管辖）。同时，还调她担任乡妇女会长。

职务越高，责任越重，积极性也越大。杨秉秀从此干得更起劲了。

1946 年底，苏北地区环境恶化，共产党大军北撤，革命工作转入地下，杨秉秀便跟着区联防队打游击。

这期间，好几次遇到危险，差一点就被敌人抓住，但杨秉秀抱着革命必胜信念，硬是坚持了下来。

直到 1948 年春季，东乡环境才趋于平静，革命工作也逐渐恢复正常。这时，区委领导找到杨秉秀，跟她进行了一次深谈，希望她能机动江南。

这对杨秉秀来说，意味着要加入部队，随军南下。她很乐意，所以当即便下定了决心。

而此时，婆家已追随国民党而去，后来还跟着国民党一起去了台湾。

为了与徐家彻底划清界限，杨秉秀向区里提出与徐建谋离婚的申请，很快得到批准。从此，她像一只挣脱囚笼的小鸟，畅游于自由的天空下，欢快地追寻革命理想。

机动江南的人，当时全部要到位于盐城市合德镇的华中工学学习，然后等待下一步行动安排。

1948 年秋，杨秉秀与一批机动江南的同志一道，来到了合德这个陌生而又让人热血沸腾的地方，开始接受南下前的培训教育。

只可惜，因形势有变，南下未成，全体学员只好随军撤退。

然而，因被敌人阻击，先头部队撤到安全区了，杨秉秀他们以女同志为多，却被冲散落队。后来，这些落队的同志均由所在地安排工作，其中杨秉秀被介绍到大华工厂上班。

杨秉秀一直记得，大华工厂的厂长叫毛尚余，对她们这些外乡女同志非常照顾。

但是，工厂的工作并不适合杨秉秀，她也不愿意就这样背井离乡，她想回家，像原先一样和乡亲们共同干革命。

于是，1949 年底，全国解放之际，杨秉秀毅然放弃城里的安逸生活，回到了家乡，并担任炳来乡妇女会长，兼东场村支部书记，投入到了轰轰烈烈的社会主义建设之中。

4. 从国民党区长到人民教师

出生于 1896 年的杨维澍，年幼时跟着伯父杨开五读私塾，识得不少字，也懂得不少道理。长大后，积极投身社会，期盼通过自己的努力，为改变国家命运作出一点贡献。

杨维澍于 1928 年考入江苏省国民党区长训练班，一年后毕业。先是分配在沭阳十区（辖龙庙、官田等乡，区公所驻官田）当区长，后于 1929 年调到九区（辖高沟、杨口等乡，区公所驻杨口）当区长。1930 年，又改任八区（辖马厂、章集等乡，区公所驻章集）区长。

虽然在国民党政府工作，杨维澍却更认同共产党。尤其是随着时间的推移，他越发感到国民党背离民意、不得人心，宛若将倾大厦、摇摇欲坠。

而共产党，则如旭日东升，光芒万丈，前途辉煌。

根据杨维澍次子杨秉云的介绍，当时在复杂的政治形势面前，杨维澍之所以能明辨是非，选对立场，与他在训练班受到一位恩师的影响不无关系。

这位恩师1927年从上海法科大学法律专门部毕业，被分配到南京国民革命军总政治部政治工作人员养成所工作，在给江苏省国民党区长训练班讲课时，对杨维澍有过特别关照。

这位恩师生性倔强正直，非常憎恶国民党内不正之风，并因此与其顶头上司处处对立，后来因莫须有的罪名被捕入狱。

杨维澍受这位恩师影响，在政治上有了一定的敏感性，所以后来没有迷失在动荡的年代中。

他调任沭阳八区区长的时候，共产党在本地的活动已经很活跃，革命浪潮风起云涌。

他一边履行国民党区长职务，一边为共产党提供力所能及的帮助。主要是对辖区内的“创红”活动睁一眼闭一眼，从不作正面干预；另外是在地下党遇到危险时，出面打圆场，帮忙解围。

后来担任共产党地方主要领导职务的秦奇均、张聘三等人，便得到过杨维澍的很大帮助。“文化大革命”期间，杨维澍受到不公平对待时，张聘三还曾站出来为他说话，称“如果没有杨维澍的贡献，东乡的地下党不知要牺牲多少”。

据杨维澍侄孙子杨星华（杨炳文之子）介绍，当年杨维澍做国民党八区区长的时候，知道本区的秦奇均、张聘三等人在搞地下活动，非但没有抓他们，反而明里暗里提供帮助。

有一段时间，杨维澍还以增加区丁为由，直接将张聘三安排在区公所干事。白天，张聘三以区丁名义公开跑差，晚上，则悄悄开展地下活动。这些，杨维澍是心知肚明的，他从不过问。

可以说，杨维澍这么做是冒着很大风险的。

后来，区公所果真有人听到风声，断定张聘三是地下党，要将他抓起来。杨维澍知道后，及时阻拦道："张聘三我是了解的，他怎么会是地下党呢？不用抓，出了事我负责。"

就这样，在杨维澍暗中保护下，张聘三躲过了一劫。

不知是因为倾向共产党，还是其他什么原因，杨维澍在国民党政府的日子越来越不好过。他既无关系，又不擅通融，甚至连国民党党员都不是，所以备受排挤。

1932年，杨维澍被撤销八区区长职务，转任七区助理员。大约一年后，他再度受贬，一气之下便辞职不干，回家当老百姓了。

回家之后，杨维澍并未真的只当老百姓，而是一边在家教私塾，一边继续为革命作贡献。

首先，他将自家堂屋收拾成家塾，从族中晚辈开始，教孩子们读书识字，比如杨锋、杨炳文、杨行奎等人，都曾是他的学生。随着影响的扩大，前来求学的人越来越多，甚至还有外乡的。

读书之余，杨维澍还教育杨锋、杨炳文、杨行奎等晚辈以及外乡来的学生，一定要跟着共产党闹革命，国民党不得民心，兔子尾巴长不了。后来，不少人还真走上了革命道路，有的甚至为国捐躯，成了烈士。

杨维澍办私塾并不以营利为目的，不仅收费合理，遇到家穷的，还酌情减免学费。比如后来担任过淮海报社副社长、淮阴市水产局局长等职的杨行奎，当年便因家里贫穷，又是晚辈（杨维澍系杨行奎叔祖父，即杨维澍父亲与杨行奎曾祖父乃胞兄弟），被免收学费。

而在尽心尽力教私塾的同时，杨维澍还带着杨锋、杨炳文等侄儿，配合地方革命武装开展游击战，闹得马厂据点的敌人不得安宁，后来还利用有利地形，斩断了马厂据点和钱集据点的联系。

当时，杨维澍及其兄弟、堂兄弟等五六家住得比较近，出于安全考虑，几家共同做了三道圩子：最里边一道是墙头圩，用泥土夯实，又厚又高；外侧是藤条圩，用一些带针刺的灌木围成，密密麻麻，高不可攀；紧挨着藤条圩，则又用铁丝加了一道圩，交叉缠绕，牢不可破。

这三道圩子，宛若铜墙铁壁，牢牢守护着他们几家人，使得大人小孩高枕无忧，不再担心被土匪、日伪等外力偷袭。同时，也为保护地下党发挥了很大作用。

有一次，年轻的女地下党肖红，在马厂南一带发动群众开展抗日工作，不幸被日伪发现并追捕。肖红一个劲地往南逃，最后逃到了杨牌坊。杨维澍看到肖红连鞋子都跑掉了，意识到情况危急，便赶忙将她拉进圩子，又带到自家屋内藏起来，躲过了敌人的追捕。

还有的时候，遇到地下党路过村子，需要休息一下，杨维澍也会热情地将他们引进家中，妥善安排，让他们安心地休息。为此，他还会叫来杨锋、杨炳文等侄儿，共同在圩子外面站岗放哨，进行保护。

在此期间，杨维澍还曾号召杨牌坊杨姓人员开荒种树，把村南边的一大片“乱坑”（即坟地）给平整好，栽上树苗，既美化了环境，又为村集体增加了一个创收渠道。那时候的树木，是农村的主要经济来源之一。

杨维澍还凑钱雇村中的陈某看管树林，以此方式帮助这个外姓困难户。

后来，那片树林成材了，正赶上地方党组织为村中建立小学校，杨维澍便发动乡亲将树木砍掉卖了，钱全部捐给学校建设用。

1940 年 8 月，沭阳县抗日民主政府在马厂成立，同时成立中共沭阳县委，秦奇均任书记。彼时，淮海区专员公署也已成立，正着手进行淮海抗日根据地多项建设工作，为此，还成立了临时参议会。

1942 年 5 月下旬，淮海区第二届参议会在沭阳召开。这届参议会由各阶层人士组成，大体上依“三三制”比例分配，并讨论通过了行政公署组织法和行署的改组、本届参议会组织条例、田赋改征实物条例、公粮公草征集条例等。

在秦奇均推荐下，杨维澍当选为淮海区参议员。他没有辜负领导期望，在担任淮海区参议员不久，便提出了两条建议：一是全民办厂，支持解放区工作；二是抓好农业，依靠农民发展经济。这两条建议，非常符合当时的形势需要，均被采纳，并获好评。

与此同时，同样是在秦奇均关心下，杨维澍还担任沭阳民主政府八区调解委员会主任、参军委员会主任，均很好地履行了职责。

而张聘三，也一直没有忘记杨维澍对他的救命之恩，以及对地方革命的贡献。1949年6月，在他担任沭阳县政府县长以后，正逢六专署文教处发出号召，要求各县结合实际，认真开展好中小学教育工作。沭阳县为改善师资力量，专门在小陈庄（现小店乡）举办了教师集训班。

张聘三便趁此机会，推荐杨维澍参加教师集训班，然后分配到塘沟区荣嘴小学任教。

一开始，杨维澍是有点忐忑的。一方面，他怕自己教不好；另一方面，他担心自己干过国民党，如今再到共产党领导的学校任教，别人会不接受。

对此，张聘三进行了真诚而耐心的开导。他对杨维澍说："杨先生，你学识渊博，又教过多年私塾，别担心教不好书。另外，你到学校教书，也是在做革命工作，别人怎么会不接受呢？你不但不用担心，反而应引以为荣。"

听了这番话，杨维澍豁然开朗，终于不再纠结。

就这样，杨维澍由曾经的国民党区长，成为一名人民教师，正式投入革命怀抱，直至中华人民共和国成立后光荣退休。

第七章　巾帼奉献绽芬芳

《杨家将》里有一群美丽的女子，演绎了一段流芳千古的传奇，谱写了一曲荡气回肠的巾帼史诗。她们，被喻为“杨门女将”，为世人所称颂。

在杨牌坊杨氏家族，也曾有一群女子，纯朴善良，深明大义，为杨家殚精竭虑、任劳任怨；为中国革命添砖加瓦、无怨无悔。

如果把杨牌坊杨氏家族那些积极投身革命，为解放新中国而四处奔波、出生入死的男子们比作“杨家将”，那么这些看家守舍的女子们，称为“杨门女将”也不为过。

站在今天的角度看，当年杨牌坊女性群体的贡献至少体现在三个方面：一是直接参加革命，像男子们一样救亡图存，报效国家；二是送子参军，支持革命；三是间接付出，拥护男子们外出革命，自己在家操持家务，养老抚小。

在那血雨腥风的年代，一批批有识之士走上革命道路，追求真理，寻找光明。其中也包括农村女性。

在杨牌坊，便有不少女性顺应潮流，毅然投身革命。比如杨玉华、杨秉秀、张立梅等人，就是杰出代表。尤其在支前、土改等运动中，她们有过重大贡献。

与杨玉华她们直接参加革命比起来，那些送子参军的母亲们从没在意自己有啥了不起，可她们一样为革命作出了贡献，一样的伟大而光荣。甚至她们比别人作出了更大的牺牲，承受着更大的压力与孤独。杨琛、杨秉钧、杨秉国、杨尔玺……一个个投身革命，谁的背后没有母亲的理解、支持和牵挂?

而作为嫁入杨家的媳妇们，在丈夫参军打仗以后，也用默默无闻的方式，在对丈夫、对国家的命运表示关切。继而用朴实无华的行动，履行自己为人妻、为人母、为人媳的责任。

她们的力量也许很卑微，却支撑起了一个家。她们用不同方式在为这个家操心劳累，艰辛付出。她们的付出很多、很大，得到的回报却很少。甚至她们的贡献只尘封于人们的记忆之中，奖章、证书、职位、待遇等“功劳簿”上，断然不会有她们的名字。

相反，有的人在家养老抚小，牵肠挂肚，日夜期盼好多年，最终等来的却是亲人去世的不幸消息。战火纷飞的年代，危险无处不在，谁也说不准明天会是什么样子。

但无论如何，她们都为这个家庭、为这个村庄、为这个国家，乃至为那个时代作出了不一样的贡献和牺牲。她们的功劳，永远铭刻在革命丰碑上。

1. 战争，很难让女人走开

苏联有位作家说过一句话：“战争，让女人走开。”

言下之意，战争是血与火的碰撞，是枪与炮的厮杀，柔弱的女性怎能经受住残酷的战争?

有部国产电影就叫《战争让女人走开》，讲述了这样一个故事：20世纪80年代初的某一年春节前夕，解放军某部的指战员们正在做着各种准备，迎接从各地赶来共度春节的家属们。正在这时，部队接到紧急命令，所有来队家属必须在两天内离开营房，部队要做好开赴前线准备。刚刚来队的军嫂们瞬间悲喜两重天……

然而时光倒流几十年，在那刀光剑影、烽火连天的抗日战争及解放战争年代，这句话并不适用于伟大的中国女性。她们，不但无法远离战争，还得参与其中。

杨牌坊的杨玉华、张立梅、李玉兰等女性，便是这样的代表。

杨玉华，1926年2月27日出生。1944年参加革命，1947年加入中国共产党。

说起杨玉华的与众不同，其长女、曾任沭阳县总工会干部的王惠平表示，有两件事她曾经听说过，至今印象深刻。

一件事，当年，因受革命思潮影响，男男女女都开始剪辫子、留短发。此股新风吹到乡村、吹到杨牌坊以后，人们尤其是年轻人纷纷响应，跃跃欲试。但也有思想保守的人不为所动，甚至公然反对。杨玉华要带头剪辫子，父亲便不同意，觉得女孩还是留大辫子好看，剪短发不成体统。为此，还满庄追着杨玉华打，坚决不同意她剪辫子。但最终，杨玉华还是将辫子剪掉了。

另一件事，杨玉华18岁，也就是刚参加革命的时候，母亲不幸去世。当时，二妹11岁，小妹才5岁。为了照顾两个妹妹，带大她们，杨玉华一直不谈恋爱不结婚，每天除了干工作，便是回家操持家务。直到25岁的时候，才在亲友劝说下，开始考虑个人问题。而这个年龄，在当时的农村是非常大的了。

参加革命后，杨玉华先后担任过村长、乡妇联会会长等职。

张立梅，1920年出生于沭阳县张圩乡东营村一户贫农家庭，17岁时嫁入杨牌坊。

由于受到杨牌坊革命氛围的影响，抗战初期，张立梅就成为参与村中革命活动的积极分子。1944年，她正式参加地方工作，任村妇救会会长。1945年加入中国共产党，随后历任炳来乡妇联主任、炳来乡副乡长、炳来乡乡长等职。

杨玉华、张立梅二人，由于辈分相同，志趣相投，所以经常在一起谈心交流，成了无话不说的好姐妹、好朋友。

杨玉华经常到张立梅家玩。张立梅的婆婆张桂兰是杨玉华的大婶，她也非常喜欢杨玉华，每每都是笑脸相迎，嘘寒问暖。张立梅家曾住过县政府工作人员，马厂兵工厂下乡“打游击”期间，枪弹生产车间也安排在张立梅家。这些，都为张立梅以及杨玉华接触进步思想、投身革命大潮创造了条件。

她们俩，同时于1944年参加革命，然后一同开展工作。

有一段时期，张立梅一心扑在工作上，不分白天黑夜，多少天都不回家。有一次，还差点被敌人逮捕。

那是1947年4月底的一天，张立梅到外乡交流支前工作，很晚才结束。当时，她遇到周集区妇联副主任兼德方乡妇救会会长王华，便一同回家。

路过王华姑父梁聚德家的时候，天色已晚，王华说不如到姑父家住一晚，等天亮再回家。她还说，正好想借此机会动员一下姑父参加革命。

张立梅考虑到家中孩子小，便婉言谢绝，然后独自一个人摸黑回家。

谁知就在这天夜里，由于坏蛋告密，敌人包围了这个村庄，并直堵梁聚德家。当时敌人叫嚣，如果抓不到王华，就要挨家搜查，在谁家查到就枪毙谁家的人。为了不连累姑父一家以及全村乡亲，王华果断而勇敢地站了出来，随敌人而去。

后来，王华在狱中经受住了各种酷刑，始终不屈服，没有出卖党组织。结果，气急败坏的敌人于5月初的一天，残忍地将王华杀害了。当时，她年仅18岁。

不久，周集区召开数千人的追悼大会，集体悼念王华烈士，并宣布上级政府决议：授予王华烈士“刘胡兰式的英雄”称号！

张立梅虽然躲过一劫，却为比自己年轻好多岁的小姐妹王华惨遭杀害而感到悲伤，同时也进一步增强了继续革命、斗争到底的信念与决心。

李玉兰，1930年12月出生于马厂徐塘圩村，1945年前后嫁到杨牌坊。李玉兰加入共产党的时候还没结婚，是在党组织关怀下不断成长的。

说起李玉兰早早加入共产党，还有一个小插曲挺耐人寻味的哩。

当时，出于保密需要，加入共产党后，往往只有组织上的少数人知道，其他就连自己的家人，也是不能告知的。而且李玉兰所在的党组织开会的时候，与会人员一律头戴斗笠，避免被他人看清面孔。

一天晚上，李玉兰根据接到的通知，悄悄前往某处参加支部大会。

进入会场后，只见昏暗的灯光下，一片斗笠在人们的头上此起彼伏地微微晃动，却看不清任何人的脸。

李玉兰压低斗笠挡住脸，利用余光往人群里挪，找了个位置坐下。

还没到开会时间，有些挨得近的人便低声说着话，主要是交流革命形势、心得体会等。

李玉兰正静静地坐着，边上的人忽然用手抵抵她，轻声说道："闺女，你也是我们的人啊？"

李玉兰一怔，这声音好熟悉啊。正琢磨着像谁，只听对方接着说道："在家怎么从没听你说过呢？"

李玉兰一下子反应过来了，这不是自己的父亲吗？父亲平常那低沉雄厚的说话声，她再熟悉不过了，到哪都能听得出来。

父亲也是党员？

没错，李玉兰的父亲李登元也是党员，而且入党时间比李玉兰还早。

原来，李登元也是一个思想进步的农民，在熟人介绍下加入了中国共产党，希望通过参加党组织，做一些有意义的事情。

由于受纪律约束，李登元在家只谈共产党领导人民闹革命的事，却只字不提自己也是共产党员。

只是他没想到，女儿小小年纪，也会加入共产党。

这天晚上，他也接到通知前来开会。

原本还有意瞒着女儿的，生怕她问他出门干什么。没想到到会场刚坐下不久，无意间看到一个很熟悉的身影朝他这边挪过来，那姿势、那节奏，尤其是身上那衣服，怎么看怎么像自己的女儿。

就在对方往下蹲的时候，他斗胆将斗笠往上抬高点，悄悄朝对方斗笠下斜瞥了一眼，发现那模糊的轮廓正是女儿的面容。

于是，他便悄声说出了前面这两句话。

李玉兰得知坐在身边的是父亲，想到和父亲都是党员，而且是一个支部的同志，真是既激动，又兴奋。但她很快便淡定下来，只轻声应了父亲一句："回家再说吧。"然后便坐在那里不说话，等候开会了。

后来，李登元问过李玉兰，加入共产党不怕有危险吗？李玉兰坚定地说："不怕。"李登元听后，甚感欣慰。

嫁到杨牌坊以后，李玉兰一边操持家务，支持丈夫杨效周行医；一边与杨玉华、张立梅等杨家女性一道，力所能及地参与地方革命工作。有一段时间，她还担任了村里的妇救会会长。

她们这些女性，在抗日战争时期和村上其他革命先辈一起，组织乡亲们和日伪展开顽强斗争。每当敌人下乡扫荡时，她们便带领村上父老乡亲一起跑反，并帮各家各户收藏好粮食和有用物品，免遭掠夺，尽一切力量保护乡亲们的生命财产安全。

解放战争时期，她们带领全村群众积极支前，发动村中妇女做军鞋、纺棉纱、磨面粉，为伤病员洗血衣，还组织男劳力往前线运送军粮，在战斗中发挥了重要作用，作出了很大贡献。

特别是涟水保卫战中，后方医院就设在马厂和章集之间，离杨牌坊很近。这一带住有几百名伤员，全部分散在各村各户，包括杨牌坊，也住了许多伤员。李玉兰、张立梅、杨玉华等女性带头执行上级指示，日夜守候，精心照顾伤员，给他们端茶倒水，喂饭喂药，为他们洗血衣，不怕脏不嫌累，就像对待亲人一般，谱写了一曲彰显军民鱼水情的赞歌。

中华人民共和国成立后，由于种种原因，李玉兰没能像张立梅、杨玉华等人一样成为国家干部或单位工作人员，而是一直在家务农。但她始终以共产党员身份为自豪，并以高标准、严要求约束自己，时时处处以平凡而朴实的行动为党增光添彩。

晚年，组织上定期给她发放老党员补助金，虽然数额不是特别的大，她却经常会情不自禁地跟儿孙们说："这是党对我的一片关怀，也是莫大的荣誉，我打心眼里感激共产党。"末了，还不忘叮嘱一句："你们也要像我一样，永远跟着共产党走！"

2. 三吊铜钱送子参军

张桂兰，嫁到杨牌坊杨家以后称杨张氏，1896 年 5 月 24 日出生，为杨牌坊杨氏十一世孙媳，丈夫杨维彩 21 岁时不幸因患黑热病去世，留下了年仅 3 岁的儿子杨琛，由她一个人抚养。因丈夫是家中独子，所以公公婆婆也由她照料。

日子虽然艰难，却也过得很快。转眼间，杨琛已长大成人，并且结婚生女。一大家四世同堂，其乐融融。

然而这样的天伦之乐没持续多久，复杂的形势、残酷的现实很快打破了一家人的安宁，原本平静的生活被彻底改变了。

原来，杨琛自从跟张立梅结婚以后，便经常往她娘家张圩东营村那边跑，接触进步人士，参加秘密组织。

那时候，张圩地区地下党很活跃，以各种形式开展活动，群众觉悟普遍很高。

对此，一字不识的张桂兰倒也心知肚明，并没有刻意反对儿子，更没阻止他外出活动。

1938 年 7 月，杨琛参加的中华民族解放先锋队被整编到八路军山东纵队陇海南进支队第 3 团，在淮海地区开展抗日武装斗争。

当时，和杨琛一同参加"民先队"的还有张立梅的弟弟张立峻。

那天晚上，张立峻来到姐姐家，打探姐夫杨琛是否加入南进支队，并且表示只要姐夫加入，他也就跟着一起加入。

"加入，肯定要加入，明天就走！"杨琛很坚定地说。

随即，杨琛来到母亲房间，把情况一五一十地跟母亲讲了，希望她能理解和支持。

一开始，杨琛还担心母亲会反对，谁知母亲听后，没作过多思考，便满口答应道：“当兵打鬼子是好事，你就放心去吧。”

这令杨琛很惊讶，也深受感动，同时倍觉温暖。没想到，母亲这么爽快。

第二天，在杨琛和张立峻准备出发去找南进支队的时候，张桂兰又耐心地交代一番，然后打开床头柜子，给他们每人拿了3吊铜钱，作为路上的开支，要他们一定要照顾好身体，顺利找到部队，然后好好打仗。

杨琛告别母亲，便带着张立峻出发了。

都说自古忠孝难两全。杨琛这一走，十余年失去音信，更没有回来过，直到中华人民共和国成立，才得以与家中取得联系。而家里的重担，完全压在了母亲张桂兰身上。

彼时，孙女杨星惠才出生6个月，加上年迈的公婆，老幼四代5口人一起生活，张桂兰压力之大可想而知。

她也许没想到，辛辛苦苦熬了20多年，好不容易把儿子拉扯大，如今儿子却又背井离乡，留下妻儿老小，让她这个半百老人继续支撑着一个家。

好在张立梅很懂事，也特别贤惠能干，帮了张桂兰不少忙。包括后来公公婆婆相继去世，也是张立梅陪着她操办的后事。

若干年后一提起这些辛酸往事，杨琛总感到愧疚和不安，当年一门心思地带兵打仗，忽略了对家庭的照顾，让母亲吃了不少苦，受了不少罪。

而每当此时，母亲总会宽慰地说：“没事，现在的情况不是很好嘛！”

3. 慈母寻儿泪花流

和张桂兰积极支持儿子当兵打仗不同，杨秉钧母亲杨蒋氏一开始有所顾虑，并不同意儿子参军入伍。

杨蒋氏，生于光绪年间，是一个个子高高、长得瘦瘦的农村妇女。据杨牌坊健在老人回忆，她特别爱干净，还会抽烟，经常独自一人躲在炉灶旁抽烟。

儿子杨秉钧自1939年10月担任村青救会会长后开始接触革命，经常不在家，也开始了杨蒋氏担惊受怕的日子。

杨蒋氏很不幸，命运多舛。

丈夫杨维淮兄弟三个，老二杨维江，老三杨维湖。由于当时生活、卫生等条件较差，地方流行俗称“大肚子病”的传染病，死亡率很高。老二、老三都在40岁左右得此病去世，杨维淮也在59岁时得此病去世。老二、老三各有两女，无男孩。

杨蒋氏与杨维淮生有两个儿子，长子杨秉喜早在20多岁时便不幸去世，媳妇改嫁，留下一哑女，由杨蒋氏与杨维淮抚养。

杨维淮去世后，一大家子便只剩杨秉钧一个男孩。因此，杨蒋氏视杨秉钧如掌上明珠，不敢脱离半步，唯恐有个三长两短，无法对杨家列祖列宗交代。

父亲去世后，16岁的杨秉钧便不再上学，回家帮母亲种田干活了。但他和许多进步青年一样，满腔热血，心系国家，救亡图存的烈火一触即发。

转眼到了1941年6月。家乡虽然解放不到两年时间，但杨秉钧经历了各种会议、活动，受到了深刻的教育，已经下定决心要离开家庭真正干革命。

八路军宣传队的同志得知杨秉钧的愿望，非常高兴和支持，并鼓励他先去淮海干校学习，以便下一步更好地从事革命工作。

杨秉钧向母亲透露要去上学的计划，杨蒋氏问什么地方，杨秉钧说是钱集淮海干校。

杨蒋氏一听，知道那里是共产党活跃地区，便坚决不同意，还说“你不是上学是去当八路”。

杨秉钧刚想解释，杨蒋氏却哭哭啼啼起来，不停诉说“你父亲刚死，家里还有一个哑巴侄女，将来怎么办”“家里还有几亩地谁来种”“我年年冬天要发哮喘病，谁来照顾我”，等等。

母亲说的句句都是实话，杨秉钧心里也产生激烈的矛盾和斗争。母亲的养育之情，爱子之心，他是理解的。长大成人孝敬父母，养老送终，更是完全应该的，他读的诗书，很多不就是忠孝方面的吗？

可杨秉钧又转念一想，当前乃国难当头，日本帝国主义已侵占我们的家乡，不抗日就要当亡国奴，日本鬼子烧杀奸掠也能忍受得了吗？还能安安稳稳在家孝敬父母吗？不能，绝对的不可能！没有国就没有家，救国就是保家，有家也就是孝敬父母。让老人遭受外敌欺辱，这才是最大不孝！

杨秉钧越想越觉得，抗日救国这是一条正路。于是他拿定主意，非出去不可。为做好准备，他偷偷弄出一斗小麦到马厂街卖了，然后买了牙刷牙粉、肥皂毛巾、背包等生活必需品。

杨蒋氏听说儿子还是要走，又哭哭啼啼起来。为暂时安抚老人家，杨秉钧只好谎称不去上学了。可最终，他还是趁母亲不注意，偷偷地离开家，离开慈祥的母亲。

当时和杨秉钧一起去淮海干校的，还有本村的杨秉承和邻村的范锡洪。他们都是在八路军宣传队女战士葛民义的鼓励、动员下决定到淮海干校的。在跟葛民义告别时，杨秉钧还拜托她抽时间到他家安慰安慰他的母亲。

在淮海干校学习近两个月，由于天气转冷，学员都请假回家拿衣服，杨秉钧也借机回了趟家。

到家后，杨蒋氏见了非常高兴，连声问儿子在家能住几天？

杨秉钧说：“两天。”

“怎不多请几天假？”

杨秉钧说功课紧张，没法多请。

杨蒋氏接着又问这问那，一副好奇的样子，而且渐渐也有了笑容。吃饭时，还专门炒了一盘鸡蛋。杨秉钧眼眶湿润了，这就是慈母爱子之心啊，他将终生难忘。于是，他把在淮海干校的生活情况介绍给了母亲：

在淮海干校，杨秉钧他们被编入民运队男队，另外还有一个女队。一日三餐，按班吃饭，每班一盆菜，还经常吃肉，感到比在家生活还好。伙食费是公开的，每天由一个班抽出两个人到伙房买菜记账，晚上公布开支情况。每天早晨起来，以队为单位跑步。上午上课，是以大树底下为课堂，下午分班讨论。课堂内容，主要讲中国共产党方针政策和将来的伟大奋斗目标，讲党内左右倾路线对党的危害，讲共产党正确路线，讲苏联怎样建立苏维埃政权，还讲国际国内反法西斯和抗日斗争形势，等等。

听到儿子讲了这些，杨蒋氏宽慰了。

这次回学校时，杨蒋氏没有阻拦，也不再啼哭了，只是嘱咐儿子："今后有时间能多回家来看看。"

杨秉钧忙不迭地说："行，一定一定。"

可嘴上这么说着，实际做起来却是非常的艰难，革命工作千头万绪，哪是说回家就能回家的？

转眼到了12月底，杨蒋氏的哮喘病忽然发作，很严重。此时，杨秉钧根据组织安排，参加工作队在刘集一带做群众宣传工作。庄上人听说后，便到刘集给杨秉钧送信，让他回家看看母亲。

到家之后，见母亲确实病得不轻，杨秉钧赶忙请医治疗，但病情并未好转。

乡领导听说杨秉钧回来，便前来看望和交谈。其间，杨秉钧流露了心中纠结：走吧，母亲病重；不走吧，工作又放不下。

乡领导很同情杨秉钧的困难，便表示可以出面跟刘集那边协调，让他不去刘集了，就留在家乡，边工作边照顾母亲，一举两得。

就这样，杨秉钧开始在范湾乡工作了。杨蒋氏也显得很高兴，不停提醒儿子要好好工作，以此报答领导的关心照顾。从此，她也没有别的想法了，一心一意支持儿子干革命。

大约四年后，情况又有了变化，已担任范湾乡乡长的杨秉钧被调到孙墩乡任乡长。杨秉钧知道，作为革命者，对组织上的安排必须无条件服从。只是他不忍心，要再一次跟母亲告别。

那一晚，他躺在床上迟迟不能入眠，脑海中不断出现往昔的一幕一幕，有关于母亲的，也有关于家乡的。他只能在心底发誓，永远不能忘了母亲对他的生养之恩，永远不能忘了家乡对他的哺育培养，绝不给家乡丢脸，一定要为革命奋斗终生。

告别母亲，杨秉钧踏上了去异乡革命之旅。望着儿子远去的背影，杨蒋氏既感欣慰，又觉心疼，怅然若失。她无力为儿子做什么，只能在心底祈祷儿子工作顺利，革命成功，身体健康，生活幸福。

然而这一别，杨秉钧不断变换工作，辗转各地，杨蒋氏竟再也没能与儿子见面。

因工作需要，杨秉钧后来加入了县大队序列。再后来，也就是 1946 年解放战争开始后，他所在的县大队编入华野第 12 纵 34 旅，开启了随部队南征北战的新征程，更没机会回家探望母亲了。

而杨蒋氏，迟迟等不到儿子回家看她，只能在期盼与寂寞中独度余年，身体每况愈下。

后来战事频繁，经常有部队从马厂路过。每当此时，杨蒋氏便会迈开那双年迈的小脚，颤颤巍巍地走到路边或队伍中间寻找儿子，不厌其烦地向战士们打听儿子的下落，但每每都失望而归，暗自落泪。

经常这样，使她的精神受到刺激，以致后期出现了精神失常。

1948 年 9 月 28 日，杨秉钧所在部队驻在陈圩，正当他和战士们为“济南解放、活捉王耀武”筹备庆祝活动时，通信员忽然跑来告诉他，家中来人找他。

杨秉钧回到连部一看，原来是堂哥杨炳文，说已找他两天了。杨秉钧刚要问何事这么急着找他，杨炳文哽咽着说："你家伯母已经病故了。"

听此不幸消息，杨秉钧心中十分难受，但当时有战士在场，他克制自己没哭，泪水包在眼中，说："大哥你先回去，我要到营里请假，下午一定到家。"

往日回家嘘寒问暖，今天返乡肝肠寸断。杨秉钧怎么也没想到，上次跟母亲一别，竟是永别。如今，再也听不到母亲的唠叨、母亲的叮嘱了。一路走着，一路想着，杨秉钧仿佛飘零的浮萍，一点依靠没有。

天快黑了，杨秉钧终于赶到家中，见到了母亲的遗体，瞬间泪如泉涌，悲痛万分。

家乡年年遭受水灾，生活艰难，老人家未能过上好日子，却在战火纷飞中替儿担惊受怕、牵肠挂肚。想到这些，杨秉钧深感有愧，恨不得时光倒流，好好孝敬母亲一番。而现在能做的，就是守灵一宿，陪母亲最后一程。

第二天早晨，正忙着为母亲遗体安葬，连队通信员忽然来了，告诉杨秉钧，部队接到战斗任务，晚上就要行动，要他赶快回去。

在场的叔叔、兄弟们一听，议论纷纷，"这哪能走啊？不行。""官不差病人，何况母亲去世？""至少应该在家守孝到头七呀……"

看到乡亲们如此着急，杨秉钧赶忙安抚道："我现在是个军人，军人以服从命令为天职，请大家不要为我担心。"然后，他又对通信员说："你先走吧，我下午一定赶回部队。"

就这样，在安葬母亲遗体之后，杨秉钧便匆匆赶回了部队。临行前，他想了两句话：

恕儿不能守灵位，国事为重；

上战场英勇杀敌，以尽孝心。

他把这两句话牢记在心，作为打仗杀敌的动力，也作为对母亲的思念。

若干年后，已是耄耋之年的杨秉钧撰写个人回忆录，还清晰记得这两句话，工工整整地给写了下来。他的儿子杨燎原看到这两句话，再想想奶奶艰辛的一生，不禁感慨万端，非常自豪地表示：

中华人民共和国的成立，也有千千万万奶奶这样的普通农村妇女的功劳。她们，同样为中国革命作出了贡献与牺牲。而这背后，不更说明共产党领导的人民革命深得人心，让广大百姓看到了只有共产党才能救中国吗？

4. 一声“干妈”见证革命情谊

1941 年 2 月，新四军开辟苏北根据地，面临的最大困难就是缺少枪支弹药。听说沭阳马厂一带有铁匠能造枪，新四军就派人联络并协助地方党组织，迅速把铁工们组织起来，造枪支援抗战。马厂铁工委员会（以下简称铁工会）随之成立。

铁工会开始组织仿制当时使用较多的“汉阳造”步枪，称为“马厂造”。它不仅是淮海区我军主力和地方武装打击日寇的重要武器，还被输送到临近的盐阜解放区、豫皖苏边区和山东鲁南抗日根据地，支援当地的抗日斗争，在抗战史上书写了光辉的一笔。

在造枪过程中，没有厂房，铁工就分散在各家各户生产；鬼子查得紧，他们就四处打游击，流动生产。包括杨牌坊，也曾参与其中。

当时，杨牌坊是一个只有三十几户人家的小村庄，因水害频繁，连年歉收，各家的生活都比较清苦。但对于造枪工作，全村上下却是非常的支持，很多人家腾出房子让铁工会使用，诸如杨维渐、杨维俊等人家，分别成为“游击兵工厂”临时车间。

党组织和铁工会经慎重考察，认为张桂兰家政治可靠，环境适宜，与她商议后，便将其中的枪弹生产车间安排在她家。

从此后，张桂兰家的泥屋草房里便热闹起来。人们进进出出，忙忙碌碌。张桂兰热情地为大家做饭洗衣，端茶倒水，相处得十分融洽。每遇有鬼子下乡扫荡时，工匠们便将所有机器工具坚壁清野，使敌人摸不着头绪，无功而返。

张桂兰的热情好客和周到服务赢得了工匠们的一致好评。在此期间，有一位姓袁的负责人还认张桂兰做干妈，此后很多年都有来往，像亲戚一样互相走动，直到1958年张桂兰去沈阳，后来到哈尔滨生活，才慢慢断了联系。

1944年，因受进步思潮的影响，张立梅也悄悄参加了地方革命工作，任乡妇救会长。张桂兰非常支持儿媳妇的选择，并力所能及地提供帮助。

于是，乡里的工作人员便经常来到张桂兰家，有时还吃住在她家，她总是笑脸相迎，热情款待。

慢慢地，张桂兰和这些工作人员相处得就跟亲人似的，这些工作人员也特别关心她的家庭，方方面面给予照顾。其中乡长柴文权对她最好，还认她做干妈。

中华人民共和国成立后柴文权调到县政府工作，张桂兰孙女杨星惠在县城念书时，他像对待自己孩子一样关心杨星惠。特别是上高中时，柴文权还在沭中旁边找了一间房子，让张桂兰住在那里陪杨星惠，给她烧饭吃，一直到杨星惠离开沭中上大学。

这种亲人似的关系一直维系着，柴文权去世以后，杨星惠和他儿子柴中亮仍然保持联系。

认张桂兰做干妈的还有一个人，她就是秦淑芳，时任沭阳县委书记秦奇均的妹妹。

沭阳县民主政府在秦马棚建立以后，县城尚未从国民党手中解放，县政府办公地点飘移不定，其中有一部分机构及其工作人员分散在老百姓家，进行地下办公。

当时，秦淑芳的丈夫孔建华担任县委秘书，根据组织安排及协调，夫妇二人借住在张桂兰家。他们的任务是协助地方工作，因此张桂兰把家中最好的房子堂屋让给他们住，并和他们一锅吃饭，不分彼此。

时间久了，他们之间便有了亲人般的感情，秦淑芳就认张桂兰做干妈，按当地习惯亲切地称她“娘”。年幼的杨星惠，则叫他们“姑姑”“姑父”。

后来，孔建华、秦淑芳夫妇的第一个孩子孔新民，就出生在张桂兰家。这让张桂兰高兴得不得了，当成自己亲孙子一样无微不至地进行照料。

中华人民共和国成立后，孔建华、秦淑芳夫妇调到北京工作，孔建华在四机部担任领导职务，秦淑芳则在一机部工作。

他们两人，后来和张桂兰儿子杨琛也建立了深厚友谊，成了至亲好友。

杨星惠和丈夫王兆全在南京工作后，孔建华夫妇只要到南京出差，一定来看他们，而杨星惠和王兆全去北京出差，也一定去看望二位干亲长辈。

5. 新婚第三天，送夫出征

1943 年 9 月的一天早晨，旭日东升，朝霞满天，鸟语花香，到处一派绮丽风光。

杨秉章家大门两旁的大红“囍”字，被露水沾湿了一夜，此刻在晨光沐浴下，散发出喜人的气息，氤氲着整个杨牌坊。

高挑个、细长脸、单眼皮的姜文芳，身穿红外套，端着小竹筐出门，来到菜园摘菜。新媳妇上门，是要抢着干家务的，何况她原本就是一个勤快之人。

初秋菜园里的各种蔬菜、花花草草，依旧郁郁葱葱，分外迷人。村前田地里的庄稼已经成熟，在微风吹拂下轻轻晃动，金波荡漾，珠光闪闪，煞是好看。

然而，姜文芳全然顾不上这些，她根本无心赏景。新婚才三天，丈夫杨尔玺就要回部队了，此刻的她，心中除了依依不舍，还能容得下什么呢？

“我又不是不回来，愁眉苦脸干啥？”早饭时，见家人都闷闷不乐的样子，杨尔玺便如此安慰了一句。

农村妇女本来就不喜欢多说话，作为新上门的媳妇，姜文芳更懂得矜持，所以她几次欲言又止，然后默不作声，只顾低头吃饭。

杨秉章一边吃饭一边望望儿子，本想讲上几句，却也随着一口饭咽肚子里，什么也没说。

他原本是想趁这次完婚，将儿子留下，不让他再去部队的。谁知儿子死活不肯，必须要走，而且今天就走。

而儿媳妇姜文芳，也一句劝阻的话没说，等于是默许杨尔玺回部队了。

事已至此，做父亲的又能怎么样呢？唯有在心底祝愿儿子在部队能平平安安、顺顺当当。

倒是年仅8岁的妹妹杨惠珍（小名尔珍），冲着杨尔玺说了句俏皮话："哥，嫂子这么漂亮，你就舍得丢在家里不管啊？"

"不是有你陪着吗？"杨尔玺笑着对妹妹说道。

这时，姜文芳莞尔一笑，脸上一阵绯红。她多么希望丈夫能回心转意，留在家不走了。

然而她也明白，国难当头，保家卫国是每一个人的光荣责任，尤其是像丈夫这样的男子汉大丈夫。不要说丈夫有自己的主见，就是没主见，她也不能拖他的后腿，不让他当兵打仗。

就这样，一家人在沉闷的气氛中草草吃完了早饭。早饭过后，杨尔玺便收拾行李，准备出发了。

他们家是村西头第一家，出门就是路，所以说出了门就等于出了村。这样一来，家人也送不了几步，杨尔玺就独自上路，离家而去了。

当时部队驻扎在西南方的胡集，所以杨尔玺从村前沿庄稼地里的一条小路，一直往塘沟方向而去，这样走比较近些。

姜文芳害羞，没好意思远送，只能躲在门后，悄悄望着丈夫的身影越来越远，直至消失在庄稼地的尽头。

她期盼丈夫能早点回家，却又不知他究竟什么时候能回家。

新婚离别的滋味，可真不好受。

而接下来的时间里，对姜文芳来说无疑是更大的考验。她不仅要独守空房，忍受相思之苦，还要承担侍奉公婆、照顾年幼小姑子、小叔子的重任，生活压力不可谓不大。

不过，姜文芳不愧是贫苦家庭出身的女性，不仅心理素质好，抗压能力强，而且心灵手巧、聪明能干，很快便成为全村公认的好媳妇、女强人。

家务上自不必说，她每天都把家里收拾得干干净净，把一家老小照顾得无微不至。没事的时候，便坐在那里纳鞋底做鞋子，很少出去串门。

庄稼地里，她同样是把好手，干起活来有模有样、眼明手快，一点不输男子。时间过去这么多年，村里一些健在的老人回忆起往事，还一个劲地夸赞姜文芳："她可是出了名的好儿媳，谁也说不出不是。"

据 83 岁高龄的杨秉全老人介绍，当年姜文芳下地干活非常勤快，也很能干。

麦收的时候，她和公公杨秉章一同下地收割麦子，她一个年轻女孩，挥起大刀干净利索，唰唰唰就把一片麦子撂倒在地。

结果，杨秉章一畦麦子收割下来，姜文芳也紧随其后，割得一点不比公公少。

包括脱粒之后堆草垛，大捆大捆的麦秸她也能举得起来，堆到草垛上。

有一段时间，日伪经常下乡扫荡，乡亲们不得不四处跑反，姜文芳每次都紧紧跟在公公婆婆身后，生怕他们有什么闪失。

有一次，他们家的房子被扫荡的敌人放火烧了。事后，姜文芳一边安慰公公婆婆，一边四处弄材料，重新盖房。

后来涟水战斗打响了，村里不少妇女响应号召支前，姜文芳也与她们一道，磨面粉、做军鞋、送军粮等，什么活都干。

当年杨尔玺所在部队开拔路过马厂时，杨尔玺曾让人通知姜文芳到临时驻地与其见了一面。离别时，杨尔玺跟姜文芳交代，如果他在战场上发生意外，她一定要改嫁，另谋生活。

没想到一语成谶，后来杨尔玺还真在战斗中不幸牺牲，为国捐躯。

6. 追随丈夫到军营

听说老家在搜集整理中华人民共和国成立前参加人民军队或地方革命工作人员的资料，远在湖北孝感的杨牌坊革命后代杨星华（杨秉国次子）表示，这是一件非常有意义的事情，作为漂泊在外的杨牌坊后人，还是期待多看到一些这方面信息的。

而得知嫁到杨牌坊的革命女性也将纳入其中，杨星华更是不无自豪地说：“我妈妈曾经也当过兵。”

是的，杨星华母亲范锡华不仅当过兵，而且较早参加革命，在当时成了杨牌坊一带进步女青年的代表。

在杨牌坊走访，很多健在的老人向我讲述了有关范锡华的过往情况。

范锡华，1930 年 11 月 1 日出生，马厂镇东场村东场组人。

东场在中华人民共和国成立前叫东范湾，与杨牌坊同属范湾乡，彼此相邻，且离得很近。有人形容，在杨牌坊喊上一嗓子，东场立马就能听见。这种特殊的地理关系，成为范锡华长大后嫁到杨牌坊的一种缘。

1939 年底，在八路军宣传队的鼓励与帮助下，范湾乡先后成立了“农救会”“妇救会”“青救会”“儿童团”等群众组织，各村也有相应的分支。年仅 10 岁的范锡华，光荣加入了东范湾儿童团。

彼时，大范锡华 3 岁的杨秉国，则在杨牌坊加入了儿童团，还担任儿童团团长。

1943 年底，沭阳县政府为以点代面做好各项工作，确定范湾乡为实验乡，其中一项重要任务，便是动员群众参军。

1944 年 3 月，县政府召开会议，安排参军动员工作。范湾乡不愧为实验乡，在各方努力下，很快便完成上级分配的参军任务，还为 12 名参军人员举行了隆重的入伍欢送仪式。

此时，范锡华已经是范湾乡的妇救会会长。她不仅积极配合参军动员工作，还直接参与欢送仪式的筹备。

据时任范湾乡乡长的杨秉钧后来回忆，为了烘托气氛，范锡华还专门跑到马厂街购买彩纸，回来做成花彩带，拉在欢送仪式现场。

1947 年，范锡华加入沭阳县机动大队，正式成为一名军人。

当时，县机动大队属于地方部队，主要任务是负责武装保卫全县解放区，以及训练民兵、配合主力作战等，必要时升级为主力部队。

之所以参加县机动大队，除了革命，还有一个重要原因是，范锡华刚刚遇到了生命中的“真命天子”——先于她参加县机动大队的杨牌坊青年杨秉国。她想和杨秉国一起当兵，一起干革命。

因两家离得很近，彼此都很了解，所以他们的感情进展顺利，也得到了双方家长的认同。很快，俩人便喜结良缘，成为革命伴侣。

1949 年 2 月，按照上级指示，沭阳县抽调一批骨干集中学习，于 4 月中旬随军渡江南下，配合接收江南新解放区。

随后，又有一批骨干奉命赴皖，支援安徽各地接收新解放区，开展经济建设。

范锡华与杨秉国，经商议后共同报名，双双入选援皖队伍，来到了安徽灵璧县，成为驻守这里的公安兵。

后来有一段时间，他们俩还同时在皖北军区宿县分区政治部秘书室工作，成为令人羡慕的军中“夫妻档”。

第四编
征战

杨牌坊人更是不分男女老幼，当兵的持枪打仗，不当兵的则在家支前，可谓是全体动员，全员参战。

第八章　南征北战舍生死

在杨牌坊采访，看到了不少革命后代家中珍藏的纪念章。这些纪念章，都是他们的长辈获得的。

一枚枚纪念章，记载着一段段光辉的历史，铭刻着革命先辈们当年四处征战、保家卫国的无上荣耀。

回顾杨牌坊先辈们的革命经历，涵盖了20世纪三四十年代发生在中国大地上的众多著名战斗。

抗日战争自不必说，杨牌坊人和全国人民一样，以各种各样的方式投入到了这场旷日持久的抵抗外侵、保家卫国的伟大斗争之中。而且不光是杨琛、杨维池等参军人员，包括在地方上闹革命的杨秉钧、杨炳文、杨炳来等人，均在抗日战争期间作出了巨大贡献，其中杨炳来还在执行任务时遭到敌人袭击，不幸牺牲。

解放战争期间，杨牌坊人更是不分男女老幼，当兵的持枪打仗，不当兵的则在家支前，可谓是全体动员、全员参战。

解放战争首先是从东北开始的，而在东北战场上，无论是声势浩大的辽沈战役，还是先期打响的四平战役、彰武战役等，都有杨牌坊革命军人参战，如时任东北民主联军2纵队12团作训股股长的杨琛、新四军第3师10旅30团6连政治指导员的杨尔玺、东北野战军2纵5师15团2营机枪连排长的杨秉刚等。

当淮海战役打响的时候，杨牌坊参军人员已近 20 人了，加之庞大的支前队伍，可以说杨牌坊的革命斗争热潮达到了巅峰。

而在淮海战役之前打响的涟水保卫战、宿北大战等小规模战斗，以及淮海战役之后打响的渡江战役、解放上海等大规模行动，均有杨牌坊军人的身影，甚至有人在此过程中血洒疆场、以身殉国。

其中很多人，参加了大大小小的数十次战斗，辗转全国多个省市，赴汤蹈火，真正做到了南征北战、出生入死。

曾任牌坊乡乡长的杨秉钧，转入部队序列后，先在家乡周边的淮阴、涟水、新沂、连云港等地战斗，然后一路南下，渡长江，战上海，进驻崇明岛，最后又奉命北上，继而参加了抗美援朝。

杨琛，在辽沈战役胜利之后，又先后参加了平津战役、渡江战役等，一路南下，追歼敌人至广西镇南关，然后也回师北上，入朝作战……

而除了战场上的真刀真枪，杨牌坊那些没有参军入伍的地方革命工作者，在打游击、支前、机动江南等过程中，同样是不惧生死、勇往直前、功勋显赫。他们身上彰显出来的那种大无畏的英雄气概，令人景仰。

1. 到战争中接受锻炼

抗日战争胜利后，沭城鬼子夹着尾巴逃跑了，沭阳大地解放了。

很快，沭阳县委通知各区民兵大队部，分别组织民兵进驻沭城维持治安。1945 年 8 月底，挂出了沭阳县民兵总队部的牌子。

9 月上旬，曾任牌坊乡、范湾乡、孙墩乡等乡乡长的杨牌坊革命者杨秉钧，被调到县民兵总队部任组织干事，负责县总队机关组织工作和各区民兵大队部工作。

由于长期游击生活，导致杨秉钧长了一身疥疮，久治不愈。而进城两个多月，病就好了，这使他多年的痛苦彻底消除，换来一身轻，干起工作也更加有劲头了。

1946年7月，杨秉钧进入城市过上和平安定生活不到10个月，国民党反动派撕毁重庆谈判协议，违背全国人民意愿，公然向我解放区发动进攻。

为适应下一步战争需要，上级指示各县要成立县大队。

沭阳县大队成立后，杨秉钧被调到县大队3连任政治指导员。

从此，杨秉钧由地方革命工作者，进入了部队序列。

这天，县委书记徐禹民、县民兵总队部副总队长胡仰清等领导，参加了为杨秉钧举行的送行仪式。杨秉钧非常感激，当即表示决不辜负党和领导的希望，到部队后一定从实际出发，在战斗中经受考验。

杨秉钧说："我虽然一不会指挥打仗，二不会做政治指导工作，但我有决心、有信心在实践中成长，向战友学习，向群众学习，保证把党交给我的任务完成好。"

当领导再三询问还有什么要求和困难时，杨秉钧坚定地说什么困难、要求都没有了，并且再次表示一定会努力工作，英勇杀敌，为全国人民解放事业贡献一切。

1946年7月15日，杨秉钧来到了位于芦尚庄的3连驻地，与连长周立学、副指导员严如科见了面。当时，连队人员已组成，只有副连长的人选尚未配上。

周立学、严如科二人，杨秉钧过去都认识，所以他们一见面，分外亲热，也很随意。周立学让人把发给杨秉钧的军装取来，催杨秉钧快换上，说连队已集合好，就等你去讲话呢。

杨秉钧望着灰色粗布军装，不紧不慢地说了句："慌什么嘛。"

连长则开玩笑道："就是要学习军队作风，说干就干，说打就打，不能拖泥带水。"

"好家伙，你适应真快呀，我杨秉钧要向你学习。"

换好衣服，杨秉钧便来到连队跟战士们见面，并简要讲了几句："今后和大家同吃一锅饭，同学习、同战斗，我们是一个大家庭，是阶级兄弟，要互帮互学，为实现同一个目标而奋斗，那就是打倒国民党反动派，解放全中国。”

刚到连队，杨秉钧思想上是有压力的，上级信任他，将一个连队的士兵交给他，如何带好他们，他这个当班长的是要负主要责任的。每天晚上，他连觉都睡不好，不停地思索，希望能尽快思索出一条路来。

于是他就琢磨，连队政治思想工作的目的是什么？不就是要保证战士们拥有旺盛的士气，保证战斗能胜利吗？而要想达到这一目的，就必须提高战士们的政治思想觉悟，让他们懂得为什么要当兵，为谁当兵，为谁打仗。日本鬼子刚投降，全国老百姓都想过和平生活，国民党反动派却发动内战，不让我们过安稳日子，那么国民党是代表哪些人利益，共产党又是代表哪一阶级，为什么人谋利益……

只有把这些问题弄清楚，分清是非标准，战士们才能有不竭动力，在战场上才能英勇杀敌，才能打胜仗。这就是连队政治思想工作的意义，政治工作永远是中国人民解放军的生命线，这是千真万确的道理。

到 9 月，国民党军队全面发动向我解放区进攻，当时苏中战役（即七战七捷）已基本结束。杨秉钧所在连队遵照上级指示，向主力部队输送兵源，就是全连开到主力部队，将兵交给他们，然后排以上干部返回，再接收新兵，重新组成连队进行训练和政治教育，择机再向主力部队输送兵源，以适应主力部队连续作战的需要。

1946 年 11 月，我主力部队北撤山东，淮海部队 12 纵队留下一个团的兵力，沭阳县大队奉命保护县政府和配合地方民兵作战。3 连刚接收新兵组成不到十天，国民党部队已占领淮阴、涟水城了，县委召开紧急会议，动员县政府和县大队撤离沭城。于是，杨秉钧和连队一起，驻扎到了距离沭城七八华里的岔路口。

第二天，国民党飞机在沭城上空飞行盘旋，到上午 11 点左右，国民党部队进入沭城。当时沭城有十几名国民党残渣余孽分子打着小旗在城门欢迎，县大队便衣侦察员同志看得清清楚楚，街上不见行人，商店都关了门，肃静得使人胆寒。

到了晚上，杨秉钧所在的 3 连随县政府机关撤到了小伊山。第二天晚上，又转移到敌人后边马厂南梁大庄一带。群众见到了他们，真是像见到亲人一样，诉说国民党军队路过时抢劫老百姓鸡鸭猪羊，同日本鬼汉奸队一模一样。

国民党军队进驻沭城之后只在城四周安上据点，所在广大农村，杨秉钧他们继续领导人民打击敌人，支援前线，搞好生产。

1947 年春的一天，县大队得到情报，敌人从淮阴往沭阳运送一批药品，由一个排的兵力护送。县大队研究决定，半路截击敌人药品，以解决医药不足问题。

截击地选在胡集北，距离十字桥只有四五华里的地方，这儿离县城较近，容易使敌人产生麻痹思想，截击胜利把握更大。

上午 11 点多钟，敌人果真来了。一个尖兵班在前开路，有的士兵嘴里还唱着小调，得意扬扬的样子，表示快到沭城安全老窝了。

这时，连长下令说："放尖兵班过去。"

只见两匹大洋马驮着沉重药品箱子，不紧不慢地往前走，后边两个班则慢慢进入了射击圈内。

突然，步枪、轻机枪齐向敌人开火，敌人还未转过向来，战士们已冲到跟前。"抓活的"，"缴枪不杀，优待俘虏"……

前面的尖兵班发觉不妙，不要命地往前跑。后边两个班，则被活捉了五个，其余当场毙命。

两匹大洋马没有中弹，战士们一边牵着驮着药品的马，一边押着俘虏，胜利而归。

路上，战士们开玩笑地说："国民党真是我们的运输大队，我们需要什么，他们就替我们送来了什么。"

这是杨秉钧进入部队序列后，首次与敌人正面交锋，不仅完胜，还截获一大批药品、枪支，可谓收获满满。

而接下来的一场战斗，是保卫七雄的战斗，同样取得了胜利，杨秉钧则在战斗中得到了进一步的锻炼和提升。

七雄，位于沭阳县城东部，原名仲湾，当时是隶属于章集区的一个乡，因出了七位烈士而得名“七雄”。

我主力部队北撤山东后，敌后斗争越来越残酷。国民党军队同各地的恶霸地主还乡团勾结一起，对我根据地进行频繁“扫荡”，最恶毒的是搞“挖心战术”，也就是对我们搞突袭。章集区仲湾乡章杰新等七位同志，就是在这样的形势下牺牲的。

1947 年 6 月中旬的一天，地下工作者获悉敌人阴谋，中共城东和章集区委派员深夜通知仲湾乡公所火速转移，但未能接上头。

6 月 15 日夜，盘踞县城的敌人根据奸细告密，配合官田据点敌人，于拂晓前包围仲湾。战斗在拂晓前打响，敌人用喊话搞无耻的劝降，但得到的回答是射向他们脑袋和胸膛的一颗颗子弹。最后，凶狠的敌人用火攻——烧房子的毒计，妄图逼我们的同志投降。他们所能得到的，依然是一排排充满仇恨的子弹。

一直坚持到上午，章杰新等七位同志终因敌我力量悬殊太大，子弹打光，壮烈牺牲。

上午 10 时许，援军赶到，击溃敌人。目睹七英雄遗体，同志们悲愤交加，痛心地跺着脚喊，我们来迟了一步！

章杰新等七位同志为人民解放事业献出了自己的生命，中共六地委追认章杰新为模范党员，号召广大军民学习七英雄，同敌人血战到底。其后仲湾乡改名七雄乡，以志纪念。

这次敌人突袭十分狡猾，用的是速战速决的办法，他们夜间包围，拂晓打响，上午结束战斗逃回沭阳城。

几天后，县大队住在耿东南庄时得到情报，国民党又有一个连兵力扫荡到仲湾乡，抢劫百姓财物，气焰十分嚣张。

为了替几天前牺牲的七英雄报仇，县领导决定由县大队派去一个连队，消灭敌人。

杨秉钧所在的3连接到这一任务，在对战士们进行简要动员后，就立即出发了。

出发地点距离仲湾有30多华里，为不失战机，一出发就开始跑步，提出的口号是不让一个人掉队。在途中，他们开展互帮，对身体弱的战士帮助扛枪、背麸袋、手榴弹等。

到达目的地时，还不到两个小时。稍一休息，布置好任务，他们便开始出击，冲向敌人。这次采取的是突然出击，对敌人拦腰折断的战斗方案。战士们突然冲入敌人当中，敌人还不知道是怎么一回事。

战士们边射击边喊“缴枪不杀，优待俘虏”，敌人乱成一团，匆忙逃跑。战士们果断追击，敌人抢劫群众的粮食物资、鸡鸭猪羊等丢的遍地皆是，真是狼狈不堪，有几个敌人还跪地求饶。

敌人逃窜了，战斗胜利了，群众回来了，见此情景都欣喜若狂，高兴得跳了起来。群众围在战士周围，问长问短：“同志，你们从什么地方来的？这样快，真是神出鬼没。我们看到战士们那么勇敢地冲向敌人，使敌人还蒙在鼓里，狼狈不堪的样子，我们多么高兴呀。”

事实上，这次敌人抢劫的东西一点也没有带走，都丢下来了，这令群众感到很意外和高兴。这场战斗，打击了敌人的威风，也大长群众的志气，更为七烈士报了仇雪了恨。作为3连指导员的杨秉钧，也为取得这样的胜利感到高兴。

当然，这次战斗3连也付出了一定的代价，3排长负了重伤，三个战士负了轻伤。群众帮忙将伤员抬送到后方医院，杨秉钧则和战士们一道，昂首阔步地返回驻地。

2. 血染八滩

从 1938 年 8 月离开家乡杨牌坊，到 1943 年 3 月参加攻打苏北重镇八滩的战斗，杨琛已在部队摸爬滚打快五年时间了，并由一名普通战士，成长为新四军第 3 师第 8 旅 24 团 7 连连长。

八滩战斗，是杨琛从军后参加的一次非常著名的战斗，也是他刻骨铭心的一次战斗，因为他在这次战斗中不幸负伤，留下了终身残疾。

八滩，位于盐城市滨海县中东部，乃是有名的经济重镇。这个建于清康熙年间的苏北名镇，因其优越的地理位置，造就了非常发达的商业，同时，这里又盛产鱼虾，还是海盐集散地，所以被当地人称为“银八滩”。

对于这么一块经济要地，入侵苏北的日本鬼子自然是垂涎三尺。他们于 1943 年 2 月先后两次侵犯八滩，均被我抗日军民击退。

3 月底，他们再次派山本中队和 200 多名伪军，在八滩安设据点，企图从政治上、军事上、经济上控制和扼死滨海抗日军民。

八滩不仅是当地的重要商埠，而且有着良好的群众基础，是华中抗日战场的大后方。为打击日军的嚣张气焰，不让日军在八滩立足，新四军第 3 师指示 24 团，乘敌落脚未稳，迅速捣毁据点，拔掉这颗钉子。

3 月 30 日傍晚，身为连长的杨琛带领 7 连，与参战部队一道进至八滩东北梅庄一带隐蔽集结，迅速由梅庄接近八滩和王家桥据点，包围敌人。

当夜 9 点半，随着一颗红色信号弹划破夜空，战士们对盘踞在八滩的日寇展开攻击。

杨琛率领战士们由南向北进攻，经过一番恶战，从王家桥西北角突破敌人据点大院，占领了敌未修完的碉堡。随后，迅速向驻守西侧瓦房的敌中队部冲击，炸毁了敌人的电台。失去通信工具的日军只得放出信鸽向外求援。

1 营则由西往东，歼灭伪军徐继泰一部，在迅速解决战斗后又立刻接近日军据点两侧，并展开了猛烈的攻击。日军眼见被包围，由中队长山本率领一部向南突围。

此时，我军特务营因运动路线过远，未能按时到达指定位置。指挥所急令杨琛带领7连自据点东侧向南猛插，在河岸边与突围之敌遭遇，以猛烈火力向突围之敌射击。1营3连自西向东追击逃敌。

突围之日军遭到两面夹击，山本以下20余人被当场击毙，残敌被迫缩回据点，负隅顽抗。另一部敌人又向东北方向突围，遭我特务营1连截击，亦退回据点。

31日零时许，敌20余人企图突围，遭到2营5连迎头痛击，狼狈退回院内。日军凭借3个大院拼命抵抗。

24团及师特务营一部同敌恶战，在凌晨1点多钟终于攻克了两个大院，余敌全部被压缩在中队部所在的一个大院里。随作战部队前进的“在华日本人反战同盟”苏北支部的战士及时向日军进行火线喊话，叫他们停止抵抗。

凌晨4时，以2营7连为突击连，由杨琛带领攻击分队向敌人发起第二次攻击，7连2排首先突入院内，其他连队随后跟进。

敌人凭着装备优势负隅顽抗，以照明弹配合轻重机枪固守，致使我军伤亡很大。王光汉副营长带领数名战士奋勇翻过围墙，与敌人展开肉搏，不幸壮烈牺牲。团长、参谋长等干部相继负伤，杨琛也被日本歪把机枪连发射中，右肩贯通伤，摔倒在地，鲜血直流，昏了过去。

为了尽快攻破敌军，减少伤亡，我军决定实施火攻，向敌投掷绑有蘸满煤油棉团的手榴弹，用长杆把点着的棉团送上敌人房顶，使敌据守的房屋立即燃起熊熊大火。本来固若金汤的据点瞬间变成了热浪袭人的火炉，敌人的退路被火势封锁。

我军围攻至拂晓，日军飞机前来参战，东坎（现滨海县城）的援敌也向八滩猛扑过来。此时残存的11个日军趁着混乱，推倒围墙，从2营和师部特务营接合部向东坎方向逃窜。24团的战士们虽然紧追不舍，但逃跑的敌人还是侥幸被其援敌接走，当日上午8时，我军成功攻克八滩据点。

八滩战斗共击毙日军山本太郎中队长以下70余人，击伤29人，俘日军1人、伪军数人，歼灭伪军一个大队，缴获大批武器装备和物资。这次战斗有力杀伤了敌军，狠狠打击了侵略者的嚣张气焰，对巩固和发展苏北抗日根据地具有重要的战略意义。

战斗中，杨琛带领连队坚决执行命令，突击进攻穿插，英勇杀敌，自己身负重伤。被战友救下后，进行紧急包扎处置，转移至后方洪泽湖芦苇荡隐蔽休养，伤愈后归队重返战场。

但是他的右臂丧失部分功能，留下终身残疾，中华人民共和国成立后被评为二等乙级残疾军人。

3. 激战娘娘庙

在杨牌坊革命伤残军人杨秉刚家，我看到了杨秉刚遗留下来的革命伤残军人证，其中“伤残情形”一栏中写着：因脑外伤，引起神经瘫痪，致成下肢瘫痪；“伤残等级”一栏写着：壹等；而“伤残时间、地点及原因”一栏，则写着这样一行字：1947年，娘娘庙战斗。

据杨秉刚家人介绍，杨秉刚经历过抗日战争、解放战争以及抗美援朝战争，曾三次负伤，其中娘娘庙战斗伤情最严重，所以他在申评伤残等级时，着重写上了这一次。杨秉刚生前也多次提到，发生在解放战争期间辽宁法库的娘娘庙战斗，是他从军生涯中最难忘、最惊险的一次战斗。

娘娘庙战斗是东北野战军2纵队5师15团在东北冬季攻势中打的第一仗，也是对敌“王牌军”新6军22师一部打的一场硬仗。当时，杨秉刚在该团2营6连担任副指导员。

1947年12月，东北民主联军在秋季攻势结束后，很快发起冬季攻势。以第2纵队主力协同第10纵队29师包围国民党新6军暂62师防守的法库，以歼灭暂62师，或围点打援。在12月14日我军包围法库的当天，国民党王牌新6军22师即沿铁岭——法库公路迅速西进，企图与暂62师会合，以解法库之围，缓解我军对沈阳的威胁。

2纵5师15团于12月15日进至调兵山东北方向，负责阻击援军。12月16日天亮后，15团1营向敌人退守的尚三家子展开进攻，敌人略作抵抗后，即退往娘娘庙。

原来，娘娘庙还驻守着两个连的敌军，合计为1个营。

由于低估了敌人的力量，1营继续追击敌人，在距工事只有二三十米的时候，突遭敌人开火射击，部队伤亡严重，其中营长和两位连长牺牲，两位指导员和一位机炮连连长负重伤，排、班长和战士伤亡近半。但部队仍勇往直前，一直冲到敌人的战壕边。

在这种情况下，2营即令副营长率6连转向较矮的山坡进攻，继续绕道攻击敌人。副营长在前，6连长在后，冲至小山左下角路沟时，敌机枪猛烈射击，副营长和6连长都牺牲了。而身为6连副指导员的杨秉刚，则和战友们仍在拼命冲击，不给敌人丝毫的喘息机会。

面对僵持难下的局面，15团参谋长、2营教导员、2营长聚在一起讨论敌情，这时，敌人一颗子弹夺去了教导员的生命，随后，参谋长也身负重伤。2营阵地上干部战士伤亡虽然大，但部队的士气仍然高昂，像磁石一样把娘娘庙敌人的兵力、火力吸引过来，造成主攻部队1营进攻的有利态势。

国民党新6军22师参加过印缅战役，有“王牌军”之称，然而此时也很困难，眼见一个整营被我军分割并截断退路，陷于即将覆灭的境地，产生了恐慌。东山部队接到求援，他们千方百计东拼西凑，派出了约2个连兵力，在2辆装甲车的掩护下，经娘娘庙南门向东奔向我2营阵地。

在这关键时刻，敌我双方各有自身的利弊，敌人有他求援之术，我军则有自力更生之道。2营自进到娘娘庙东山，进行了4次激战之后，突然交战双方都由激烈交战变为对峙，进而停战了。6连及4连、5连阵地上，2营长和一些带伤继续战斗的同志都在各自战斗岗位上互相激励着：“敌人快来增援了，我们坚决和他战斗到底！”

最终，15团经受住了严峻的考验，指战员英勇冲锋，前仆后继，在强大的攻势下，全歼国民党军“王牌军”新22师64团1营400余人，受到东北民主联军总部通电嘉奖：“在击溃新22师战斗中，我15团指战员英勇顽强，使敌人溃不成军，缴获弹药器材甚多，并歼敌一部，该团2营在优势敌人面前，打退敌人5次冲锋，该团警卫连虽伤亡过半仍能完成歼敌任务，此种英雄动作，殊堪嘉奖，我皆应发扬此种精神，并与战术相结合以达歼敌目的。”

这次战斗的胜利，是15团全团指战员用生命和鲜血换来的。2营教导员及副营长、6连连长王新仁等负重伤；排长、班长、战士伤亡人数更多，全团共伤亡420余人。

而身为15团2营6连副指导员的杨秉刚，也在战斗中负伤，落下了终身残疾。但他的英雄主义、牺牲精神，永远是杨牌坊的骄傲，也永远鼓舞着杨牌坊后人。

4. 见证三任通信员的牺牲

沭阳县大队成立后，杨牌坊革命者杨秉钧被从县民兵总队部调到县大队3连任政治指导员，从此进入部队序列。

根据规定，到部队去的干部每人可以带一名通信员、一支驳壳枪，当时县委给杨秉钧配的通信员是祁同学，也是从县民兵总队部抽调过来的。

祁同学，1925年2月出生于沭阳县东小店乡仓庄村，1943年8月参加革命，1946年7月从县民兵总队部转入沭阳县大队，随即担任杨秉钧的通信员。

在杨秉钧心目中，祁同学就是和他一同进入部队的战友、兄弟。所以他们平时互相帮助、互相爱护，共同生活，一起战斗，亲如家人。

1947年春的一天，他们的连队奉命到李庄去阻击敌人。

李庄是县大队常驻的地方，杨秉钧对地形比较熟，带领连队从小竹园出发，不到一小时就到达了目的地。到达后，他们迅速占领南北交通壕。

没多久，敌人从西边来了，进入连队的有效射击范围。

“打！”一声令下，机枪步枪一齐开火，敌人停止前进，就地隐蔽了起来。

过了一会儿，约有一个排的敌人突然进攻过来，战士们上好刺刀，拉出手榴弹弹线，待敌人距离十几米远时，一排手榴弹甩出去，顿时有五六个敌人倒下了，其余敌人则利用坟包土坡卧下。

敌人还未来得及进行还击，1 排、2 排战士奉命出击。敌人一看慌了手脚，爬起来就跑。

杨秉钧和战友们圆满完成了上级交给的阻击任务。

然而不久后的又一次阻击战中，敌我双方打得却较为激烈。杨秉钧冲在一线，祁同学紧紧守护在他身边。

不料，敌方乱飞而来的子弹突然打中了祁同学，祁同学当场牺牲。

杨秉钧非常难过。这是他参加革命以来，继本村革命兄弟杨炳来牺牲之后，又一个亲密伙伴被敌人夺去生命，而且是自己的通信员，他怎么能不感到义愤填膺？

他还联想到，祁同学是穷孩子，从小就失去母亲，是家中独子，老父亲听到他牺牲的消息，肯定会悲痛的，妻子年仅 20 来岁就失去丈夫，同样会悲痛万分。

于是杨秉钧就在心底里说，亲爱的战友，安息吧，你的不幸带来一系列悲伤，恶果是国民党反动派造成的，这一切我永远不会忘记，人民也不会忘记，我们要用实际行动奋勇杀敌，我们要将革命进行到底，以此来悼念你、纪念你！

不久后，沭阳县大队上升为华东军区苏北兵团淮海独立旅 1 团 1 营 8 连，杨秉钧带着对祁同学的怀念和对敌人的仇恨，投入到了新的战斗中。

1948 年 11 月，1 团参加了解放连云港的战斗。战斗胜利后，团部通知各营派人去领取枪支弹药，都是敌人仓库内原封未动的枪支弹药，其中三八式是日本投降时留下的，另外就是中正式的，还有南京造 20 粒快慢驳壳枪。

以连为单位分配枪支弹药，要么全是三八式，要么全是中正式。杨秉钧所在的8连分到的子弹都是中正式，这样就将过去的杂牌枪如马厂造、汉阳造等给换掉了，战士们高兴得都跳了起来。

12月上旬，杨秉钧和战友们奉命南下，前往扬州宝应执行任务。他们沿着运河东岸追击敌人，晚上到达宝应县城，宿营吃饭。

因这段时间连续战斗，长途行军，没有吃好一顿饭、睡好一次觉，指战员们都很辛苦和疲劳。到宝应这顿晚饭，为慰劳战士，连部决定每人发一个咸鸭蛋，改善一下生活。

第二天，他们继续追击敌人。到下午2点多钟，敌军在氾水停住，战斗又要开始了。

氾水位于宝应、高邮之间的运河线上，是宝应的首镇，南面的门户，战略位置显要，国民党反动派多次在此驻兵，也多次被我军打退。

当杨秉钧他们离氾水10余里的时候，侦察员报告说，敌军在氾水据守了。

1团是前位，旅部决定由一团包围攻打氾水西北面，2团负责东边，形成三面包围敌军。

1团1营沿运河攻占氾水西门。8连是1营预备队，围着1营沿运河堤东岸，这段正好是乱葬坑，坟头很多，杨秉钧他们便隐蔽在这一地段。

1营对西门开始攻击，未能获得成功。敌军也开始两次反攻击，都被1营打了回去。

不久，敌人飞机来了，配合敌军作战。敌机沿运河堤对8连不断扫射。

这时，一匹战马被敌机扫射后惊了起来。缰绳断了，马在野外田地里跑开了。

敌机发现飞得很低，便趁机不断扫射，马也快跑起来，越跑越欢。

飞机追马，马儿乱跑乱窜，敌机打不到马，马儿更欢，战士们都哈哈大笑起来。有的战士还为马助威指挥,大声喊“马往这边跑”“马往那边跑”。

敌机无奈，只好放弃追马，又开始沿运河堤扫射8连阵地了。

敌机从北向南扫射，当时杨秉钧和通信员小王正趴在一个坟墓边上，杨秉钧从北边刚躲到南面，小王动作稍慢一点，不幸被打中了，当场牺牲。

这是杨秉钧的第二位通信员为革命献出了生命。

同样，杨秉钧只能在心底祈祷战友安息，然后将满腔仇恨化作无穷动力，投入到紧张的战斗之中。

到了晚上，敌人眼看战胜无望，便又逃跑了，直奔高邮而去。

杨秉钧他们正准备出发追击，突然接到上级命令，说淮海独立旅已上升为华野12纵队，要他们立即赶赴徐州参加永城围歼战斗。

随后不久，“中国人民解放军”的称谓正式产生，全国成立了四个野战军，杨秉钧所在的连队新编为华东野战军（第三野战军）九兵团30军88师262团3营8连。

光阴似箭，日月如梭。转眼到了1949年3月下旬，渡江战役前夕，团部将杨秉钧调到1营任副政治教导员。

当时1营政治教导员是徐亚球，也是沭阳人，1921年出生于沭阳城南闸口庄（现沭阳南湖街道新南居委会）的一个革命家庭（父亲徐通甫曾是地下党），在父亲的影响下，他和哥哥以及弟弟妹妹都参加了革命。由于都是沭阳老乡，所以徐亚球和杨秉钧处得非常好，工作上更是互帮互助，共同进步。后来徐亚球调师部保卫处工作，杨秉钧接替他担任了1营教导员。再后来，他们还双双参加了抗美援朝，转业后均分到地方工作，其中杨秉钧担任山东省济宁地区直属党委副书记、轻工业局局长，徐亚球则担任安徽医学院党委副书记兼纪委书记。

渡江战役胜利后，他们又奉命参加攻打上海的战斗。

1949年5月9日，88师接受军部命令，当晚插入敌人后方黄浦江畔东沟一带，而后再堵住吴淞口，以配合上海市内我军，争取早日解放上海，打破敌人企图借其郊区坚固防御工事进行顽守的美梦。

这天夜里1点多钟，突然电话铃响了，团指挥所指名要杨秉钧立即去指挥所接受任务。

杨秉钧来到指挥所，九零一首长对他说："你们营长明天还有另外战斗任务，为天亮前扩大我们阵地，采取先发制人，扭转战斗形势。"交给杨秉钧的具体任务是，要他带一个连在天亮之前占领黄浦江岸火油库，切断江岸南北敌人联络，吸引敌舰只炮火，然后再分割敌人。

杨秉钧接受任务后回到营指挥所，找来1连连长刘士先、政治指导员胡兰田，研究执行计划。

这时东方已经发亮了，杨秉钧带着1连战士，出发扫除前进中敌人的地堡。

快到江岸时，敌人忽然开起火来，杨秉钧赶忙指挥大家迎战。

正在紧张战斗之际，杨秉钧忽然听到通信员朱振中在身后哎哟一声，他赶忙转身看是怎么回事，却见朱振中已倒在血泊之中，头部中弹牺牲了。

杨秉钧顿时愣住了，泪水夺眶而出，这可是他身边第三个为国捐躯的通信员了啊。

然而，此时敌人的炮火越发猛烈，其他战士也在不断倒下，杨秉钧只能默默地向朱振中遗体点头致哀，在心里发誓为他报仇，让他安息，然后和队伍继续前进。

接下来的战斗更加激烈，1连先后有十几名战士伤亡。但最终，敌人还是被分割了，成为对逝去将士的最好安慰。

这就是战争的残酷，杨秉钧先后失去三位通信员，亲密的战友，亲爱的兄弟。但是，他并没有因此受到影响，而是化悲痛为力量，变得更加坚强和勇敢，在后来的战斗中，发挥出了更大、更出色的领导作用。

5. 攻克“海防司令”的老巢

偶得中国人民解放军第39军政治部编印的《廿八年间》一书，在其“第二编 抗日战争”中，看到杨牌坊老革命、曾任39军115师作战科科长等职的杨琛所写的一篇文章《“海防司令”顾景班的下场》。

在这篇文章中，杨琛详细回忆了当年在盐城一带战斗时，随部队攻克伪阜宁海防总队少将司令、恶霸地主兼资本家顾景班的老巢合德棉花公司（以下简称合德公司）的经历。

当时，合德公司是日伪盘剥苏北棉农的魔窟，棉农辛勤劳苦一年所得的棉花，挑到这里只能换得几张强似手纸的“联合票”。而日伪利用廉价收购的棉花，回去制造火药，再来屠杀我中华同胞。有许多坚贞的共产党员和正直的人民，在这个公开设置的杀人刑场上，丧失了宝贵的生命。

1944年10月中旬，新四军3师22团、24团两个团负责解放合德。杨琛当时正在3师8旅24团，任7连连长。

10月19日，22团、24团以及盐阜区的地方武装，一举攻入合兴镇。激战12小时，残敌不支，只得退入合德公司，依强固的防御工事作困兽顽抗。

一定要拿下合德公司，一定要活捉顾景班！21日，攻打合德公司的战斗开始了。

部队团团围住了合德公司的大院。敌人四门紧闭，从墙眼里猛烈地向我军射击，杨琛和战友们隐蔽在临时用棉花包垒成的工事里，虽无危险，但隔着围墙也打不着敌人，战斗无形中处于僵持状态。

为了迅速消灭敌人，团长把一向舍不得动用的炮兵连也调来了。他命令炮兵连长说：“张殿成，向院里给我打三发，一定要准！”

“是！”张殿成一边高兴地回答，一边带着战士把炮推到一个宽阔的地方，开始准备。

“咣！”头一发炮弹打远了一点，在大院东南角冒了一股黑烟。

团长马上过来纠正，他要求张殿成再近一些，一定要打到院里。接着“咣！咣！”两发炮弹都在预定目标开了花，震得敌人满院乱跑，连枪也顾不得打了。

张殿成打得来劲，要求再来一发，团长却一摆手说：“够了。节省点吧！”

接着，团长转回身子对杨琛说：“7连长，马上组织战士向敌人喊话！”

杨琛把本地战士组织起来，立即向敌人展开了瓦解工作：

“顾景班，快投降吧！”

“伪军弟兄们，别给顾大肚子卖命了！”

“新四军优待俘虏，缴枪不杀呀！”

院子里没有动静，战士们沉不住气了，七嘴八舌地嚷嚷还要打炮。“对！对！不给他个厉害，他不知道低头。开炮！开炮！”所有的人都喊了起来。

这个法子真灵验，敌人慌忙把铁门挪开一条缝，伸出一只手上气不接下气地号着：“不要打！千万不要打！事情好说，能让我先出来吗？”

“要是投降的就出来！”

铁门吱嘎一声，开了半面，一个身穿长袍大褂、架副眼镜、留着两撇八字胡子的老头，慢吞吞地走出来。他贼眉鼠眼地看了战士们一下，才敢走到他们身边。

“嘿嘿，”他皮笑肉不笑地说，“敝人姓陈，贱字伯盟，方才奉顾司令的指示，前来与贵军负责长官有要事接洽！”

原来这个家伙就是老奸巨猾的陈伯盟啊！来头不小，连顾景班还给他叫干爹哩！杨琛即刻派通信员把他送到团长那里去了。

可是，陈伯盟到团部已经两个多钟头了，依然没有一点动静，而大院的敌人却照样荷枪实弹地守住每个枪眼，这哪像是要投降的样子呢？战士们等得冒火了：

“他妈的！投不投降一句话，哪要这么多的时间！”

“连长，我看这分明是要缓兵计，等到天黑好突围，咱们可不能上当啊！”

杨琛把战士们的、也是他自己的想法告诉团长，请求团长下命令重新开始攻击。团长正在百般耐心地对陈伯盟晓以大义，但是这老狐狸咬住一口屎撅子，非要我军答应不能接受的条件不可。团长对杨琛说：

“不要慌，再给一点时间让他们考虑，不管怎样是逃不掉的。”

又等了好久，战士们憋得不耐烦有时候就喊话，可是回答他们的仍是一片沉默。这时每个人都气急了，团长忍无可忍，终于下达了继续打炮的命令。

看起来敌人还是怕死的，只打了两炮他们就受不住了。“不要打！不要打！我们马上就出来！”逗得人又气又笑。

15 分钟后，铁门又拉开了，战士们立即端起枪来戒备敌人随时可能发生的意外情况。里面陆续走出来 200 多人，穿什么的都有。为首的是三个大高个子，端着轻机枪，横眉竖眼，丝毫不像投降的样子。

“面向西站好队！”他们听了杨琛的命令，懒懒散散地一点也不干脆。

过了一会儿，顾景班也蹒跚着踱过来了，随着他一同来的还有四个提枪的喽啰。一个小子冲着战士们说道：“顾司令要见你们团长！”

真是好大的口气！“‘司令’要见你们团长！”看样子还蛮硬哩！

杨琛大声说：“可以，可有一条，你们四个人得留下，若不，一律不客气！”本来嘛，谁听说过投降的人还带几个上着“顶膛火”的卫士来谈判的呢？

顾景班倒不在乎，他回头对喽啰们说：“没关系！你们先留下，我找他们当官的说去！”

果然，他到团长那里就要去了两个卫士，这是他谈判的第一个条件。大院前一伙 200 多个还没有放下武器的敌人，看到这情形竟掩饰不住嘿嘿地笑了起来。

这些小子们是不是怀着什么鬼胎呢？杨琛正在想，突然，身旁的战士小声对他说：“连长，不好！”

“什么？”

"你看炮楼上的枪口！里面还有人，顾景班没安好心哪！"

可不是，杨琛这时才看清楚，枪眼里都伸着枪筒，好危险，敌人还想突围呢！

杨琛一面命令部队加强戒备，一面派人向团长报告。不久，团部那边传出一声清脆的枪声，这枪声好像是对大院前那伙敌人的命令，立刻向战士们开火了。

战士们隐蔽在工事后面还击。这时团长由团部跑来了，他大声对杨琛说："杨琛，给我狠狠地打呀！"战士们所有的机枪、步枪、手榴弹，顿时咆哮起来了。

敌人在毫无遮掩的平地上，伤亡很大，拼命想冲回院内！可是大门被战士们的机枪严密地封锁着，迎面只有死亡。

战士们消灭了大院外的敌人，又冲进大院，在"缴枪不杀！"的喊声中，那些平日里软的欺、硬的怕的酒囊饭袋，一个个都俯首就擒了。

原来，顾景班根本就没想投降，向团长提出的条件是"不缴枪、不改编，我还是当我的司令，你们撤出合德街，等我们集结好了再作正式谈判"。

团长自然不能答应，只得耐心地说明这样没有出路。可是恶棍死不低头，3 点钟时候，他竟突然掏出枪来要打团长。按他们商量好的阴谋，他这边一动手，听见枪声的大院前的敌人即开始攻入团部，掩护他一齐突围。可是这个鬼把戏，早被团长识破，因此当顾景班刚一掏枪，身旁便突然飞来一脚，正踢在他的手上，只听"当啷"一声，手枪就掉在地上了，他急忙俯身去捡，警卫班长一梭子子弹就灌进了这万恶汉奸的脑壳。

就这样，"海防司令"顾景班的老巢，乃至整个合德公司，被我军打得稀里哗啦。随后不久，合德战役取得了胜利，合德周围约 30 平方华里土地上的 10 万余人民得到了解放。

6. 联防队历险记

97 岁高龄的杨牌坊老革命杨行奎，由于身体原因，已无法与人正常交流。

好在从事过战地记者、报社领导的他，有记日记、写材料的习惯，曾经写过不少回忆性文章，对我们了解他的过去，尤其是革命经历，具有很大的帮助。

杨行奎 1925 年出生，1941 年担任乡儿童团指导员，1943 年参加革命，1944 年入党，直到 1986 年离休。

在一份材料中，他回忆了革命生涯中的一次历险故事，那种举重若轻的语气及态度，不禁让人心生敬意。

那是 1947 年 1 月 14 日，农历腊月二十三，传统的“祭灶”节。

杨行奎怀揣中共沭阳县委组织部介绍信，从县支前司令部的宣慰科来到家乡，找周集区区委书记程公甫报到。

此前，杨行奎在沭阳县支前司令部宣慰科做文书工作。因形势有变，我军政机关北撤山东，县支前司令部撤销，相关人员分散到地方上工作。当时，杨牌坊所在的炳来乡隶属周集区。

程公甫书记看看杨行奎的介绍信，显得很高兴，马上分配他到即将成立的周集区第二联防队（以下简称二联防）。

杨行奎知道，周集区联防队影响很大，号称“石门大队”，是由炳来、马棚、德芳、于河四个乡民兵骨干和基层干部联合组成的游击队。

那个时候，涟水战役和宿北战役刚结束不久，国民党飞机经常在空中盘旋俯冲，用机枪乱扫射，预示着即将大兵压境。

杨行奎报到约两天后，周集区二联防宣告成立。

成立大会上，二联防领导人、雇农出身的副区长赵兰有站在桌子上大声宣布：“同志们，跟我来，我交代你们的第一句话就是时刻准备牺牲，我们要区不离区，乡不离乡，同敌人拼……”

他们这支队伍的成员都是经过选拔而来的，是靠得住的贴心人，从建立的第一天起就开始了紧张的活动，几乎每晚都要转移 1—2 次，每晚都派联络员到秘密联络点领取新口令便于夜间行动时相互联络。

他们还时常配合钱集等邻区联防队开展工作。曾夜间突然进驻到钱集敌据点外围村庄造声势，干扰敌人；曾夜间到马厂街从敌人鼻子底下将我军北撤之前留下的上百袋面粉抢出来，保存起来；也经常于凌晨派出 3—5 人不等的小分队，埋伏在马厂街外围的群众家，捕捉下乡抢劫的国民党士兵。

1947 年农历正月二十五凌晨，二联防的队员在马厂街头撞见两名到群众家抢东西的国民党士兵，其中一个士兵持枪反抗，被击断右臂，押送到区政府，另一个士兵则逃回敌据点。

次日清晨，驻扎在马厂的国民党出动约一个连的兵力，全副武装，向二联防的防地扑来。二联防的队员们与他们发生了战斗。

双方距离不到两华里，敌人穷凶极恶地用机枪扫射。

面对敌强我弱，力量悬殊，二联防的队员们跳进战壕，边打边退。

敌人的子弹打在壕边，嗤、嗤作响，子弹溅起的泥土喷了队员们一脸。

他们又利用围堤、村庄作掩护，迂回撤退。

由于队伍被打散，在撤退时自然形成了人数不等的组合。

杨行奎以及范立中、卜学儒跑得慢，跟不上联防队的多数同志，他们仨只能在后面慢慢跑。

跑着跑着，卜学儒说："杨先生（他知道杨行奎曾做过几年初小校长），你中弹了。"

杨行奎头也不回地说："没有感觉。"

"你身上在冒烟。"

杨行奎仍然肯定地说："我还是没感觉。"

在杨行奎心里，已经顾不上那么多了，他只想着尽快赶上二联防的多数同志。

就这样跑了十几里，到达魏湾村（现属于沂涛镇）。

杨行奎他们身上背着枪、面袋及被包，很沉，实在跑不动了，于是决定不追联防队了，而是左转向北。

他们从魏湾村中的一条小巷道，插向村后乱坟坑，再从乱坟坑向西北方向的二圩转移。

到了二圩村，他们临时藏在了乡干部张凤岐同志家中。

这时，杨行奎才发现左腋下的面袋被子弹打了个洞，面粉已漏得差不多了。

原来，身上“冒烟”是面粉撒出来了！

为了安全，张凤岐安排杨行奎他们在一农户家埋伏下来。

后来，杨行奎他们得知，二联防的大部分同志被敌人追击，陷入绝境，幸亏在六塘河边碰到一条船，已顺利渡过六塘河，到达涟水县境内。

敌人扫荡过后，二联防的队员大多又回到了六塘河西，驻扎在孙圩。

不久，杨行奎他们也赶到孙圩。

大家一见面，第一句话就是：“啊！你们还活着啊？”然后便抱头痛哭。

民兵刘学仁抱着杨行奎，一边哭一边说：“我弟弟牺牲了。”

原来，他弟弟刘学举也因为跑得慢，从六塘河西往河东撤退时，没能赶上过河的船，便自己下水泅渡。结果，已到达河对岸的同志们看见刘学举游到河中间时，体力不支沉下水了。后来，刘学举同志的尸体被打捞上来，身上穿着棉衣还背着枪。

第三天夜里，杨行奎悄悄跑回家报个信。

父亲杨秉彝一见杨行奎突然回来，悲喜交集，开口就说：“你把一家人吓死了，我们整天揪着心，你也不回家说一声。人家（敌人）什么武器啊！”

杨行奎还没来得及说话，父亲紧接着又说：“你赶紧跟部队上山东，要死死在外面，不要死在家跟前……”

一听父亲这气话，再仔细一问，杨行奎才知道，原来父亲听人传说他牺牲了，便心急如焚，提心吊胆地找了两天，却什么也没找到，连准确信息都没有。

杨行奎感到很内疚，却又无可奈何，只能一个劲地安慰父亲，说自己不会出事的。

这次历险之后，二联防召开会议，区委副教导员邵登银同志总结说："我们这次表面上看像是被打败了，还有同志牺牲了，实际上我们二联防的几十个'土八路'牵制了国民党正规军上百人的行动，实质上是个胜仗。"

总结完后，大家都感到很振奋，还喝鸡血酒举手盟誓，更加坚定了必胜的信心。

杨行奎所在的周集区二联防，继续活跃在马厂周围……

7. 卫生战线的"长征"

抗日战争胜利后，针对卫生部队工作人员的数量和质量既不能满足当下的建设任务，又不能满足接下来的战争需要的实际情况，中国人民解放军各大军区开始自力更生培养医疗战线人才。

其中华东军区在整个解放战争期间，先后培训了 3 万多名医疗卫生工作人员，向前线输送了大量的医务工作者，不仅为作战部队撑起一块白色屏障，更为新中国的医疗卫生事业的发展奠定了基础。

从杨牌坊走出来的革命者杨曙明、杨耀东，也成为其中的代表。

杨曙明、杨耀东二人跟杨牌坊许多的革命者一样，出生于普通的贫农家庭，读过几年书，识得一些字，也经历过饥荒，遭受过苦难，懂得跟着共产党走才有出路的道理，所以他们很小便参加了革命。

1946 年，国共内战爆发。这一年，杨曙明 17 岁，杨耀东 16 岁。

可恨的国民党反动派撕毁《双十协定》，发动了反人民的内战，战火很快烧到苏北涟水一带，这儿离杨曙明、杨耀东他们的家乡杨牌坊只有几十公里。

敌人的飞机不时在村子上空盘旋，发出隆隆轰鸣声。年轻的杨曙明知道，危险已经在步步逼近了。

果然，不久以后，涟水战役打响。一方是国民党军实力很强的74师，另一方则是中国人民解放军华中野战军的第1师、第6师和第9纵队、第10纵队等部分兵力，约30个团。

为了应对这场战役，沭阳各地也做了后防预案。其中，华中野战军野战医院驻扎在杨牌坊西南边的碾盘庄一带，当地人民便全力以赴给予支持。

当时，尚在学校念书的杨曙明，也和年纪大一点的同学们一道，在老师带领下到野战医院帮忙，主要是给伤员抬担架，帮伤员打水洗脸、送饭递药，照顾伤员的日常起居等。

杨曙明记得，那时候的条件很差，没有像样床铺，伤员只能躺在铺在地上的干草上。他们脸上满是污渍和血迹，有的甚至手脚被炸烂，已经失去意识。

杨曙明他们也顾不得害怕、顾不得思考这些人还能不能活下去，只是匆忙跟着医生、护士一起，尽快抢救他们的生命。

这样的护理工作持续了1个多月。涟水战役结束后，野战医院要随大部队一起往山东转移了，老师便把同学们带回学校，然后一个一个送回各家，亲自交给家长。

这段经历，使得杨曙明的思想受到很大震动。回到家里的他，耳边总是响起飞机轰鸣声，心里更是不断想起照顾伤员的情景。铁血男儿的热血，不知不觉在全身涌动起来了。

刚好在这个时候，杨曙明得知我华中野战军后勤卫生部所属的华中医科大学（1946年筹建，后于1947年更名为华东医科大学）卫校正在本县招生。这对他来说，真是一个大好消息，也可以说刻不容缓。

于是，杨曙明联系上年龄相仿的本村远房堂侄杨耀东，以及邻村的玩伴范乃举，马不停蹄，连走20多里路，赶到华中医科大学卫校在张圩小张庄的招生点报名。

在路上的时候，他们三人曾担心会因为年龄小或学历低而选不上，可是脚下的步伐却一刻也停不下来。

当时杨曙明就想，学历不够我们加强学习，年龄不够我们加强历练嘛。总而言之，能与战友们一同奋战，是他最大的念想，无论怎样，他都要为之一试。

幸运的是，最后关头，他们三人都被选上了。

就这样，从 1946 年 10 月起，杨曙明和杨耀东便离开杨牌坊，开始了背井离乡的军旅生活。后来，他们还双双加入了中国共产党，成为光荣的共产党员。这对他们来说，既是肩上的责任，也是内心的归属。

2021 年 5 月下旬的一天，在位于贵阳市南明河畔湘雅园小区的杨曙明家中，我与现已 93 岁高龄、身体却很硬朗、思维也很活跃的杨曙明老人进行了一次促膝长谈，虔诚倾听他讲述自己的坎坷经历，以及光荣的革命事迹。

忆往昔，老人家可谓是津津乐道、滔滔不绝。言语间，洋溢着老一辈军人、革命者那种固有的使命感和豪迈的英雄气。

当年参加部队以后，杨曙明和杨耀东同时被分到了华中医科大学卫校第八队，接受系统的医学教育。

在那个年代，由于医务工作者负有革命与道义的双重任务，根据“一面打仗，一面建设”的方针，他们的卫校必须跟随部队一起，辗转各地。

进入卫校不久，杨曙明和杨耀东便跟随部队一起撤往山东。他们的学习过程，完全是在激烈频繁的作战行军条件下进行的，学员们一路行军，一路上课，一路刻苦钻研业务，一路参加救护工作，经过了数十个城市与村庄，行程几千公里，直至 1948 年毕业。

在杨曙明老人摆在桌上的一堆珍藏物品中，我看到了他当年的卫校毕业证书，上面落款是：华东医科大学卫校第八队。

老人家说，这是他一辈子从医的原始依据，也是他早年参加革命的见证，所以一直没舍得丢掉，都收藏 70 多年了。

杨曙明老人还向我提供了一份“华东医大卫校八队征程”。

这是他的同学兼战友胡安乐、孙坚二人共同手绘的一张“地图”，记录了华东医大卫校八队从在沭阳开学时起，一路北上，到在山东朝城毕业时止的行军路线图。

结合老人家的讲解，可以得知当年杨曙明、杨耀东他们随着华东医大卫校第八队，至少走过了这样一些主要地方：江苏的沭阳、桑墟、小袁庄、陈头、庙头、阴平（当时名为潼阳）、新沂等地，山东的郯城、重沟、相公庄、汤头、黑牛石、沂水、朝阳官庄、高桥、沂源、八陡、淄川、临朐、赵平、临淄、昌乐、安丘、高密、昌邑、寿光、清河、临邑、禹城、聊城、阳谷、寿张、朝城等地。活动范围主要在山东，其中在朝阳官庄这个地方，曾经两进两出。

“看这地图，感觉就跟‘长征’似的。”我不经意间笑着说道。

杨曙明老人会心一笑，继而又一脸沉重地说：“那段时间边打游击边学习，那种艰难与危险虽不能跟长征比，可对于我们来说，却也是超乎想象。”

按照杨曙明老人的说法，那时候白天的天空多的不是白云，而是带着炸弹的飞机，他们只能隐蔽前行。

医大共1000多人，既没有枪支，也没有战斗力，运动起来非常的困难。白天不敢走，就在村庄或树林里待着，到了晚上才启程赶路。

夜晚太黑了，天空没有星光，地上没有烛火，看不到一丝光亮。杨曙明只得紧跟着前面的战友，生怕掉队。

回想起来，他只觉得那个时候整晚都在走路，好像一直没停过。

大家也不敢停啊！头上随时有飞机掠过呢，只能争分夺秒地尽快撤到安全的地方。他们就好像是被上空飞机的轰鸣声赶走的一样。

人越多，目标越大，他们的活动范围也就变得越来越小。后来上级决定，将医大所有学员分散跟随各个野战医院行动。

根据安排，卫校八队跟着华野第七医院一起行动。

就这样，杨曙明他们跟着华野第七医院，不停地在黄河南、黄河北等地到处转，不敢在一个地方多待。

树林、河边、草地……都可以是他们休息的地方。

但大家都是眯上半会儿，不敢熟睡。部队一旦出发就是一声令下，刻不容缓的。

杨曙明还记得有一次，他跟炊事班的一个老同志说："我就在那边睡一下，部队出发的话记得叫一下我。"

说完他便走到一边，背包都不敢放下，靠着树干就睡了。

回想起那个时候，大家就是这么艰难，有时困得连走路都在打瞌睡，常常是碰到前一个战友的背包时才会清醒过来。

而那段时间，杨曙明还得了痢疾，能活下来，也是他命大。因为病痛，且无药可以缓解，就只能靠身体硬扛。整个人都脱水了，没法走路，老乡便用小毛驴驮着他。

病痛使他只能走走停停，以致无法跟上部队的速度，老乡只好拍打毛驴跑了起来，以便努力跟上部队。

山东的冬天是非常冷的，大雪皑皑，满山雪白。换作以前，杨曙明早已和玩伴玩起堆雪人、打雪仗的游戏。可如今他却觉得，这雪竟也没意思了，只会让人觉得寒冷。

1947 年 5 月围歼孟良崮国民党军 74 师时，华野第七医院来回走好几个夜晚，天又下雨，感到非常的疲劳。但再艰难，杨曙明他们也得跟着走，不能掉队。

消灭国民党军 74 师，取得孟良崮战役胜利后，山东地区的形势才稍好一些，杨曙明他们也没有以前那么紧张了，总算可以在一个地方多住几天，休整休整。

就这样，经过一年时间的艰苦努力，他们圆满完成了学习任务，为了战争的需要，于 1947 年 9 月提前毕业。

毕业后，根据组织上的统一安排，学员们分别到不同的部队或单位实习、工作，从此各奔东西，开始了各自新的军旅生涯。

其中，杨耀东被留在了华野第七医院，杨曙明则被分配到了华东野战军随营干部学校（1947 年夏成立，后于 1949 年春更名为第三野战军军事政治干部学校）一大队任见习医生。

随营干校的任务，主要是接收经医院救治后的负伤战士，对他们进行后续性的康复治疗。

这在当时，实属无奈之举。前线医院的资源太匮乏了，一场战役就会有一批又一批的伤员被送进来，医院只能将稍有好转的伤员转走，留出为前线战士抢救生命的位置。

1948 年 6 月，杨曙明所在的部队被整编，然后南下中原地区。当时他们的对外番号为“陇海支队”。

陇海支队共有 1000 多人，根据组织决定，每个人行军时都要承担背银圆的任务。据悉，主要是由于中原地区的老百姓不认解放区银行发行的纸币，组织上只好送些银圆过去。

杨曙明与其他战友一样，分到了几十块银圆。他们用布袋把银圆封着绑在身上，日夜不离身，睡觉都背着睡。

他们从河南起程，往河北邯郸大名府，又往山西娘子关、大同、临汾、太行山……

听到这里，我插话道：“这等于是又一次‘长征’啊。”

杨曙明老人笑着说：“谁说不是呢，我这样跑来跑去的一直持续到中华人民共和国成立后。”

然后，他接着往下回忆。

当时有消息说，国民党从潼关那边调来了六七个旅，要围攻他们这一群人。

听到这个消息，杨曙明他们不敢按原路线走，只能改为爬太行山。

那时的太行山，可以说无路可走。当天从傍晚 5 点开始爬山，到第二天早上 5 点多钟，还在半山腰。

因为天亮不敢前行，他们只好暂停。

这时他们问老乡：“我们走了多远的路啦？”

老乡答道："没多远，才九十里路。"

但对于杨曙明他们来说，好像已经走了很久很久、很远很远。

好不容易翻过太行山，紧接着由洛阳过黄河。

过河的时候，战友们一个个紧挨着坐在船上，双手用力紧紧捂住绑在身上的银圆，眼睛不时地瞭望四周，内心无比的忐忑不安。

渡过黄河，他们又急行军一段时间，最后抵达了汝南，也就是现在的河南驻马店。刘邓大军的总部，就设在这里。

就这样，经过几个月的跋山涉水，在1948年中秋节的时候，杨曙明等陇海支队成员及其带着的银圆，被移交给了中原军区。

交接地点，是在一个隐蔽的树林里。这也是杨曙明第一次见到高级别的部队首长。

杨曙明和战友们，总算圆满完成任务了！与此同时，他们也正式划归中原建制。

杨曙明被分配到中原军区健康归队团（以下简称归队团，顾名思义，主要是接收轻伤员进行康复训练，为他们随时回归部队做准备），先后在归队团一大队和三大队任助理军医。

1948年11月初，部队紧急启程，听说又要开始打仗了。那时候杨曙明还不知道是打淮海战役，而是后来才知道的。

当时的部队很分散，1营在河南商丘，2营在安徽涡阳，杨曙明所在的3营则在安徽亳州，营与营之间的距离都是几十上百公里。

战役一经打响，战士们的伤亡很大。

杨曙明每天除了跟着医生救治伤员，还要跟着担架手们转运伤员。伤员到医院之前，一般在前线卫生队都处理过。为了保护伤员，杨曙明他们每天都要把百十来个轻伤员送到距离前线十几里远的医院。

一些送弹药去前线的汽车，在回来的路上会带上重伤员，为他们赢得抢救时间。而很多轻伤员，则是自己从前线走回来的。

所以那个时候，马路上人来车往，马路边硝烟弥漫，炮火声、枪击声响彻上空，战争的阴霾始终笼罩在每个人的心头。

为了安全，杨曙明他们有时候会趴在路边的洼地里或草丛中隐蔽。

有一段时间，归队团也接收来自黄伯韬部队的俘虏和士兵，对他们进行集中教育和思想改造。最后，杨曙明他们那个营发展到了7个连之多。

淮海战役结束后，各个营向团部所在的安徽亳州靠拢，休整了几个月，又开始向长江沿岸进发。

杨曙明记得，当时已经是1949年4月了，部队计划横渡长江。

不久，渡江战役打响。归队团和卫生部一起从安庆渡长江。

当时的环境很恶劣，又是阴雨绵绵，大部分北方战士不习惯南方的梅雨天气，很多人出现了不适感。

但是，他们并不觉得这是阻碍他们前行的绊脚石。在接到命令后，他们都坚守自己的岗位，没人因为身体原因而搞特殊。

杨曙明是一名医疗兵，却也被大家这种不怕流血牺牲的精神深深震撼。

江面上，夜晚时分也是光亮的，然而并非浪漫的烛光渔火，而是冷漠的炮火硝烟。

身上有擦不净的被炮弹炸飞的泥土，脚下有被战友鲜血染红的石块……这些对于杨曙明来说都是常事，他早已能泰然处之。

战士们英勇奋战，拼死前进，利用木头做的一条条帆船一步一步渡过长江，最后取得了渡江战役的胜利。

杨曙明他们，也成功地跟着部队渡过了长江。

1949年底，杨曙明被分到了重庆西南军区后勤卫生部后方医院。这个医院是负责接收国民党时期一些老残病人的医院。看着那些四肢残缺、两眼无神的原国民党病员，杨曙明体会到了战争的无情，对我军如此，对敌军亦是……

8. 记者生涯中的十八天

在杨行奎的革命一生中，有近10年时间是奋斗在新闻战线的，由通讯员、记者起步，最后官至淮海报社副社长。

而在多彩的记者生涯中，杨行奎为了执行任务，也曾有过出生入死的经历。乃至1995年值《淮阴日报》（前身为《淮海报》）创刊五十五周年之际，他有感而发，写了一篇题为《一位老报人的回忆》的文章，回忆了当记者期间所遇到的感慨事。

1949年8月1日，杨行奎被组织上调到新华社淮阴支社（兼淮海报社）通讯部，任见习记者。

当年12月，新华社淮阴支社撤销，改称淮阴地委通讯总组，杨行奎任淮阴地委通讯总组（兼淮海报社）通联科外勤记者，一面向《苏北日报》（解放战争时期中共苏北区委机关报）发稿，一面向《淮海报》发稿。

在做记者之前，杨行奎已经跟《淮海报》建立了深厚感情。

那是1947年冬至1948年春，杨行奎从中共沭阳周集区委会调到这个区的周集乡工作。

因处于战争环境，当地干部群众能看到的报纸只有《淮海报》一份。国内外的新闻，主要靠这张报纸来传播。再加上工农通讯工作深入开展，报纸登载的内容很贴近生活，所以《淮海报》在人民群众中的威望很高。

当时，这个乡已经从工农通讯运动逐步发展到“黑（黑板报）、读（读报组）、通（通讯组）、识（识字班）”四结合，所以乡里很重视通讯报道工作，还专门成立了通讯组，由杨行奎兼任组长。

各村都有大批干部群众参加了通讯组，积极写稿、投稿。不识字的农民也有不少参加了通讯组的（用口述请人代笔）。还有刚结婚的小夫妇，互相比赛谁写稿多。

一时间，农民群众搞生产、送公粮、出担架（抬伤员）、磨军面，妇救会做军鞋、慰问伤病员，青年人踊跃参军等事例，都被写了出来，寄送《淮海报》，或登在乡、村办的黑板报上。

一天，有位姑娘上街搜集副业资料，当她向一个卖粉条的摊贩追问粉条的做法、成本、每斤能赚多少钱时，对方就反问："你是不是找稿子写的，我也是通讯员啊。"

言下之意，若不是为了写稿子，不会如此刨根问底的。

还有一次，杨行奎看见几个妇女一边做针线活，一边交头接耳，叽叽咕咕说着什么。等她们看见了他，忽然相互用膀子抵一下："不要说了，这是'稿子'，留自己写。"

显然，她们是怕说出来被杨行奎写了。

杨行奎还没反应过来，几个妇女又相互望一眼，然后都心领神会地笑了起来。

更有趣的是，有些农民通讯员还知道什么是"克里空"，要是板报上登了不真实的稿子，他们也很快会写文章揭露出来。

当时，村村都有好多个识字班，识字班里的教师也都是《淮海报》的通讯员，他们除了教群众识字外，还利用课前课后宣读、讲解《淮海报》上的内容。

通过读报，广大群众不光是听到新闻（尤其是解放军打胜仗的消息）振奋人心，而且能从报上得知土地改革（复查）的政策，划分中农、富农的条条杠杠，以及搞副业生产救灾的门路等。

村里有人做了点好事，或者一篇稿件登上《淮海报》或乡村黑板报，家人和亲友就会马上奔走相告，引以为荣。

正如杨行奎所言，报纸的群众基础非常重要，它的作用和产生的效果是无可估量的。

1949 年底，淮海报社随淮阴地委专署机关一起，从淮阴清江城内迁到沭阳县城办公。这个时候，已经是《淮海报》记者的杨行奎接受了一项特殊的采访任务。

因为一二十天后，淮阴、盐阜两专区要在滨海县响水口镇联合召开公审大会，处决一个已经逮捕在押的犯人，原盘踞在灌（云）、沭（阳）、滨（海）一带的罪大恶极的国民党地方反动武装头目徐 ××。为配合做好舆论工作，《淮海报》需在公审大会之前作连续报道，揭露徐匪欺压人民的罪行。而灌东地区的人民遭受其迫害最为深重，此罪行要作为重点大量揭露。具体的采访工作，领导决定交由杨行奎去完成。

当时的采访地点，是灌云县东部一带。

那天天一亮，杨行奎便带上背包、手枪、钢笔（当时干部的三件宝），愉快地出发了。

冒雨步行了两天半，经过七雄、汤涧、吴集、南岗、大伊山等多个集镇，才赶到了第一个落脚点——灌云县杨集。

刚接触了一部分人，杨行奎就察觉到线索很多，但比较分散，要想圆满完成任务，必须跑遍整个灌东地区。

真是天有不测风云，两天多步行的疲劳还未消除，老天又降了一场大雪，给采访工作增加了困难。

但换个角度来说，却又有有利的一面，那就是大雪封门，人们都不大外出了，最容易找到访谈的对象。

想到这些，杨行奎又不由得兴奋起来。

每天都是在雪地里东奔西跑，从好多个区、乡，到更多的村、户；从天亮，到天黑。

吃和住是不定时，也不能定点的。来得及就到区里、乡里找饭吃、找地方住，来不及就在村里通过村干部找可靠的人家搭伙、住宿。

白天收集材料，晚上在煤油灯下写稿。每完成一篇，第二天便赶快到所在地区的政府寄出去。

有时雪下得太大，道路都看不清，杨行奎还得出去采访。

他怕跌入沟渠，只好顺着圩堤、渠埂和成行的树木，大胆而细心地摸索着前进。

偶尔遇到依稀可辨的小径上留有行人模糊的足迹，他就高兴得不得了。

每天出门时，脚上穿的布鞋还是干的，因在雪地奔走，晚上到了住宿地，鞋子就湿透了。

通常是找个锅夹洞（两个烧草锅之间的空隙）塞进去，一夜之间，锅腔里的余热就把潮湿的鞋子烘干了。

可是有一次出了意外，因为锅底温度高，一夜过来，把鞋子烤焦了。

杨行奎用手一抵，鞋子前后抵出了两个洞。穿到脚上，脚趾和脚后跟都露出来了。

站在身边的一个人打趣道："哟，前面露生姜，后边露鸭蛋嘛。"

逗得在场人都笑了。

还有一件事，杨行奎也一直记忆犹新。

这天到冯庄采访时，来到一个农民家。刚掀起芦柴吊帘，一条大狗窜了出来，朝杨行奎的胸前就猛咬一口，他的大褂子顿时被撕成半边芭蕉扇大小的"7"字形的大洞。

这家人赶忙迎上前，连声说"对不起"。

杨行奎也不好说什么呀，由女主人帮他把衣服上的洞缝起来，也就完事了。

他庆幸那是个大冷天，若是在夏季，恐怕皮肉就要受苦了。

在灌东的这次采访，一共经历了 18 天。也就是说，杨行奎在风雨中、雪地里奔波了半个多月。

其间，他行路全靠两只脚，没用过任何交通工具，没在客栈旅社住过一次宿，没白吃人家一顿饭，还烤焦了鞋子，撕破了衣服，以及遇到了各种危险等。

当然，收获也是巨大无比的。

结束采访后回到报社，领导见到杨行奎的第一句话就是："你这次工作干得很好嘛。"

简短的话语及评价，温暖着杨行奎的心。

来到办公室，杨行奎翻了翻十几天来的《淮海报》，哦！一篇一篇，全都登出来了。

这，无疑更让他感到欣慰、自豪。

第九章　烈士光辉照千秋

伟人的儿子在战场上牺牲，伟人冷静地说了一句话："战争嘛，总是要死人的。"他以这样的解释来宽慰自己，也安抚身边人。

是的，战争哪有不死人的？枪林弹雨面前，刀光剑影之间，人的力量实在渺小得很，谁也不能保证绝对的安全。

从抗日战争，到解放战争，乃至后来的抗美援朝，全国人民在中国共产党的领导下，表现出了强大的凝聚力和战斗力，勇敢战胜敌人，取得了最后胜利。同时，也付出了沉重的代价，大批仁人志士为此献出生命。

矗立于北京天安门广场中心的人民英雄纪念碑，就是为纪念、缅怀在人民解放战争和人民革命中牺牲的人民英雄而修建的。

他们，永垂不朽！

而当年在杨牌坊，也有几位默默无闻的革命青年，为了人民解放事业，献出了年轻而宝贵的生命。

他们，与全国各地千千万万个革命烈士一样，永远值得我们缅怀、纪念。

1. 鲜血染红的炳来路

从马厂街往西约两公里处，有一条沿着厂西大沟向南延伸的宽敞水泥路，宽 5 米多，给沿线群众的出行带来了极大方便。

这条路，人们习惯称之为厂西大沟路。其实它还有另外一个名字——炳来路。

路口石碑上的文字显示：炳来路，建于 2004 年 4 月，起讫点为杨桥村至炳来村，总里程 5.23 公里，总投资 110 万元，建设单位、管理单位、养护单位均为马厂镇人民政府。

事实上，在 2004 年建水泥路之前，这条路已经存在，只不过那时是砂姜路，甚至再早的时候是土路，也没现在这么宽。

路口另一块废弃的旧路碑，上面依稀可见“炳来路”三个字，虽经岁月风蚀，却依然遒劲、凝重；以及标志起点的“0”数字。这，也在无声地提醒人们，不要忘了这条路叫“炳来路”。

说起“炳来路”的来历，还与杨牌坊烈士杨炳来有关呢。

杨炳来，1915 年出生。据杨牌坊杨氏家谱记载，杨炳来高祖父杨瑛（八世）是清朝秀才，天祖父杨丕承（七世）则是清朝岁贡生、候选训导，这在当时已很不简单。

受家族传统意识影响，杨炳来从小便刻苦学习，追求上进，不甘做平庸之人。村中的小伙伴，也都愿意跟着他玩，听他指挥。

有一次，杨炳来领着小伙伴们跑到村外的港河边玩耍。当时正值雨季，河里水流湍急，阵势吓人。

正玩着，一只小猪在河边觅食，不慎滑入水中。有两个小伙伴本想上前将小猪拉住，谁知水速太快，他们还没抬腿，小猪已被浪花卷走。

正在小伙伴们束手无策之际，只见杨炳来一个箭步冲上前去，猛然扎入水中，使劲往河中心游去，一把抓住了小猪的一条腿，然后又拼命往回游。

等杨炳来拽着小猪游到河边爬上岸，已是在下游200多米远的地方了。

事后，母亲听说了这件事，心疼地责备道："你怎么可以为了一只小猪而轻易下水呢？多危险啊！"

杨炳来则不以为然地说："那点水算什么，再大点也不碍事的。"

长大后，杨炳来成了一个坚强勇敢、顶天立地的男子汉。不仅庄稼地里是把好手，思想上也很进步，在26岁这一年加入了中国共产党。

当时，苏北已处在日本的侵略和国民党的反动统治之下，民不聊生，民众纷纷起来反抗。马厂各地在中国共产党的领导下，也掀起了针对日本侵略者以及国民党反动派的保家卫国斗争。杨炳来顺应潮流，参加了范湾乡模范中队，并担任副中队长（中队长由乡支部书记徐兆璜兼任），与敌人开展斗争。

日本鬼子在沭阳到处安插据点和扶植伪军，企图以此歼灭共产党在本地的领导机关和主力军。范湾乡处境是北面离马厂据点8华里，南边离塘沟据点12华里，西边离胡圩据点4华里，只有东边离敌人的据点稍远，约30华里。形势很严峻，民众也普遍产生惶恐不安的心理。

杨炳来所在的模范中队，在范湾乡公所及上级党组织的统一领导下，机智顽强地与敌人斗争，切实保护人民群众的生命财产安全。作为副中队长的杨炳来，更没有被敌人的嚣张气焰唬倒，表现出了一个共产党人应有的英雄气概。

有一段时间，针对环境的恶化，上级发出指示，各乡要有充分思想准备，不要固守阵地，也不能在同一个地方办公，避免大损失、大伤亡。同时，要把枪支、粮食等藏起来，严防落入敌人之手。

因此，范湾乡公所经常采取打游击式办公，并及时组织群众跑反。有时遇到日伪公然下乡抢公粮，杨炳来他们的模范中队便迎头而上，果断阻击。

一天，日寇、伪军300余人前往范湾一带抢劫公粮，杨炳来他们闻讯，立即做好战斗准备。

没多久，抢粮的敌人推着车、拉着炮，由小梨园向南而来，越来越逼近范湾。就在这时，杨炳来带领队员们掩蔽在不远处的路沟里，乒乒乓乓一阵排抢猛射，当场打倒敌人数名。

敌人一见，迅速拉开阵势，准备还击。一个擎黄旗的指挥官正想指挥冲锋，被杨炳来从背后一枪撂倒。日寇气得哇哇乱叫，凶狠地进行炮击，一时间硝烟滚滚，弹片纷飞，仅王园一带就落下 50 多发炮弹。

就在敌人起劲打炮的时候，杨炳来已带领部分队员绕到敌人背后，冷不丁一阵扫射，令敌人措手不及，不得不分兵抵抗。

就这样，杨炳来他们前阻后夹击，拖住了敌人，战斗一直延续到下午 4 点多。敌人知道模范中队善于夜战，不敢再作停留，不得不缩回据点。范湾乡 3 万多斤公粮终于保住了。

然而，日寇一边扫荡、抢粮，一边加大对各乡公所的袭击，推动伪政权的建立，这让包括范湾在内的各乡笼罩在了更加恐怖的气氛中。

胡圩是范湾西面邻乡，由于内部出了奸细，一天晚上乡公所突然被来自马厂据点的敌人包围，因寡不敌众，乡长胡以选被俘。敌人将他带到马厂据点，引诱说只要写悔过书并交出乡里党员名单，就可以继续当乡长，遭到胡以选严词拒绝和破口大骂。敌人无奈，为达镇压、吓唬当地干部群众的目的，便将胡以选绑赴刑场，残忍杀害。

这件事，对范湾乡公所震动很大。为防止被敌人用同样方法袭击，乡模范中队加大了警戒力度，并不时外出巡逻，站岗放哨。

1943 年春的一天，早上 7 点钟左右，乡支部书记兼模范中队中队长徐兆璜，带领杨炳来等队员沿着港河到五里桥一带的岗哨侦察情况。

五里桥，因此处曾有座木桥横跨港河之上，且离马厂街五里远而得名。桥址东首的斜对面，是一片坟堆，当地人称为“乱坑”。因此处介于马厂与范湾之间，且地形特殊，所以被乡公所当作防备敌人的前沿岗哨。

当时港河里的枯柴有一人多高，为了掩护自己，徐兆璜、杨炳来他们没走上边的路，而是走下边柴地。

到了五里桥乱坑西头，他们从柴地钻出来，爬上大路。

谁知敌人受汉奸蛊惑，早有袭击范湾乡公所的打算，这天正好采取行动，此时已到达五里桥，正埋伏在这里。

而当天恰巧是雾天，能见度很低，这给徐兆璜、杨炳来他们带来了麻烦。

敌人一见有人影从柴地冒出，突然就打了一排枪。杨炳来躲避不及，不幸被子弹击中头部，当场牺牲。其余同志立即退入柴地，边还击边后撤。

当其他队员闻讯前来支援，大家一起赶到先前战斗的地方，敌人已经撤走，且杨炳来的头也被砍下带走。

当地群众告诉他们，是一个叫沈大兆的汉奸先用豆耙（一种劳动工具）猛刨杨炳来的头部，豆耙柄断了，又用铡刀将头颅铡下，挑在刺刀上带走的。

后来，杨炳来的头被敌人悬挂在马厂九龙桥旁示众。

凶狠的敌人如此惨无人道，只能让人更加痛恨。痛定思痛，范湾乡公所很快作出决定，一是设法将杨炳来的头颅弄回，妥善安葬；二是尽快除掉汉奸沈大兆，为民除害，给杨炳来报仇。

听群众说沈大兆经常晚上回家，乡公所便安排模范中队队员们晚上到他家周围埋伏。连续埋伏两个晚上都落空了，没见着沈大兆人影。

到了第三天晚上，正是明月当空，10点多钟，忽然从北边走来一个人，到沈大兆家门前四处看看，然后轻轻地叫门。队员们突然冲上去将其摁住，一看果然是沈大兆，便将他五花大绑带走。

一路上，沈大兆嘴里不停说“我有罪”“我有罪”，请求饶他一死，并保证今后不再当伪军了。带队干部厉声回了一句：“少废话，血债要用血来还！”

在时任范湾乡乡长、杨牌坊革命者杨秉钧的回忆材料中，我们看到了这样一段话：“沈大兆被带到杨炳来同志坟前，跪下磕了四个响头，然后报仇雪恨的枪声便响了……”

杨炳来的牺牲，极大地震撼着队友们及当地民众，大家发誓要继承先烈遗志，将革命进行到底，以此告慰杨炳来同志的在天之灵。

为了纪念杨炳来烈士，经上级批准，范湾乡更名为炳来乡。从杨牌坊通往村外的那条小路，则被称为炳来路。

中华人民共和国成立后，因行政区划调整，炳来乡并入马厂乡（即后来的马厂公社、今天的马厂镇），原先的炳来乡变成了炳来村，杨牌坊相应地也就成为炳来村的一个组。

20 世纪六七十年代，出于水利建设需要，马厂境内的东西两边各挖了一条南北方向的大沟，其中西大沟正好从杨牌坊穿村而过，所以沿着西大沟边的道路便被称为炳来路。

如今，这条用烈士鲜血染红的炳来路，已经成为连通杨牌坊与马厂镇中心的重要通道。

2. 血洒宿北战场

在大型革命历史题材电视剧《解放》中，有一场戏是中共领导层研究发起宿北战役的情景，让人印象深刻。

这里提到的宿北战役，又称宿北大战，是解放战争时期，中国人民解放军山东野战军和华中野战军遵照中共中央关于“集中优势兵力，各个歼灭敌人”的军事原则，在当时江苏省宿迁县城以北、沭阳县以西、新安镇（现属新沂市）以南地区反击国民党军的一次进攻战役。

该战役发生于 1946 年 12 月 13 日至 19 日，在山东野战军和华中野战军协同作战下，全歼国民党整编第 69 师师部和 3 个半旅共 2.1 万人，开创了解放战争以来，我军一次作战歼敌最多的纪录、我军一次作战歼敌一个整师的先例。

值得一提的是，在这场战役中，沭阳共出动 3000 多名民工支前，为部队运送粮草、面粉、衣服、弹药，抢救护理伤员等，为取得宿北战役胜利作出了巨大贡献。

而在战场上、在与敌人的正面交锋中，更有沭阳籍军人一往无前、英勇杀敌的身影，有的人甚至流血牺牲，为国捐躯。比如来自马厂杨牌坊的杨秉义，便是其中一位。

杨秉义，1927 年 1 月 8 日出生。

杨秉义识字不多，头脑却很聪明，手也非常灵活，什么事都做得来。比如看到村中有人烤朝牌（一种形似古代大臣上朝时手中笏板的民间食品），便也跟着学，很快就学会了，烤得有模有样。

后来，他还学会了做馍头和炸油条，并且将其做成了买卖。

在那个时候，马厂馍头、马厂油条、马厂小豆饼等，已经是独具特色，闻名遐迩的地方美食了。尤其是油条，在马厂不仅人人爱吃，还有个独特的名字叫“油鬼”。

据传，油条起初的名字叫“油炸桧”，是浙江临安人发明的，跟奸臣秦桧有关。《宋史》记载：南宋高宗绍兴十一年，秦桧一伙卖国贼，以“莫须有”的罪名杀害了岳飞父子。南宋军民对此无不义愤填膺，当时在临安风波亭附近有两个卖早点的饮食摊贩，各自抓起面团，分别搓捏了形如秦桧及其妻王氏的两个面人，搅在一起放入油锅里炸，并称之为“油炸桧”。为了发泄心中愤恨，人们争相仿效，逐渐流传到各地，成了一道非常常见的早点食品——油条。

传到沭阳马厂的时候，人们觉得“油炸桧”骂得还不解恨，便改称“油炸鬼”。至今，马厂的很多人还叫油条为“油鬼”。

杨秉义凭借掌握的做馍头、炸油条手艺，带着妻子在附近一个人流密集的路口设了个摊点，专卖这两样食品，深受过往群众欢迎，收入可观。

但是，年轻的杨秉义并不在乎钱多钱少，他觉得活得充实、有意义才更重要。所以，平时他不但做买卖保证货真价实，坚守信誉，遇到穷人还会不收钱或少收钱，甚至解囊相助。

就在买卖做得很顺、很火的时候，因接触到一些进步人士，杨秉义忽然动起了参军入伍的念头。

当时，抗日战争已经取得胜利，国民党却又挑起事端，引发内战。

看到村中已先后有 10 多人参军或参加地方革命工作，杨秉义决定向他们学习，也去担一份保家卫国的责任。

他甚至想，到部队以后，可以利用自己的手艺，一边打仗一边为战士们做饭。

1946 年春，杨秉义征得妻子同意后，如愿在家乡入伍，成为中国人民解放军的年轻一员。

当时，八路军山东军区主力部队已挺进东北，为加强山东地区的军事力量，新四军主力部队的一部分便奉中央军委命令北上山东，与八路军山东军区留守部队会合，共同组建了山东野战军，由陈毅同志任司令员。

于是，杨秉义当兵后很快被派往山东，成为山东野战军第 8 师第 23 团 1 连的一名战士。

当时，班长王万余，恰巧与杨秉义是沭阳老乡，王万余家在塘沟区德方乡碾盘村，与杨牌坊离得很近。

若干年后，王万余退伍返乡，下地干活时经常遇到杨牌坊的杨维帮（两家庄稼地首尾相连），向他介绍了不少有关杨秉义的情况。

如今杨维帮还能回忆起王万余曾经跟他说过的一些事，使我对杨秉义当年在部队的有关情况有了基本了解。

1946 年 6 月全面内战爆发后，国民党军以重兵进攻华东解放区，至 11 月，以损失 10 万余人为代价，占领了苏中、淮南、淮北地区。同月中旬，国民党军拟订了一个所谓“结束苏北战事”的大规模进攻计划，企图先占苏北，消灭分别集结于峄县以东和盐城、涟水地区的山东、华中两野战军主力。

经中共中央军委批准，决定集中山东野战军第 1 纵队、第 2 纵队和第 8 师、第 7 师及华中野战军第 9 纵队等部共 24 个团，全歼由宿迁出动的国民党军。

就这样，杨秉义与班长王万余一道，随着第 8 师从山东回到了家乡作战。

12 月 13 日，国民党军整编第 69 师、第 11 师由宿迁出动，分别向新安镇（今新沂）、沭阳等地进攻。陈毅等决定先集中优势兵力围歼较弱的左翼整编第 69 师于宿迁以北地区，尔后再转兵进击右翼的整编第 11 师。

根据部署，华中野战军第 9 纵队在邵店、来龙庵一带实施正面阻击，其余参战部队迅速隐蔽地向作战地区开进。

15 日黄昏，从陇海铁路北以强行军赶至作战地区的第 8 师、第 1 纵队一部及第 7 师的第 5 旅，由西北向东南突然攻击，分别围歼峰山、晓店子、嶂山镇等地区敌军预备第 3 旅。其中，第 8 师重点围歼峰山。

峰山是一个海拔只有 800 多米的小山包，但却是整编 69 师防御的支撑点，一旦丢失峰山，整编 69 师将四面无依。因此，敌人命令预备 3 旅 7 团死守，7 团在一天之内把山包上的树全部砍光，以扫清一切射击障碍，然后紧急修筑起壕沟，布置了密集的火力配备。

第 8 师赶到这里后，集中起五倍于敌人的兵力，从两面攻击峰山。战斗打得非常激烈，王万余和杨秉义所在的团负责掩护，别的团进行冲锋。

其中在西南方向的某团连续冲锋三次，敌人猛烈的火力导致部队出现严重伤亡，冲锋路线上遍布着遗体和伤员。天快亮了，如果拿不下峰山，势必影响整个战役进程。

最后，在炮火和机枪的支援下，该团决定再冲一次，几十名官兵一起爬向鹿寨，撕开铁丝网，冒着敌人的机枪扫射，在壕沟里搭起人梯向山顶冲去。恰在这时，从另一面攻击的某团也冲上来了，两团终于在峰山顶胜利会合。

第 8 师攻占了峰山后，国民党军第 60 旅、预备第 3 旅等部多次反扑，企图夺回峰山，挽回不利态势，均未成功。第 8 师击退敌人反扑后，乘胜攻克晓店子，于 16 日晚全歼敌军预备第 3 旅。

任务完成后，第 8 师又由西向东攻击，协同友邻，在邵店、来龙庵一带聚歼敌军整编第 69 师主力。

说到邵店，王万余还曾跟杨维帮提起一件趣事。当时在战斗不紧张，官兵休憩的时候，杨秉义曾悄悄跟王万余聊起邵店美食的话题。因为杨秉义会烤朝牌、炸油条，而邵店的美食早在明清时期就出了名，特别是这里的朝牌香脆可口、油条个大香酥，所以杨秉义跟王万余说，等战斗结束了，一定要到邵店街上尝尝朝牌、油条，学学人家的手艺。

杨秉义这种乐观主义精神，一度感染了身为班长的王万余。

可惜，天不遂不人愿。

在接下来的战斗中，敌人因不甘心失败，亡命还击，使我军一时间伤亡很大。

在一次紧急撤退中，杨秉义由于劳累过度，加之身材矮小，没能在第一时间跃过战壕进入安全地带，不幸被敌人发射过来的炮弹击中头部。

王万余发现杨秉义没跳过战壕，赶忙折返回去救援，谁知杨秉义已光荣牺牲了。无奈，王万余只好忍着悲痛，将杨秉义的尸体背了回来。

此时，离宿北战役的全面胜利，只有两三天时间。

3. 捐躯沙场，长眠异乡

杨牌坊的第三位烈士，是杨尔玺，出生于 1924 年 2 月，与杨炳来烈士同为八世公杨塽（清朝秀才）之后。

杨尔玺是家中老大，下面还有一个小他 12 岁的妹妹和一个刚出生的弟弟。

虽为老大，杨尔玺却没怎么尽到老大责任，毕竟那时还小，整天只顾自己玩耍，哪能想到帮父母干活，更别说照顾妹妹弟弟了。

也正因此，他没少挨父母训斥，甚至是打骂。尤其是父亲，脾气暴躁，经常冲杨尔玺发火。

但杨尔玺也有优点，那就是胆子大，什么事都敢试一试、闯一闯，天不怕地不怕的。比如上树掏鸟蛋，下河捉鱼虾，便是他的拿手好戏，可谓上天入地、无所不及。他还上过几年私塾，识得一些字，这在当时也是难能可贵的了。

村中最爱和杨尔玺玩的小伙伴是杨秉刚，两人相差几岁。论辈分，杨尔玺应该叫杨秉刚叔叔，但俩人超越了这层关系，处得跟朋友似的。这也为俩人后来一同参军打下了基础。

1940 年 1 月的一天，已是 16 岁的杨尔玺遇到出来帮家里借锯子的杨秉刚，俩人照例在一起闲聊了起来。

正聊着，父亲杨秉章找到跟前，说家中有两只鸽子丢失了，要杨尔玺找一找。临了，杨秉章还带着情绪说了句："整天只晓得玩，也不关心家里的事，鸽子丢了都不知道！"

杨秉章走后，杨尔玺朝杨秉刚尴尬一笑，打趣道："鸽子又没拴在我身上，我怎么知道它丢了？"

说归说，俩人还是一起动身，四处找鸽子了。

可是直到吃晚饭的时候，杨尔玺还没将鸽子找回来，而且人也没了踪影。

眼看天要黑了，还是不见杨尔玺回家，父母开始急了，便到处寻找起来。他们担心，杨尔玺会不会因为没找到鸽子，怕回家挨骂而躲到哪里去了。

那个年代，兵荒马乱的，日本鬼子到处烧杀抢掠，老百姓三天两头跑反，生活不得安宁。万一遇上鬼子，发生意外，那可就糟糕了……想到这些，父母更加忧心忡忡。

就这样，一家人在担惊受怕中度过了一个晚上。

第二天，他们正准备继续出去寻找，忽然收到了一个包裹，是杨尔玺从胡集寄回来的。打开一看，是杨尔玺的衣物，还有一封简短的信。看了信的内容，一家人才得知，杨尔玺和杨秉刚已于昨天报名参加八路军了。

原来，当时杨尔玺和杨秉刚说是找鸽子，实是一起玩去了。一边找，一边玩，不知不觉出了村，进入塘沟地界，最后来到了几里外的耿桥乡。

正好，那里有八路军征兵处，很多人都在报名，其中有不少是像他们这么大的青年人。杨尔玺和杨秉刚一合计，与其天天在家无所事事，还挨父母骂，不如当兵，一走了之算了。

说干就干，他们当即就上前报了名，参了军。

随后，他们被送到胡集集结。

在胡集，他们穿上了崭新的军装，便将换下来的衣服寄回了家，以示告知和打招呼。

然后，他们一心一意在部队服役了。

他们先是在八路军第5纵队，后改编为新四军第3师10旅28团1营3连，后来又先后到过29团和30团。

杨尔玺当兵，父母倒也没觉得不舍。只是，此前家里已为他订了婚，女方是附近的姜文芳，双方年龄都不小了，如果因当兵而耽搁婚事，恐怕女方家里也不乐意。

于是，父母便让人找到部队，通知杨尔玺回家把婚给结了。

杨尔玺原本不同意结婚，但经不住来人劝说，便答应考虑考虑。而这一考虑，又是好长时间。

19岁的时候，尚未远征的杨尔玺经不住父母催促，终于请了假，专门回家结婚。但他挂念着部队开拔，归心似箭，所以结婚第三天，便匆匆告别家人，回到了部队。

不久，杨尔玺、杨秉刚随部队投入了小胡庄战斗、徐塘圩战斗、陈集战斗、八滩战斗等一场又一场的战斗，辗转各地，出生入死，转眼就是两年过去。

日本无条件投降后，党中央敏锐觉察到国民党大肆向东北增兵的假和平真面目，决定也派兵去东北，并明确指出："当前全党全军的主要任务是继续打击敌伪，完全控制热、察两省，发展东北，以便依靠东北和热、察两省，加强全国各解放区及国民党地区人民的斗争，争取和平民主及国共谈判的有利地位。"

为了实现这一目标，就必须对全国各地的兵力进行部署。杨尔玺、杨秉刚所在的部队也接到北上命令，投入了创建东北根据地的伟大事业中。

后来，同当地的东北人民自卫军组成了“东北人民自治军”（后来改为“东北民主联军”）。

就这样，杨尔玺和杨秉刚一起，随部队踏上了远赴东北的征程。而这一去，杨尔玺就再也没回到故乡。

1946年3月，他们俩所在的部队到达辽北省（今辽宁省）彰武县，向驻扎在此地的国民党军队发起攻坚战，为东北民主联军主力挺进沈阳做准备。

国民党军急调长春、四平等地新编第1军、第71军等主力向铁岭、新民、沈阳地区集结，准备出援。

东北民主联军总部为创造战机，以第1纵队第3师佯攻法库，第2纵队、第7纵队和炮兵主力西取彰武。

杨尔玺和杨秉刚，当时就在第2纵队第5师。他们的任务是向彰武城东南角突击。

据杨秉刚生前回忆，当时的战斗打得激烈，却很顺利，没用多长时间，他们师便突破城防，接连打退守军两次反冲击。同时，第21师也相继突破。各后续梯队入城后，迅速对守军迂回穿插，分割包围。第6师由南门突破后，直扑守军指挥部，会同第5师、第21师从三面展开猛攻。几小时巷战后，全歼守军。

然而不幸的是，在这场战斗中，杨尔玺冲锋在前，英勇杀敌，却意外中弹，不幸牺牲。

当时俩人并不在一起，杨秉刚也不知道杨尔玺牺牲了。战斗结束后，杨秉刚到处找不到杨尔玺，隐约觉得不妙，便赶紧往回跑。

到了先前战斗的地方，只见一批战士正在处理堆积起来的尸体。由于敌人的尸体也混杂其中，所以要一具一具地把我军战士的尸体找出来，放到边上的几只大木箱（类似于棺材）里，然后再集中运到某个地方埋葬。

杨秉刚先朝几只木箱里看看，没发现什么，便在尸体堆里翻找起来。尸体大多是血肉模糊，已很难辨认。

找了一会儿，杨秉刚忽然发现一具尸体的腰间挎着一只小背包，那正是杨尔玺一直背在身上的背包，他再熟悉不过了。

杨秉刚眼眶一阵湿润，他知道杨尔玺牺牲了，再也不能跟他一起聊天、玩耍了，更没法跟他一起回家乡了！

为了让杨尔玺的尸体能得到妥善处理，杨秉刚拼命将其从死人堆中拖了出来，抱到边上，放进了一只收尸箱中，然后将他的衣服理整齐，军帽戴好，才伤心离去。

1954年底，杨秉刚转业返乡，向杨尔玺家人讲述了杨尔玺牺牲时的大概情况，并告诉他们杨尔玺的尸体可能埋葬在彰武的某个地方，有机会可以到那里去找找看。

可惜由于种种原因，家人几次计划均未实现，至今也没能到杨尔玺牺牲的地方走一走、看一看。

4. 没有违背参军诺言

“遵守诺言就像保卫你的荣誉一样。”这是法国作家巴尔扎克说过的一句话。

对于军人而言，这句话的分量更重。他们把承诺看得比自己的生命还重要，什么事情都可以舍弃，唯独诺言，绝不会忘却或违背。

张桂兴参军入伍时公开许下过诺言，最后在战场上，他兑现了自己的诺言。

张桂兴，又名张公丫，1928年出生，是杨牌坊唯一一位不是杨姓的烈士，也是杨牌坊在中华人民共和国成立前唯一一位不是杨姓的革命军人。

当时，全村姓杨的已有10多户约20人参加了人民军队或地方革命工作，这对于年轻的张桂兴来说，无疑是个巨大的影响。

张桂兴的母亲很早就去世，他与父亲相依为命。因为穷，盖不起房子，他们爷俩一直在杨琛家后面搭个草棚居住。平时，靠给人家当雇工挣钱糊口。

1942 年，出于革命斗争需要，范湾乡成立了模范中队（以下简称乡队），由乡支部书记徐兆璜兼任中队长。后来，张桂兴也参加了乡队，并担任班长。

1943 年底，县政府为以点代面做好各项工作，将范湾乡确定为实验乡，并委派了工作组加强领导，参加人员有孙川仁、秦淑芳、周惠、张鸿鹄等。

这对范湾乡干部群众来说鼓舞很大，大家纷纷表示，决不辜负上级希望，一定要将每一项工作都做好。

1944 年 3 月，县政府召开会议，安排参军动员工作，分配给范湾乡 12 名参军任务。会上，范湾乡支部书记徐兆璜、乡长杨秉钧共同立下“军令状”：保证在三天之内完成任务。其他各乡也都表了态，并表示要向实验乡学习和看齐。

这对徐兆璜、杨秉钧来说，无疑增加了光荣感和责任感。为尽快完成这一任务，他们连夜赶回乡里，饭都顾不上吃便召集相关人员开会，共同商讨解决办法。

正在大家围绕如何尽快完成任务，为其他乡作出表率而热烈讨论的时候，张桂兴突然跑进会场。

徐兆璜一惊，以为出了什么情况，警觉地问道：“有事吗？”

张桂兴说：“大家听说乡接受参军任务，派我来问问乡长、中队长，还有工作组同志，上一次我们已错过机会，这次能否让我们都去参军？”

杨秉钧一听，赶忙问道：“你能代表大家吗？”

“就是大家叫我来的，怎么不能代表？不信你到班里去问问，是真的，乡长。”

这时，与会人员都笑了，纷纷表示赞同。徐兆璜对张桂兴说：“小张，你先回去，我们研究研究再答复你。”

“行。”小张转身走了。

瞬间，大家议论开了，“看看人家都找上门来了”“我们思想还落后于群众，对群众觉悟估计过低”……说什么的都有。

徐兆璜示意大家安静，一脸轻松地说道："小张他们真要是出于自觉自愿的话，我们的参军任务不要三天，一夜就可以完成。如果大家都同意，我们就立即召集乡队开会定夺。"

大家一致表示同意。于是，在徐兆璜带领下，与会人员一起来到乡队住的屋里。这时，队员们正在交头接耳商量着，一见领导们到来，赶忙鼓掌欢迎，并齐声问道："怎么样，同意了吗？"

徐兆璜笑着说："小张刚才去找我们了，所以我们来听听大家的意见。为什么要去参军，这是要出于自觉自愿的，同时还应求得家庭同意，你们各人都说说理由，决不能勉强。"

张桂兴作为班长，首先发言："我的理由很简单，就是真心想参军上前线打日本鬼子，家庭也不会拖后腿。"

另一个队员接着说："我看乡队不如主力（部队）好，能直接去打日本鬼。我当乡队几个月了，还一枪未放过，这有什么意思？"

又有人说："你们强调家庭不能拖后腿，可现在妇女都解放、婚姻都自由了，我是男子汉大丈夫，想参军还不能自己做主吗？我不管拖不拖后腿，只要我自己愿意不就行了？"

还有的人说："我主张我们今晚就走，有的人老婆想拖也拖不着了。"

这时大家哄然大笑："就是你家老婆拖你后腿。"

徐兆璜见差不多了，便插话道："这样吧，大家要是自愿参军就举手表示。"

结果，全班 13 人一下子都举了手，有的还举起双手。

徐兆璜说："13 人都举起手了，可我们乡是 12 个名额，多了一人，大家看看谁下来？"

这时，队员们又酝酿起来了，有人就说："谁下来！要去都去，要不去全都不去。"有的人则说："多一个为什么不行？"结果，谁都不愿下来。

没办法，徐兆璜、杨秉钧等人临时决定，就按 13 人上报吧，超额完成任务上级应该会更高兴。

后来，为了对张桂兴他们积极参军的行为表示肯定和鼓励，乡里专门举行了欢送会，还请来了吹鼓手，现场热热闹闹的。

那天，乡公所的领导亲自为张桂兴等人戴上大红花，妇救会同志扭起了秧歌，吹鼓手锣鼓齐鸣，红旗在前开道，轰轰烈烈地往县新兵接待站前进。自发前来的群众，则纷纷鼓起掌来，表示钦佩和欢送。

县新兵接待站也敲锣打鼓列队欢迎，看热闹的群众同样来了一大帮。在欢迎会上，接待站负责人首先讲话，对参军入伍的同志们表示欢迎，特别对一路欢送过来的新兵家属表示感谢。

然后，张桂兴作为新兵代表发了言，他说："我们到部队后，一定会听党话，跟党走，听从指挥，服从需要，勇敢杀敌，保家卫国。"他还表示，自己一定要向乡队副中队长、本村烈士杨炳来同志学习，不怕流血牺牲，决不让父老乡亲们失望。

欢迎会后，接待站同志表示，范湾乡这次不到一天时间就超额完成参军任务，不愧为全县的实验乡。徐兆璜、杨秉钧则说："这要归功于党的英明领导和广大群众有了抗日救国的高度觉悟。"

而张桂兴，作为杨牌坊唯一一位不是杨姓的军人，到部队后果真表现出色，作战勇敢，屡获好评。

1945 年底，张桂兴随着新四军第 3 师一道，开赴东北战场，为全面解放东北做好准备，并先后参加了彰武战役、四平战役等重要战役。

其中四平战役是东北民主联军在辽北省（今辽宁省、吉林省、内蒙古自治区各一部）四平地区抗击国民党军进攻的一次防御战役。

四平，如今是吉林省地级市，地处松辽平原中部腹地，辽、吉、蒙三省区交界处。在解放战争期间，因四平战役而名闻中外，曾被外国记者称为"东方马德里"。

当时，国共两党正在谈判桌上就东北问题激烈地讨价还价，而四平，无疑是一个重要的筹码。四平乃东北的军事重镇和运输枢纽，几条重要铁路都经过此地，如果四平失守，则长春也必然失守，如此将危及哈尔滨等我军北满根据地。为了打击国军嚣张气焰，在东北停战谈判上取得话语权，中共中央决定死守四平。

然而四平战役打得非常激烈、非常艰难，历经四平解放战、四平保卫战、四平攻坚战、四平收复战等四次战斗，前后长达两年时间。

最终，在四平战役全部战斗中，国民党军队5万多人被歼灭，我军也牺牲了3万多人。

据不完全统计，在四战四平期间，东北民主联军牺牲的团以上干部达60多名。营级干部能搞清楚所属部队的即达120名，尚有40多名不知部队番号，两者相加达160多名。

在四平烈士陵园中，把名字记在烈士名录上的即达1万余名。还有数以万计的烈士没有留下姓名，而默默地长眠于四平。其中，也包括张桂兴这位来自江苏省沭阳县马厂杨牌坊的年轻战士。

由于资料及线索有限，我无法还原张桂兴在四平战役中是如何冲锋陷阵、英勇杀敌的。更难以想象，他在牺牲之前都经历了什么样的搏杀场面和心路历程。

但我知道，他肯定和许许多多的将士一样，为了夺取战争的胜利，为了换来祖国的和平与亲人的安宁，更为了不负军人的使命与荣耀，而拼尽最后一份力，流干最后一滴血。

可以说，他完全兑现了参军时许下的诺言。

第五编
解放

杨牌坊，随着新中国的诞生，从此走上幸福、安宁、美好的康庄大道。

第十章　苦尽甘来得解放

1949 年 10 月 1 日，中华人民共和国隆重举行了开国大典。

消息传开，全国人民为之振奋。

一个划时代的历史时刻，终于来到人们面前！

一时间，各地的人们纷纷奔走相告，并以各种各样的方式，欢庆新中国的诞生和中央人民政府的成立。

这个时候，作为苏北一隅的沭阳马厂杨牌坊的人们，一样沉浸在胜利的喜悦之中。

他们，虽没像大城市的人们那样欢呼雀跃，公开庆祝，却也用自己的方式——比如串门、聚会等，男人们一边抽着旱烟一边交谈国家大事，女人们一边做着针线活一边拉呱聊天——由衷欢庆共和国的成立。

激动之情，自然是溢于言表。

尤其是家中有亲人参军入伍的，男女老少想想亲人归来、合家团聚已指日可待，无疑更加欢欣、更加充满期盼。

而从杨牌坊走出来的革命志士们，无论是身处解放区，还是坚守在尚未解放的边远地方，此时此刻都怀着一样的心情，欢庆共和国成立，也为下一步实现全国解放而积攒着更大的力量。

他们多年的拼搏、奋斗，终于换来胜利的果实，让全国人民从此站起来，成为国家的主人。而他们的家乡杨牌坊，也必然会随着新中国的诞生，从此走上幸福、安宁、美好的康庄大道。

1. 备战中迎来新中国诞生

1949 年渡江战役打响时，杨牌坊老革命杨秉钧已经是中国人民解放军第三野战军第 30 军 88 师 262 团 1 营副教导员。

渡江战役之后，杨秉钧所在的部队又参加了解放上海的战斗。上海解放之后，他们则奉命驻守崇明岛。

崇明岛位于长江口咽喉部位，东西长 100 多华里，南北宽 20 多华里，水路通往上海市区，堪称上海的北大门。全岛有大小海口 80 多个，南堡镇有两个轮船码头，可停靠大型船舰，而其他小港口只能停靠小帆船。

由于地理位置特殊，上海解放后，该地区仍被国民党残余势力所利用，不断进行各种破坏。所以杨秉钧他们去崇明岛的一大任务是，保卫崇明海防，帮助地方政府清匪，组织发动群众与敌人的破坏活动作斗争。

但是，他们的任务又绝不仅仅在于此，进行更加严格的军事训练，训练内容主要是渡海登岛作战，包括登上轮船、兵舰到海上冲浪，锻炼指战员在海上乘船航行的适应能力，做到不晕船、不呕吐等。

1949 年 10 月 1 日傍晚时分，杨秉钧正随全营指战员在练兵场上演习登陆作战，营通信员忽然怀抱一捆报纸跑来，边跑边气喘吁吁地说："报告大好消息，我们中华人民共和国成立了。"

营长窦鸿儒一听，严肃地问道："是谁说的？"

"《新华日报》登的，不信你看。"通信员说着，便将报纸递了过去。

营长将信将疑地接过报纸，仔细阅读起来。

杨秉钧也接过了一份报纸，展开一看，头版右侧从上往下一行醒目的大字标题很快映入眼帘："庆祝人民政协的完满成功！"而在报纸左侧的相对应位置，则是同样规格的另一行标题："庆祝中华人民共和国诞生！"

这一版，主要介绍了政协会议选举过程的情况，并公布了中央人民政府委员会选举结果。

在通信员提醒下，窦鸿儒、杨秉钧又打开了另一张报纸——《新华日报·号外》阅读。

而这份“号外”，内容就更新、更令人振奋了。

从右至左依次是两行竖排的醒目大字：“庆祝中央人民政府成立；庆祝中华人民共和国诞生。”

中间位置，则是“全国人民盼望的人民共和国中央人民政府已经于今日下午三时二十五分在首都北京成立了……”等介绍。

整张“号外”，洋溢着庄严喜庆的气氛。

原来消息是真的！中华人民共和国真的已经成立了！

在场人员得知后，都高兴地跳了起来。

这时，营教导员徐亚球也来到了现场，跟营长窦鸿儒、副教导员杨秉钧商议决定，立即向全体指战员传达共和国成立的大好消息。

很快，司号班长的集合号吹响了，部队紧急集合。

按照报纸登载的消息，他们用了一个多小时传达完毕。在宣读过程中，各连文化教员还不断地站起来呼口号，“中华人民共和国万岁！”“中国人民站起来了！”“共产党万岁！”……口号声越呼越响亮。

正在这时，他们接到团部电话通知，要求第二天（即10月2日）以营为单位，组织庆祝中华人民共和国成立的活动，形式由各营自行决定。

队伍解散后，他们先让各连以班为单位组织座谈，然后要求各连指导员晚上到营部开会，研究第二天庆祝活动的具体方案。

2日中午12点，杨秉钧所在的1营全体集合，走上街头，以游行的方式庆祝中华人民共和国成立。

游行队伍最前面是横幅大标语“热烈庆祝中华人民共和国成立”和四面国旗。后面依次是四个号兵、锣鼓队、战士化装的男女秧歌队、花棒队、四列纵队、四排重机枪、四门八二炮、轻机枪等，最后面是驻地学校的师生们。

游行队伍把1营驻地周边十几个大大小小的村庄都走遍了。每到一地，都是先宣读《新华日报》及《新华日报·号外》上面的重要消息，然后将报纸张贴或散发，而后是文娱队表演。

在扭秧歌环节中，有一个年仅八九岁大的小女孩跟在队尾尽情地扭呀唱呀，引起了现场群众极大兴趣，不时掌声雷动。在节目演完后，很多姑娘、大嫂还围住她问长问短，赞不绝口。

原来，这个小女孩是教导员徐亚球的女儿徐桃献。

徐亚球也是沭阳人，1939 年开始参加父亲徐乃达（字通甫，1929 年加入中国共产党，沭阳县首任县委书记）、大哥徐耀球等人组织的民兵队伍，1940 年正式参军入伍，成为抗日和革命的战士。徐亚球先后担任过连队指导员、营政治教导员、团部股长、师部科长、师军法处处长等职；抗美援朝回国后，先后任南京军区芜湖文化干校政治处主任、安徽省军区机关党委书记、解放军 105 医院和 116 医院政治委员。转业后，任中科院合肥 6516 工程筹委会政治部副主任、中科院安徽激光所政治部主任、激光所副所长、安徽医学院（现安徽医科大学）党委副书记兼纪委书记等职，直至离休。

徐桃献是徐亚球的女儿，原名徐桃县，抗日战争期间出生于江苏泗阳县爱园乡，这个地方在明朝时候称为“桃园县”裴家圩，徐亚球父亲便给孩子取了“桃县”这个名字。徐亚球当时正在外打仗，后来得知情况后，觉得“桃县”作为乳名比较合适，而对外正式用名，则改个字为“桃献”更好。解放上海进驻崇明岛后，根据组织决定，徐亚球妻子葛芬也随部队来到崇明岛，继续在卫生所工作，女儿徐桃献则被安排在附近的小学读书。

为了让女儿感受一下新中国诞生的喜庆氛围，在其成长过程中留下美好回忆，2 日这天，徐亚球特地让妻子带着女儿，一同参加庆祝共和国成立的游行活动。

年幼的徐桃献，虽然不是很清楚新中国诞生意味着什么，甚至不知道大人们为何要举行庆祝活动，但她懂得，这一定是大好事，今天一定是个喜庆日子——从人们脸上洋溢着的少有的笑容，她已经非常确信这一点。

所以，她不但非常高兴地跟在母亲身边，参与到庆祝游行队伍，还在“兵叔叔”“兵阿姨”们表演秧歌节目时，跑到他们后面凑热闹，模仿他们表演，又唱又跳的，把学校老师教的舞蹈、歌曲全用上了。

这样一来，徐桃献不仅成为表演队伍的一分子，还因年小可爱而引人注目，备受欢迎。在很多人眼中，她就像一个含苞待放的花朵，必将随新中国一起成长、开放，成为建设祖国美好未来的青春力量！

杨秉钧也被这位小老乡的精彩表现所折服，情不自禁地上前夸赞她。天黑庆祝游行结束后，在回营的路上，杨秉钧怕徐桃献走累了，还亲热地背着她走了一段路。

从那以后，杨秉钧他们营练兵场上每天都举行升国旗仪式，他们以这种方式表示对新中国成立的持续庆祝，同时也为指战员们刻苦演练鼓舞干劲。

2. 公园收听开国大典实况

中华人民共和国开国大典举行的时候，杨曙明正随部队驻扎在江西南昌。

杨曙明，是杨牌坊早年参加人民军队的热血青年之一，今年已 93 岁高龄。老人家对开国大典前后的事记忆犹新，在电话那头如数家珍般为我讲述起来。

杨曙明最初是以华中医科大学卫校学员身份进入部队的，卫校毕业后，他和部分同学被分配到华东野战军随营干部学校任见习医生，后又被划归中原建制。

在中原军区，杨曙明被分配到后勤卫生部健康归队团（以下简称归队团），先后在归队团一大队和三大队任助理军医。不久，参加了著名的淮海战役和渡江战役。其中在渡江战役之前，他们的部队番号改成了中国人民解放军第二野战军。

横渡长江之后，杨曙明随第二野战军从安徽安庆出发，进军西南，准备解放四川、贵州等地。

1949 年秋，杨曙明所在的部队抵达江西南昌，此时南昌已经解放，部队便决定在南昌休整一段时间，然后再按计划前往贵阳，从贵阳转赴重庆。

令杨曙明没想到的是，就在驻扎南昌期间，遇上了新中国成立以及共和国举行开国大典的大喜事。

南昌，从今天来说是革命圣地，红色旅游景点，人人向往的地方。

而在当时，对于杨曙明和战友们来说，南昌同样是令他们心生虔诚、顶礼膜拜的一片热土。要知道，著名的“南昌起义”就是在这里发生的！

1927 年 8 月 1 日凌晨，随着一声枪响，震惊中外的八一南昌起义打响了，宣告了中国共产党独立领导革命武装斗争的开始以及人民军队的诞生。

在这样的革命热土之上迎来共和国成立的好消息，难道不是一件幸事、盛事吗？

那时还没有电视，对于举世瞩目的开国大典，战士们只能通过收音机、广播来收听实况转播。

然而，杨曙明所在的归队团属于小团，就连收音机、广播也没有，平时想听点新闻什么的，都是跑到五兵团那里“蹭”。五兵团和归队团同属第二野战军，五兵团是大军团，配有广播、音响等设备。

听说开国大典的实况将向全国转播，杨曙明原本打算像往常一样到五兵团“蹭听”的，谁知很快得到消息，政府部门已在附近的公园安装了大喇叭，届时将通过广播公开转播开国大典的实况，市民、部队战士等都可以自由前往收听。

于是，10 月 1 日下午，杨曙明和战友们早早来到公园，找个离大喇叭比较近的位置坐下，静等开国大典的开始。

开国大典于下午 3 时正式开始。而在那之前，广播里已经在播有关消息了，诸如国旗、国徽的样式，国家领导人的产生过程等。

仪式正式开始后，当广播里传来“中华人民共和国中央人民政府今天成立了”这一消息的时候，公园里沸腾了，很多市民及战士挥舞着小旗，欢声雷动，群情激昂。

此时此刻，杨曙明不仅被眼前的喜庆氛围所感染，也联想到自己一路走来的酸甜苦辣，只觉得一切都值了。

须臾之间，他的眼眶湿润了。

当天晚上，为庆祝中华人民共和国的诞生，政府部门还在公园放了一场免费电影，供各界观看。

杨曙明还记得，那天晚上上映的是部无声纪录片，是关于日军入侵上海的。

看着银幕上日军的侵略恶行，再想想眼下的人民战争胜利结局，杨曙明感到无比的自豪和喜悦。

而这一胜利果实的得来，又是通过中国共产党的英明领导和全国人民的支持拥护实现的。

想到这里，杨曙明的眼眶再一次湿润了……

3. 不比上战场从容

作为革命军人、人民战士，南征北战到过很多大城市，却都是为了战斗，或是行军路过，从未进城逛过、玩过。解放了，他们才有机会进城，看看自己参与打下来的“江山”，都有哪些好看的、好玩的。

只是，很多人未见过大世面，尤其是不少人来自农村，知道的事情本来就不多，所以他们进城，还闹了不少笑话，甚至是出洋相呢。

杨秉钧就清楚地记得，1948 年底连云港解放时，他所在的淮海独立旅一团奉命放出流动哨，维持市区秩序，战士们便大开了眼界，也闹了些笑话。

当时很多战士是第一次进入城市，很多东西从未见过。比如有的战士没用过自来水，见水龙头拧着拧着就来水了，感到很奇怪，啧啧赞叹这里面怎么还能淌出水来？

而电灯，很多人更是第一次见到。

有的战士说："好家伙，怎么这样亮？"

有的战士则说："一个能要多少钱？买一个捎给家里。"

炊事班长老王，还将旱烟袋装好之后，放到电灯泡上想点火抽烟，却拍拍打打半天也点不着，气得用烟袋头将电灯头敲破，灯灭了，吓得他拔腿就跑。

后来他们接受南下任务，连云港守卫任务交给东海地方部队了。

从连云港撤离时，他们是坐着火车平板车厢的，这也是很多战士第一次坐火车，心中都乐滋滋的。

火车起动时，战士们便议论开了，纷纷说今后打仗就坐这玩意儿多好，不跑路，脚上也起不了泡，还走得这样快。

有的战士说："我回家坐上这个东西，包管两顿饭工夫就到了。"

身边战士接话道："往你家去没有下边的两条线（铁轨）怎么行吗？"

说完，大家都开怀大笑。

看到战士们如此兴高采烈，身为淮海独立旅1团8连政治指导员的杨秉钧，心中也是说不出来的高兴。这次连云港城走一趟，他和战士们一样，开了眼界，增长了见识，学到了新鲜东西。

中华人民共和国成立后，已升任中国人民解放军第三野战军第九兵团第26军88师262团1营教导员的杨秉钧，随部队离开崇明岛，驻守浦东洋泾区，这儿与上海市区仅一江之隔。

上海的很多地方，都是杨秉钧所在部队解放的，当时有很多战友在这些地方流血牺牲，所以杨秉钧和战友们对这些地方是很有感情的。

只是，上海解放已好长时间了，他们还没有进过上海呢。

这天，杨秉钧跟营长窦鸿儒商量，这个星期是不是去上海市里看看？窦营长很同意，杨秉钧便负责向团部请假。

当时对于去上海市区，上级规定很严，批准权属团里控制，要求两人以上出行，不准个人单独去。杨秉钧代表窦营长向团里请假，获得批准。

星期天一早，他们吃过早饭，便来到洋泾码头，坐轮渡出发。

下了船，他们首先来到南京路。这儿车水马龙，行人如梭。六百万人口的大都市，他们还是第一次看到。在大街上，时而还能见到外国人。

这时候上海人民的穿着打扮，男的绝大部分穿蓝中山装为时髦，女的穿旗袍还很多，但涂红嘴唇的比较少了。

上海真是花花世界，但有些地方杨秉钧俩人还是不习惯的，比如遇到男女抱腰而行，他们便觉得不好，目光会刻意回避。

见到水果摊上有卖跟苏北扁柿一样的东西，杨秉钧问窦营长这是什么，窦营长说是柿子吧。说着，窦营长问卖主："这是柿子吗？"

"是的是的，二分钱一斤。"

于是，他们花四分钱买了两斤。香蕉他们是第一次见到，也买了两斤，装在书包里。当兵是不准在大街吃东西的，他们只能先装起来，等到了合适的地方再吃。

而后他们又走进钢笔店。杨秉钧想买支大金星钢笔，一问是一元七角钱一支，觉得太贵，便没有买。

出门之后，有一中年人突然走上前来："解放军同志，想买钢笔吗？我有一支派克笔，刚买没有用过，我母亲病了，手中缺钱买药。"

杨秉钧一愣，心想我们是军人，又不相识，在街上啰唆这事不适合，便回了句"不要"，然后向前走了。

这人还是尾随着他们说："解放军同志，照顾照顾，我母亲真病了，没有钱买药。"

这时，杨秉钧有些同情他了，便问："多少钱买的？"

对方说："买时两元，我用过几次，给我一元五角吧。"

杨秉钧将笔拿过来看看，是新的白金，感觉很好，便给他一元五角钱。那人很感激，嘴里不停说着"谢谢解放军同志照顾"，就走了。

窦营长说："我们乡下土包，不要给人骗了。"

杨秉钧说不会的。

这时候已经下午 2 点多，也有些累了，正好旁边就是淮海公园，他们进去之后到养鱼池旁坐下休息。

杨秉钧拿出柿子，给了窦营长几个，自己先吃起来。刚咬一口，杨秉钧觉得真奇怪，这是什么味啊，种子也很多。

窦营长也咬了一口，直接吐出来，气道："这味道，真不能吃，上当了，这不是柿子。"

他们两人都不知道这究竟是什么东西，便随手将柿子都扔在池子里。杨秉钧说："吃香蕉吧。"

窦营长说："你会吃吗？"

"吃就是了。"说着，杨秉钧从书包里拿一个香蕉出来，张嘴就咬，却咬不下来。

窦营长说："算了吧伙计，要向人家学习，看人家怎么吃法。走吧，天不早了，找地方吃点饭好回营。"

出了公园，见黄浦公园旁一个饭店门前牌子上写着"请用套饭，二角一份"，他们觉得合适，便走了进去。这是中华人民共和国成立以后才有的，一小碗米饭一碗白菜豆腐汤，这可能是专门照顾解放军而添的新品种。

他们每人吃了一份"套饭"，就坐上轮渡往回赶了。

在船上，正好遇见一妇女同志带着孩子正在吃香蕉，杨秉钧对窦营长说："学会了吧？"

说完，俩人都会心地笑了。

然后，他们拿出香蕉，照人家的方法，剥去皮再吃，只觉得真好吃，味道好美呀。

"下次再来，光买香蕉，绝不买柿子了。"说完，俩人又相视一笑。

他们回到营部，已快 4 点钟了，正好团部宣传股股长袁洪毅同志来他们营。窦营长便说："老袁，你是上海人，向你请教，今天我们在上海买像苏北柿子一样的东西，吃起来味道怪怪，里边还有很多种子，我们觉得不好吃，都丢了，这究竟是什么东西啊？”

袁股长说：“这是西红柿，是从外国引进来的，营养价值很高，维生素成分很多，是好东西。”

杨秉钧说：“再好我们也吃不来呀。袁股长，我今天买了一支派克笔，请你帮鉴别下是真是假。”

袁股长接过笔一看，说：“假的，是冒牌货，你上当受骗了。”

杨秉钧一听，尴尬地望了望窦营长，自嘲道：“我们是刘姥姥进大观园，出尽了洋相啊。”

紧接着，他和窦营长一起叙述了买钢笔、扔柿子、向妇女学习吃香蕉等经过，讲完，大家都大笑起来，说土包子真不能进大上海呀。

很快，杨秉钧和窦鸿儒这次去上海所遇的几件“糗事”，便在全团传开了。

想想挺令人感慨的，好多来自农村或小城市的指战员，在战场上出生入死\英勇杀敌，面对再复杂、再艰难的局面，也能从容面对，一一解决。可等解放了，大家都过上了好日子，他们进入大都市逛逛街什么的，竟然有很多不适应，甚至会闹出笑话\弄出洋相。

不过，这些本真的表现也并不算什么，谁都能够理解。毕竟，人们认识事物是需要一个过程的。但不管怎么说，他们这些在战火硝烟中出生入死的将士们，是我们心目中最可爱、最值得崇敬的人。

4. 欢庆之后，他们继续战斗

中华人民共和国成立的消息，确实振奋人心、鼓舞士气，全国各地各行各业的人们从开国大典之日起，一直沉浸在胜利的喜悦之中，天天如过年般热闹。

然而对于那些坚守在前线的指战员们来说，则是另一番景象，欢庆之后，他们又投入到了紧张的战斗之中，因为他们还有更紧迫的任务要完成——彻底解放全中国。

事实上，截至1949年9月底，也就是开国大典隆重举行之际，全国还有很多省市没有解放，这些地方的政权依然掌控在国民党手中，那里的老百姓还在受苦受累，民不聊生。

根据党中央的部署，相关部队已经做好了继续战斗的准备，必将借开国大典之东风，一鼓作气，彻底解放全中国。

就在开国大典十几天后的10月14日和10月17日，广州、厦门分别获得解放；一个多月后的11月15日、22日、30日，贵阳、桂林、重庆分别获得解放；到了12月，南宁、昆明、康定、成都等地又先后获得解放……

而在这些持续性的战斗及胜利中，同样有来自杨牌坊的革命军人的贡献，诸如杨琛、杨曙明、杨秉钧等人。

先说杨琛。在中华人民共和国成立时，杨琛已经是中国人民解放军第四野战军第39军115师的作训科科长了，是杨牌坊参军入伍的人员中级别最高的。当共和国举行开国大典的时候，他正随部队南下作战，从湖北过长江，直追白崇禧的部队。

1949年9月30日，四野进抵湖南邵阳境内的雪峰山脚下。为了尽快追歼白崇禧的残军败将，尽管当时下着蒙蒙细雨，天气阴沉沉的，指战员们还是勇敢挑战，抄近道翻越雪峰山。

这雪峰山，海拔很高，上下山足有60多里路程，且山路崎岖、狭窄，对于行军来说是非常的危险、艰难。

想当年，这里曾发生过中国抗日战争时期正面战场的最后一次会战——“雪峰山会战”（也称“湘西会战”），双方参战总兵力28万余人，战线长达200余公里，最终以日本军队战败而结束。

如今，雪峰山又迎来了国共两党之间的军事较量。

只见四野的全体指战员们，克服重重困难，顽强前行，甚至冒着稍不注意就会滑下深谷乃至牺牲的危险，一步步向山上走去。

一路上，皓月当空，云雨相伴，他们却无心看风景，只想着赶路，尽快追歼敌人。

第二天，也就是10月1日，我军终于追上了敌人。指战员们不顾一夜爬山行军的疲劳，一口气解放了山脚下的城镇。大部分敌人被消灭，一小部分敌人则逃往了广西方向。

当天战斗结束后，杨琛和战友们才知道，这一天，中华人民共和国成立了。

再过几天就是传统的中秋节了，好多指战员自掏腰包，买来月饼、水果等，边吃边庆祝新中国诞生这一大喜日子。

欢庆之后，部队并没有停顿下来，而是稍作休整又继续出发，向西南方向追歼白崇禧残部，一直追到广西境内。

11月7日，广西战役打响，我军对负隅顽抗的国民党守军进行了分头进攻，取得了节节胜利，并于12月4日解放南宁。

12月11日，对于杨琛所在的115师来说，注定是个不平凡的日子。因为这一天，是历史对他们严峻考验的一天——他们承担了夺取镇南关的任务。

镇南关，如今已叫友谊关，是一座有着两千多年历史、至今仍在发挥国门功能的古老关楼。它位于中越边境之间两山对峙险坳处，犹如天南锁钥，紧扼着中越交通咽喉。孙中山先生曾经在这里发动了镇南关起义，使得它在中国近现代史上更加有名。

南宁解放之后，上级命令115师迅速攻取镇南关，防止白崇禧由此逃往越南。

时值冬季，天气寒冷。12月11日这天，天刚蒙蒙亮，小雨淅沥沥下个不停，115师官兵们以急行军的速度，从数十公里外的驻地前往镇南关。

中午时分，前卫3营行至宁明馗唐附近时与敌军残部相遇。

当时，敌残部正在路旁休息吃着东西，他们有的吃了一半，有的连饭都没吃，一听到解放军追至的消息，立马乱成了无头苍蝇，纷纷四处逃窜。

在敌军一片混乱中，3营向后续部队发出攻击信号，战士们漫山遍野地往敌人压去，清脆的枪声响彻山野，敌人全面向后溃退。很快，山沟里、公路旁到处都是俘虏群，还有部分家属。

战斗刚刚结束，战士们脸上的汗珠还未擦干，就又马不停蹄向镇南关急速挺进。大家在胜利的鼓舞下，冒着大雨，忍饥挨累，一刻不停地前进，每个人心中都只有一个念头：必须及时赶到镇南关！

当天，39军谭副军长也随115师一起行军，直插镇南关。当他们行至邕宁地区后，遇到了瘴气，谭副军长很有经验地命令将士们拿着事先准备好的大蒜，用毛巾包好捂住鼻子，顺利通过。

最终，115师以迅雷不及掩耳之势，轻松占领了镇南关，将鲜艳的五星红旗插上镇南关城楼，宣告广西战役结束，也标志着广西全境解放。

当第一面由他们亲手做的五星红旗在镇南关城楼上高高飘扬，在场指战员们的心情既激动又自豪。古老的镇南关啊，百来年被腐朽的封建王朝和国民党反动派统治着，如今终于回到了人民的怀抱！

这场战斗，为杨琛的军旅生涯留下了浓墨重彩的一笔。之后不久，他又随115师进至桂林、鹿寨、来宾等地剿匪。再后来，他随39军回师北上，于1950年10月参加了抗美援朝。

而当杨琛随着四野在广西境内征战的时候，同村的杨曙明则随着二野奔波在贵阳、重庆、成都等地，为解放大西南这些边远地区而不停战斗。

开国大典的时候，杨曙明所在的二野后勤卫生部归队团正驻扎在南昌。

短暂的欢庆之后，他们便为下一步行军打仗做准备了。

根据上级安排，他们从南昌前往湖南长沙，准备从长沙前往贵阳，再从贵阳转战重庆、成都等地。

11 月下旬抵达长沙以后，由于贵阳早已于 11 月 15 日解放，归队团无须再去了，而重庆解放在即，上级便要求杨曙明他们不要再走贵阳，而是取道湖北宜昌等地，直接前往重庆。

重庆解放后的接管任务更重，有国民党的野战医院、学校、汽车运输队、坦克部队等，都需要专人接收和管理。

为了赶时间，杨曙明他们从长沙前往湖北时没有徒步行军，而是乘船从洞庭湖穿越而过。

杨曙明记得，当时他和战友们分乘若干只小木船，再由一只拉煤的小汽船拖着这些小木船在洞庭湖上航行。

洞庭湖素有“八百里洞庭”之美称。宽阔的湖面上，风光旖旎，如诗如画，美不胜收。

这派自然景色，正好让杨曙明和战友们有了短暂的消遣怡情的机会。

他们如此辛劳地南征北战，不正是为了全国的老百姓都能过上好日子，天天都能欣赏到如此美景吗?

一想到这些，杨曙明内心顿时充满了自豪感。

离开洞庭湖，他们又转乘当地一家运输公司的大商船，沿长江逆流而上，很快便抵达已经解放的重庆，投入到了紧张的接收工作之中。

随后，他们又参加了解放成都的战斗，并于 12 月 27 日顺利解放了成都。

再后来，杨曙明所在的归队团于 1950 年 7 月撤销，他被分配到西南军区后勤卫生部防疫保健处防疫训练队学习，后又调西南军区卫生部后方医院工作，逐渐过上了和平年代的生活。

与杨琛、杨曙明他们一直在紧张战斗不同，杨秉钧随三野第九兵团 26 军驻守上海，在担负警戒任务之余，主要进行渡海登岛作战的训练，随时准备攻打台湾。26 军还曾被攻台总指挥粟裕授予攻台第一梯队的任务。

1950 年春节过后，天气逐渐转暖，打台湾训练任务也开始紧张起来。

一周有两次登陆演习，利用农村未插秧前，在稻田地里进行坐船登陆训练，泥水带浆，战士们周身是泥，到晚上才回去换洗。

另有两天练习航海，以营为单位，早晨不准吃饭，登轮船到吴淞口。

浪急风大的地方，船身不停颠簸。战士们原本以为航海是舒服的，谁知比行军跑路难得多了。

很多人开始头昏目眩，心中难受，站立不稳。到后来，绝大部分人开始呕吐起来，有的甚至吐黄水，脸色发黄。

到下午才返回驻地，有的战士饭也不能吃，洗洗就睡下了。

一些房东大爷大娘们，看到战士们整天这样训练，痛、爱都在心里，每次训练回来便上前问寒问暖，见战士病了还给送姜汤、鸡汤等。

一天晚饭后，1 营营长窦鸿儒、教导员杨秉钧的房东大娘大嫂来到他们屋里，坐下之后，大娘开口便说："二位领导，我和媳妇来送你们东西。"

大嫂忙补充道："娘，不是送，是慰劳的。"

"对对对，是慰劳的。"大娘说着，便打开布包，把里面的东西拿出来。

杨秉钧和窦营长一看，原来是两双拖鞋，白缎面绣黄花，真漂亮。

大娘边拿鞋边说："看到你们训练回来洗脚后连一双拖鞋都没有，我和媳妇商量由她做两双，今天做好了，我叫她自己送来，她不好意思，非叫我同她一起来不可。"

杨秉钧和窦营长同时说道："谢谢大娘大嫂，谢谢你们全家对我们的关心。但是，你们的心意我们领了，东西不能要，我们军队有纪律，特别是当干部的不能带头破坏规矩，随便接受人家东西。"

大娘听了似乎有些生气，激动地说："解放军的规矩大娘知道些，但一双拖鞋，没有这规定的，就是你们团长来了，我也能说得过他。说真心话，谁没良心，看到你们整天那样带兵训练，泥里水里的，我们真心疼呀，晚上回来洗脚连拖鞋都没有，我们便给你们做一双，这能叫破坏纪律吗？你们不要看不起我们，把我们当外人，我们可是把你们当亲人的，你们这样哪能像一家人呢？你们常说军民一家，那不是说假话吗？”

见大娘说了这么一大通，句句真心话，字字都在理，杨秉钧和窦营长感到难推辞了，便对她说：“好吧，大娘大嫂，拖鞋我们先收下了。”

“这样才对嘛。”大娘大嫂听了后笑着说，“将来你们打到台湾，要是想念我们的话，拿出来看看，不就等于见到我们了吗？”

“好好好，你们全家的心意我们到哪里也忘不了，谢谢大娘大嫂，我们会永远想念你们的。”

为了更好完成祖国统一任务，上级决定将九兵团北移山东鲁西南一带。在那里，可以到微山湖进行航海训练，也可到大山上练习山地作战技术。

这次北移虽然不是打仗，要做的思想工作却是很多的。1 营指战员的来源，苏北、山东等北方同志占百分之七十左右，苏南、上海等南方同志占百分之三十左右。总的来说是北方同志高兴，南方同志顾虑多。

南方同志顾虑多的原因，一是听说山东主要吃小米，怕那里生活苦；二是听说山东出门就是山，怕那里走路难；三是离家远，千里迢迢的，不知何时才能回家；四是怕山东冷，习惯过不来；五是怕北方脏，不卫生等。

为此，作为 1 营教导员的杨秉钧，制订了细致的思想工作计划，于 10 月 11 日起层层动员。

首先是全营副班长以上干部进行动员，而后召开党团员大会，最后召开全营军人大会，强调这次移防重要性及其要求，并针对部分同志存在的种种顾虑，进行思想教育和动员。

会后，各连又分别组织讨论，总地看战士们情绪很高涨，基本不会影响北移工作了。

1950 年 10 月 15 日，是杨秉钧难忘的一天。自从 1949 年 4 月 21 日渡江之后，他随部队驻守上海一年多时间，深深体会到不论是上海市民，还是崇明岛的老乡，对人民军队都是热爱、关怀、体贴的，真是军民鱼水情深。

晚上8点多钟，军民挥泪而别，杨秉钧和战友们从真如火车站乘上火车，驰往山东。出发时，杨秉钧在心里喃喃自语道："父老乡亲们，我们北上练兵，正是为着学好本领，加强国防，解放全中国，等将来有机会，我们一定再来看望你们……"

多年以后，杨秉钧始终保留着那双绣花拖鞋，每每看到它，就会想起当年随部队借住在老百姓家中时的情景，房东们那种热情劲，令他感激涕零、不能忘怀。

5. 解放了，她等来的却是噩耗

中华人民共和国成立的消息，像股春风，很快吹到了杨牌坊。全村男女老少，无不为之高兴、为之振奋。

杨炳文、杨峰、张立梅、杨秉秀等村中革命者，工作时在各自的岗位上配合开展庆祝活动，工作结束后回到家，则与乡亲们同喜同乐。

当天，杨秉章特地让儿媳姜文芳到马厂街买了点肉，回家做了顿好吃的。他说："从今天起，我们就算过上好日子了。等尔玺回来，一家人就团聚了，生活就会更加好起来。"

杨秉章为杨牌坊杨氏第十二世孙，长子杨尔玺1940年参军入伍，已离家好些年了。

杨尔玺虽然在家时比较顽皮，常惹杨秉章生气，但对于他当兵，杨秉章起初还是有点舍不得的，不过也没有明确反对。尤其是当时看到儿媳姜文芳好像很支持杨尔玺当兵，他也就没说什么。

如今，人民解放了，新中国诞生了，想必儿子的军人使命已经完成，应该很快就能回家过安稳日子了。

作为杨尔玺媳妇的姜文芳，又何尝不是这样想？当初他们结婚才三天，杨尔玺便随部队出征，她也天天盼着早点解放，丈夫能早日回家。

这几年，为了让丈夫在部队安心打仗，姜文芳在家里承担起了一切，服侍老的，照顾小的，忙里忙外，是全村公认的好媳妇、女强人。

支撑她的动力，就是丈夫在外多打胜仗，早日胸佩红花凯旋。

而从中华人民共和国成立这天起，姜文芳便天天数日子，盼星星盼月亮，期待丈夫早日回家。

然而，一晃一年时间过去，丈夫不但还没回家，连封信也没写。而这一年里，村中以及附近村庄的好多当兵的人，都陆续回家了。

起初，一家人并没往坏处想，都当是暂时还没有消息，该回来的时候自然就回来了。尤其是姜文芳，还在苦苦期待，幻想夫妻重聚的美好愿景。

又过了一段时间，还是不见杨尔玺回来，也没他的消息。家人实在觉得不正常，便打听到当年与杨尔玺一起去当兵的杨秉刚的通信地址，给他写了封信，请他帮忙了解一下杨尔玺的情况。

不久后，家里突然收到了部队寄来的一张烈士证书，此时才明白，杨尔玺早在1946年的辽宁彰武战役中就已光荣牺牲了。

这无异于晴天霹雳，一下子破灭了全家人的一切幻想。

等了那么多年，全国都解放了，却等来一个噩耗，这对姜文芳来说，显然是个沉痛打击。年轻孤独的她，今后又该怎么办？

据杨秉刚后来回忆，当年他和杨尔玺原本在一起当兵、打仗，杨尔玺牺牲后，他很快被整编到别的部队，也就不清楚原部队的情况了，没想到杨尔玺家人会没接到杨尔玺牺牲的消息。

杨尔玺的烈士证，正是杨秉刚在收到杨尔玺家人来信求助后，向杨尔玺生前所在部队反映情况，部队核实后给补寄回来的。

在杨尔玺妹妹杨惠珍家采访时，我问杨尔玺的烈士证是否还在，能否看一看？杨惠珍不无遗憾地告诉我，由于杨尔玺没有留下后代，当年姜文芳也在家人劝说下改嫁了，烈士证一直由父母保管，后来父母年老去世后，烈士证便不知下落了。

她只记得小时候曾见过一眼，烈士证上还有东北民主联军总司令的名字，别的就回忆不起来了。

杨惠珍还告诉我，姜文芳后来虽然改嫁，却和他们家依旧保持着联系，偶尔路过杨牌坊的时候，还会上门坐一坐、聊一聊。母亲去世后，姜文芳还曾登门看望过父亲。

听说姜文芳改嫁后嫁了个退伍军人，不知这是巧合，还是出于对杨尔玺的思念，有了份崇军情结在里面？但不管怎么说，我们都要对这样一位承受过战争创伤的平凡女性给予一份尊重与慰藉。

第十一章 重整行囊再出征

1949年10月1日开国大典之后，中国人民解放军乘胜追击，继续围歼国民党残余势力，又先后解放了广州、厦门、贵阳、桂林、重庆、南宁、昆明、康定、成都等地。到了国庆一周年的时候，除了台湾及西藏，基本实现了全国解放。

然而就在新中国正逐步进入和平建设时期，中国人民解放军广大指战员终于可以松口气的时候，朝鲜战争爆发了。

朝鲜与我国一衣带水，命运相连。

当时的形势很紧张，美帝国主义不仅占领朝鲜平壤等地，还通过飞机投弹的方式侵犯我国领土，对我国东北安东（现丹东）一带人民生命财产造成损失。

在此紧要关头，中共中央作出英明决策，为了免遭外敌入侵，决定派志愿军出境参战，抗美援朝，保家卫国。

就这样，中国人民解放军四野、三野的广大指战员，放弃安宁的生活，带着全国人民的重托，雄赳赳气昂昂跨过鸭绿江，毅然投入到了轰轰烈烈、历时近三年的抗美援朝之中。

而在这场举世瞩目的跨国作战中，再度出现了杨牌坊革命将士的身影，他们包括：

时任四野第39军115师作战科科长的杨琛；

时任四野第 39 军 116 师 348 团炮兵连政治指导员的杨秉刚；

时任三野第 26 军（原 30 军）88 师 262 团干部处副处长的杨秉钧；

时任三野第 24 军 72 师 214 团 2 营 4 连班长的杨珍；

时任华东军区第七野战医院军医的杨耀东。

他们为了祖国荣誉，再度披挂上阵，出生入死，英勇抗敌的崇高精神及巨大贡献，必将永载史册。

1. 演习中紧急入朝

1950 年 10 月中旬，身为中国人民解放军三野第九兵团第 26 军 88 师 262 团 1 营教导员的杨秉钧，随九兵团离开驻守了一年多时间的上海，北移至山东鲁西南一带继续演习，一是到微山湖上进行航海训练；二是到大山里进行山地作战技术训练。目的就是有朝一日攻打台湾时能更好地完成任务。

山东是革命老区，那里的人们对人民子弟兵是十分热爱的。

据杨秉钧生前回忆，驻地房东对战士们很热情，常煮好地瓜送给他们，还说："你们在上海是吃不到的，来我们山东没有别的东西招待，就尝尝我们这儿的地瓜吧。"特别是家在南方的同志，吃起来感觉很不错。

刚到第三天，当地妇救会便组织一些妇女，来替战士们洗被子、补鞋袜，令大家很感动。

有的战士就说，来山东之前我们还怕这怕那，现在的事实再次教育我们，人民子弟兵到哪里都会受到人民关怀热爱，我们也一定要热爱各地的人民。

后来有一天，正好是星期日，杨秉钧代表 1 营和当地村干部商定，于当天晚上召开军民联欢晚会，由 1 营战士剧团演出，以此慰问乡亲们。

那天晚上天刚黑，会场上便坐满了男女老幼。战士们和乡亲们济济一堂，共同联欢。

联欢会开始后，村干部代表首先致欢迎词，营里则由杨秉钧代表全体指战员向乡亲们致感谢词。

战士剧团演出的节目，一个比一个精彩，每一个都赢得响亮掌声。特别是战士们当天新编的快板书《军民都是一家人》，更是受到群众的热烈欢迎和特别赞赏。

联欢会一直持续到深夜，才在乡亲们的依依不舍中结束。

为了长期驻军进行军事演习，各连都已订购了大白菜、萝卜等过冬食品，营部还统一组织人员到苏北购买了生猪。

这天，战士们正在忙碌着整理驻地卫生和打扫街道，杨秉钧和营长突然接到团部通知，要他们俩到团部参加紧急会议。

团部驻地在1营东南角一里远的地方，杨秉钧和营长很快便赶到。这时参加会议的同志都已到齐，他俩一到，会议便开始了。

首先由九零一首长传达兵团会议精神。

原来，中央领导日前来到总部位于山东曲阜的三野第九兵团，召开兵团师团级以上干部会议，传达了党中央关于组织中国人民志愿军抗美援朝保家卫国的决定。当时四野已经拿出一个兵团率先入朝，中央军委决定三野第九兵团也全部参加抗美援朝。

中央领导在这次会议上要求，一定要很好动员全体指战员，讲清抗美援朝和保家卫国之间的关系及意义，鼓励指战员们一定要戳穿美帝“纸老虎”的本质，要发扬我军敢打敢拼、不怕牺牲的光荣传统，排除万难争取胜利。

九零一首长传达完中央领导的讲话精神，团政委文道宏同志进行了具体的动员部署，他强调：“这次任务确实很急很陡，能不能将兵一个不漏地带走并保证有旺盛的战斗士气，首先要看我们干部的思想扭转是否能跟上形势要求。以前几次大的战役，都靠同志们动员、带领战士们圆满完成任务，取得了胜利，这次抗美援朝光荣使命，大家要相信也一定能够完成。”

会议结束之后，杨秉钧和营长便回到营部安排战前动员事宜。

遵照团会议精神，这次动员统归营进行。

首先是召开连排干部会议，接着是召开党团员大会，最后是召开全营军人大会。

通过召开这三级会议，战士们士气很高，连与连之间还开展竞赛，而后排、班、个人之间都掀起了竞赛高潮。决心书，真像雪片一样敲锣打鼓送到营部，战士们纷纷要求早日赶去消灭美国佬。

正在入朝动员工作轰轰烈烈开展，战士们只等一声令下就奔赴朝鲜战场的时候，团政委文道宏同志打来电话，要杨秉钧和副教导员仲济文到团政治处去一下。

在路上，杨秉钧跟仲济文说："现在要我们去团部，一定是要听取入朝动员情况，或告知赴朝日期。"

到了团部，文政委见到他们果然开口就说："1 营这次入朝动员工作发动得不错呀，士气很高，说明你们做了大量工作。"

杨秉钧刚想谦虚一下，文政委却接着说："叫你们俩来，主要是杨教导员工作要调动，所以找你们俩谈谈。"

杨秉钧听了感到很突然，脱口而出道："现在调动不是时候呀。"

文政委听了，笑着对杨秉钧说："其实在动员抗美援朝之前就接到师部通知，要求团以上机构设立干部处，因这几天忙于动员抗美援朝，所以就拖下来了。团部研究决定，任命你为干部处副处长。为稳定营里的工作，要你到东北后再到职。"

接着，文政委又对仲济文说："1 营教导员由你来接替。看你们还有什么意见没有？"

"没有，"杨秉钧和仲济文齐声说，"服从组织决定。"然后，他们便向文政委行敬手礼告别。

回到营里，关于杨秉钧调动的事，他们只跟正副营长说了，对其他同志暂时还保密，以防干扰抗美援朝动员工作的进行。

1950 年 10 月 30 日，杨秉钧和战友们奉命入朝。

部队从驻地来到滕县南沙尖嘴火车站集结，等候上车。一直到晚上8点多钟，才登上火车。262团是同一列火车，各连之间都可以通过电话联络。

经过两天两夜，到达了抚顺。在这里，补充一部分弹药，领取了棉衣。另外，每位战士发一斤饼干、一袋高粱米，准备到朝鲜后食用。

到抚顺第二天，团里催促杨秉钧到任。营部召集连长、指导员开会，传达了团里关于杨秉钧到团干部处工作，教导员由仲济文接任的决定。

同志们都恋恋不舍。杨秉钧从渡江战役时来到1营，和1营全体指战员一起战斗生活，情同手足，革命感情注定是深厚的，他从内心里也不愿离开1营的同志们。

“我预祝同志们入朝取得更大的胜利，为祖国争光，进一步展现1营的光荣传统。再见了，战友！”跟战友们告别后，杨秉钧便带领挑夫小刘去团里报到，从此走上了新的战斗岗位。

在抚顺暂住期间，每个连队、营部以及团有关部门，分别配上了一名朝鲜语翻译。这些翻译看上去多是十七八岁的学生，他们来了之后，换上军队服装，一个个情绪都很高昂。

杨秉钧所在的团干部处正常开展工作了。首要任务是排查排以上干部是否配备齐，结果发现2连还缺连长人选，便将团侦察排长刘全佐调去2连任连长。

其次，是抓好对入朝前连队干部的管理，并派出一、二梯队，以备战时需要。如果连长牺牲或负伤，候补人选就要自动接替指挥战斗。

11月4日，部队从抚顺乘火车继续出发。下午4点多钟到过临江，战士们下车吃晚饭，准备过江。

这时，已经能够看到鸭绿江对岸山上浓烟滚滚，还有烈火在燃烧。这是白天美帝飞机投下燃烧弹而引起大火在山上蔓延。战士们听说之后，胸中都腾起痛打美国佬的怒火。

晚上7点钟，部队渡过鸭绿江大桥，正式进入朝鲜。

山地行军到半夜，翻越两座大山之后，只见到处是白茫茫的大雪铺地。

这时气温已降到零下十几度了，战士们呼出的热气在皮帽下很快结成冰块，两眼眉毛雪白，都跟白发老人似的。

路过的村庄，大部分已被敌机炸毁，老百姓都躲到山上去了。

天亮之后，指战员们宿营山上。

这时上级下达命令，出于防空需要，干部大衣、战士棉衣都要翻过来穿。这样，里子是白色，如同雪一样，就不容易暴露目标了。

战士们开玩笑说，我们是薛仁贵征东来了。

而这场“征东”之战，前后持续了近三年时间。杨秉钧和战友们克服重重困难，英勇杀敌，保家卫国，取得了一个又一个胜利，最终打败了美帝国主义。

其间，杨秉钧先后参加了著名的长津湖战役、上甘岭战役等战役、战斗。

杨秉钧所在的部队，于 1952 年圆满完成任务，提前回国。

2. 真正意义上的立国之战

在很长的一段时间里，人们只知道抗美援朝战争是从 1950 年 10 月 25 日开始的。

在对已退休的杨牌坊革命后代、中国人民解放军原总装备部南京军事代表局政委杨星光进行采访时，他告诉我，他小时候向父亲杨琛问起这个问题时，父亲微微地笑了笑，小声说：“其实，在这之前我就过去了。”

当年，四野第 39 军是我国第一批入朝的志愿军部队。而杨琛，当时则是 39 军 115 师作战科科长,因此有了比别的志愿军战士提前入朝的机会。

志愿军部队进入朝鲜前，还曾在沈阳的市政府广场举行过一场阅兵仪式。那天，师里一位主力团的团长因故无法参加阅兵，杨琛便以该团团长的角色和团政委一起，率领部队以雄壮的军姿，整齐的步伐走过主席台，接受了祖国人民出征前的检阅。

正式入朝后，经过半个多月昼伏夜行的跋山涉水，杨琛所在部队与美军的骑兵第 1 师在云山迎面相遇。

这骑兵第 1 师，是美军的王牌部队，被称为“开国元勋师”。在两次世界大战中战功显赫，作战中总是充任开路先锋角色，没吃过什么败仗，享有“先驱师”和“常胜师”之誉。

云山城，是朝鲜平安北道云山郡政府的所在地，又是交通枢纽，因此是敌人北进或南撤的必经之路。

云山之战，是敌我双方两支王牌劲旅的对决，历史意义非同寻常。

根据志愿军司令部的战略意图，39 军由 116 师担任正面进攻，115 师负责阻击打援。

大战在即，杨琛带领参谋们拟制了 115 师的详尽作战方案，首长们看后十分满意。

1950 年 11 月 1 日 16 点 40 分，首长一声令下，五颜六色的信号弹在黄昏的天色中腾空而起，各种火器发出的声音震荡山谷。20 分钟后，志愿军步兵开始向云山发起了冲击。

随着志愿军的攻击人流在各个方向上时隐时现，惊慌失措的敌人只能不断地死伤或争相逃命，他们的防御阵地被迅速压缩。

115 师 345 团抢占了一个叫诸仁桥的公路路口，战斗结束时，几十个美军士兵在猛烈的攻击下举着白旗投降。

美骑兵第 1 师 5 团从博川方向急促增援而来。但是当他们行至云山以南龙城洞至龙头洞之间的公路附近时，受到 115 师 343 团的顽强阻击。

美军动用坦克、重炮向中国阻击阵地猛烈轰击，美军飞机则在阻击阵地上洒下汽油，然后发射燃烧弹，阵地上顿时成为一片火海。

阻击战斗异常艰苦，343 团 3 连 160 人，打到最后只剩下几十人。

当美军士兵距离阻击阵地前沿还有 20 米的时候，大火中的中国士兵又一次站了起来。美军遭到了中国军队的置于死地般的猛烈反击，被烈火烧烂了军装的中国士兵抓到了 40 多名俘虏。

更令美军瞠目结舌的是，面对重达55吨的坦克，志愿军战士竟毫无惧色，有一名志愿军战士竟在激战中爬上了正在射击的美军坦克，举着手雷寻找可以投进去的缝隙。

距离坦克不远有5名美国大兵，眼看着这个场面却一枪不发地惊呆了。等这位战士把坦克炸毁之后向他们冲过来的时候，他们才反应过来，乖乖举起了双手。

云山战斗，志愿军第39军以劣势装备重创具有现代化装备的美军王牌骑兵第1师，击落和缴获飞机5架，击毁和缴获坦克28辆，缴获汽车116辆，各种炮119门，歼灭敌军2046名（其中美军1840名），取得了志愿军与美军第一次较量的历史性胜利。

云山战斗的胜利，极大鼓舞了中朝人民战胜美帝国主义的信心，也让美军基层部队的士气受到重挫。中朝军队以此为起点，逐步掌握了战争主动权。

杨琛曾经告诉杨星光，当时缴获的汽车非常多，部队里已经挑不出会开汽车的战士了。经过慎重考虑并报请上级同意，从美军的俘虏兵里挑出了一些人，由志愿军战士押着他们开车。

这些俘虏兵的心态转变很快，短暂的拘谨之后，便一面吹着口哨，一面驾驶着汽车在崎岖山路上飞驰。那技术，可比志愿军战士好多了。而在整个过程中，没有出现一起我方曾事先严密防范的不测事件。

朝鲜半岛中部，有一条穿越三八线的河流叫临津江。志愿军部队突破临津江的时候正值严冬，又恰逢50年一遇的低温寒潮，气温达到了零下二三十摄氏度。

为防止衣裤结冰影响攻击行动，杨琛在下水前急速脱掉棉裤，绑于肩头，涉水过河后再即刻套上并投入战斗。尽管在冰水中被冻得瑟瑟发抖，但终究保全了性命。

而一些未听劝告，身着棉衣裤涉水过河的战士，上岸后身体和衣裤很快冻在一起，难以挪动，不少人意外中弹倒下。

坑道、火炮、手榴弹，被称作志愿军部队以弱胜强的三大法宝。当时，美军凭借绝对的空中优势，掌握着大部分的制空权。我军地面部队的主要对策，则是挖坑道掩体和防空洞。

据统计，志愿军在朝鲜战争期间构筑的坑道和防空洞的总里程，达到了1250公里，成为名副其实的地下长城。

杨琛有过两次经历，都与坑道和防空洞有关。

一日拂晓，美军飞机投下的燃烧弹击中了杨琛夜间休息的小防空洞，顿时燃起熊熊烈火。

警卫员肖仁元不顾一切地冲入火海，顶着浓烟烈火摸索前行，在床上摸了几把都没能摸到人。

洞中的火越烧越大，肖仁元顾不上头发和眉毛已被烧焦，蹲在地上号啕大哭。猛然间他回头发现，杨琛正从远处的厕所朝这边走。

肖仁元立刻破涕为笑，扑到杨琛身旁又蹦又跳。

原来，杨琛在起床前外出小解，才有幸与死神擦肩而过。

事隔不久，美军的重型炸弹击中了杨琛所在的115师的一个指挥所。杨琛的好朋友、作战科副科长苏盛轼和代师长王扶之等7名同志被压在洞里。4人当场牺牲，3人失联。

师工兵分队马不停蹄地奋力施工，抢救失联者。由于现场狭窄，岩石坚硬巨大，施工进度很不理想。正当人们即将丧失信心时，有人发现在洞口岩石的缝隙处飞出了两只苍蝇。

苍蝇能够生存的地方肯定有空气！为此，大家再次坚定信心，鼓起干劲，继续奋力施工。

30多个小时之后，在一片惊叹声和欢呼声中，苏盛轼、王扶之等三名同志相互搀扶着走出洞来。

十几年后的20世纪70年代初期，苏盛轼任北疆某军分区副司令员。那时正值中苏边境紧张时期。一天，他在带着3名部属在野外勘察的时候，冰层突然碎裂，吉普车瞬间落入湖水，不幸以身殉职。在发现遗体的现场，人们看到吉普车的篷布已经被驾驶员用匕首划出了一道长长的裂口，但他们谁也没能爬出来。为此，杨琛伤心了好一段时间。

志愿军在朝鲜的生活条件十分艰苦，大部分时间只能以炒面、炒黄豆和硬如石头的冻土豆充饥果腹。

在强渡汉江之前，杨琛的胃病和胆石症发作，疼得直不起腰来，是他的好战友杨大成背着他渡过汉江的。

朝鲜战场，不光是血与火较量的地方，也是锻造顽强精神、提升战斗技能的实践课堂。在各种军事理论激烈碰撞之后，毛泽东的军事思想及战略战术更加深入人心。经过一段时间的对抗厮杀，志愿军部队的整体作战水平有了飞跃式的提高。

杨琛利用在防空洞中躲炮弹的时间，下苦功夫学习，以充实、反思和提高自己。那段时间，他的情报分析能力、运筹帷幄水平、图上作业技巧和快速形成战斗预案能力，又有了新的提升。

杨琛基本掌握了朝鲜话的日常用语，还能用英语喊出“举起手来！”“你们被包围了！”“缴枪不杀！”等战场用语。若干年后，杨琛演练给杨星光看时，还是那么字正腔圆、有模有样。

杨琛还趁战斗闲暇，利用从美军那里缴获的照相机和吉普车，学会了摄影和驾驶。不过，在出现过两次险情之后，他再也不开车了。

汉江南不远便是首尔。志愿军第 39 军继续猛打、猛冲、猛追，成为第一支突入首尔的志愿军部队。

五次战役之后，志愿军又相继粉碎了联合国军的夏季攻势、秋季攻势、细菌战和空中绞杀战，经过上甘岭战役和金城战役，彻底打掉了敌人的嚣张气焰，迫使对方不得不重新回到谈判桌前。

抗美援朝结束后，杨琛被任命为被志愿军司令部授予“甲等功臣团”称号的 117 师 349 团的团长。

不久，又被调至原沈阳军区司令部负责部队训练工作。

当时的原沈阳军区，是我国下辖部队最多的大军区，有 16、23、38、

39、40、46、50、64 共 8 个野战军和 3 个省军区的地方部队。

岗位重要，责任重大。可见领导对杨琛是多么的器重和信任。

抚今追昔，心潮难平。正如杨星光所说，抗美援朝战争，是中华民族真正意义上的立国之战。

令全世界都感到震惊的是，站起来的中国人民在中国共产党的领导下，以超人的气魄胆略，英勇顽强不怕牺牲的战斗精神和机动灵活的战术技巧，以 19 余万名烈士的生命代价，硬是将不可一世的联合国军从鸭绿江边赶回了三八线……

一切一切的不可能，都已成为庄严的、谁也无法否认的现实！

抗美援朝的伟大胜利雄辩证明，站起来的中国人民再也不容他人小觑，“西方侵略者几百年来只要在东方海岸上架上几尊大炮，就可以霸占一个国家的时代，一去不复返了”。

杨琛，是抗美援朝战争的光荣参与者，也是这场残酷斗争的幸存者。他和他的战友们能够挨过那般异乎寻常的艰苦岁月，实在是一种万幸。

志愿军将士用血肉之躯和近乎简陋的武器装备打败了武装到牙齿的西方列强，以生命谱写了忠诚，堪称世间奇迹。

“英雄已成过往，吾辈更需自强。”在结束采访时，杨星光表示，父亲杨琛参加抗美援朝战争并取得最终胜利的光荣经历，已经成为他们这些后辈人树立自立自强信念的政治营养和精神食粮，“伟大的抗美援朝精神将一如既往地鼓舞着我们，在任何时候任何情况下不畏强敌，冷静应对，奋力拼搏，不胜不归，努力地为实现中华民族伟大复兴的中国梦而贡献自己的力量”。

第十二章 硝烟散尽心如初

在波澜壮阔的历史长卷中，老一辈革命者为着崇高理想，舍生忘死地战斗与拼搏，成为极富传奇色彩的一代人。

而当一切战事结束，硝烟完全散尽，烽火连天的岁月离他们越来越远的时候，他们依然保持一颗乐观的心、勇敢的心、斗志昂扬的心。

他们中的很多人，面临着新的人生选择，甚至有些人从此脱下军装，离开军营，开启了另一番天地的拼搏。

杨牌坊的革命者们，也经历了这样的历史性转折。

和平年代有和平年代的要求，他们与时俱进，在不同岗位作出了不同的贡献。

而且，他们始终以守卫祖国安宁为天职，永葆初心不变，随时做好再上战场的准备。

乃至退休了，他们还是不放弃，在享受晚年生活的同时，依然关心国家大事，希望还能为国家发挥余热。

“守其初心，始终不变。”他们做到了。

1. 四海为家

有人说，军人的青春是用汗水、用拼搏、用热血浇灌的。

而在战争年代，军人的青春则是用汗水、拼搏、热血，还有牺牲浇灌的。

这里说的牺牲，一是指牺牲肉体生命，比如广大革命烈士；二是指牺牲生命以外的东西，诸如金钱、爱情、婚姻、家庭等。

战争年代，人民军队就像一个“大熔炉”，把四面八方、各个阶层的热血青年吸引进来，他们在这里燃烧青春，淬炼人生，成长、成熟以后，相继成为拯救民族、解放人民的先锋战士，不朽功臣。

而当完成使命，祖国解放，人民过上了幸福安宁的新生活以后，他们这些在硝烟中奉献了最美年华的革命军人们，有一部分退伍回到了家乡，与亲人团聚；有一部分则因新的工作需要，或继续留在部队履职，或就近转业到地方工作。继而，他们又在外地结婚、生子、定居，真正成为背井离乡的人。

聚是一团火，散是满天星。他们无论是在战争年代出生入死、保家卫国，还是在和平年代四处奔波、奉献社会，均表现出了军人那种高贵的品质和赤子之心。他们在哪里，都是闪光的道德坐标。

想当年，杨牌坊一共有 32 人参加革命，他们中，除了捐躯疆场、长眠异乡的几位烈士以外，有 10 多人随着祖国的解放陆续回到了家乡，或在家务农，或在政府部门任职，或在企事业单位上班；还有 10 来人，则分散在了全省乃至全国各地工作、生活，四海为家。

杨琛是杨牌坊较早走出来，加入革命队伍，四处征战的年轻人。目的就是有朝一日能改变故乡贫穷、落后、被统治、被剥削的命运，让家人和乡亲们过上好日子。

他的义举，得到了母亲张桂兰的大力支持，她曾拿出仅有的一点积蓄，让他作为路费，去寻找人民军队。

可是，当杨琛陆续参加了各种战斗，特别是参加了辽沈战役、平津战役、渡江战役等之后，却因官居要职，而难以回到故乡生活了。

杨琛于1952年与张惠琴组成新的家庭。抗美援朝结束后，他被任命为39军117师349团的团长，后于1956年任原沈阳军区司令部军训部任组织计划科科长、副处长、副部长，1962年8月任原沈阳军区司令部防化学兵部副主任。张惠琴则于1955年转业地方，在沈阳军区八一学校卫生所担任所长。其间，他们一直生活在沈阳。

因身体原因，杨琛于1966年5月暂时离职休养。中苏边境发生武装冲突后，他又于1970年5月重新披挂上阵，任黑龙江省军区司令部副参谋长，兼黑龙江省政府战备办公室主任、人民防空办公室主任。张惠琴也随之被安排在哈尔滨蓄电池厂卫生所工作，一家人又迁居到了哈尔滨。

杨琛是一个孝顺的人，在沈阳的时候，他把母亲张桂兰从老家杨牌坊接到了身边，一家人团聚。1970年，杨琛到黑龙江工作以后，又把张桂兰带到了哈尔滨。张桂兰在杨琛、张惠琴及孩子们的精心照料下，愉快地生活着，安享晚年。

杨琛共有三个儿子。长子杨星光，1953年出生于辽阳，在沈阳就读小学、中学。1968年下乡，1969年入伍，先后任战士、干事、副处长、团级单位政委、师级单位政治部副主任、主任，沈阳、济南、南京军事代表局政委。其间，先后在公安部人民警察干部学校（现中国刑事警察学院）、辽宁大学、中共中央党校、解放军军械学院、国防科技大学学习并完成学业。

次子杨星明，1954年出生于辽阳，在沈阳就读小学、中学。1969年12月入伍，先后任战士、保密员、参谋，中国人民解放军驻哈尔滨铁路分局军事代表处参谋、副主任、主任，哈尔滨铁路军代处高级工程师，技术四级。毕业于西南交通大学，系解放军后勤指挥学院客座教授、军事交通学院军事交通系部队研究生导师、原沈阳军区高级专业技术职务评定委员会委员。

三子杨星华，1957年出生于沈阳，在沈阳、哈尔滨就读小学、中学。1973年入伍，先后在解放军第211医院、哈尔滨房地产局房屋开发公司、黑龙江省哈大铁路客运专线有限责任公司工作。曾担任公司综合部部长，处级。无论在部队还是在地方，他都积极上进，努力工作，受到领导和群众好评。

1982年，杨琛光荣离休。离休后的他，是一个富于生活情趣的人，以高雅的爱好充实自己的晚年生活。

杨琛的书法功力颇深，字写得很漂亮。有人曾评价说："老杨写出的字像字帖一样。"

他还会拉二胡，演奏起《二泉映月》，听得人如醉如痴。

他偶尔也吹吹洞箫，吹出的曲调悠扬婉转、余音绕梁。

一段时间，杨琛家门口几乎成了老同志们的聚集地，大伙儿有事没事都愿意到这儿来坐坐、聊聊，或听他拉拉二胡、吹吹洞箫，享受片刻的欢愉。

1993年3月29日，杨琛在哈尔滨去世，享年74岁。

杨秉钧原本在家乡从事地方革命工作，担任过牌坊乡、范湾乡、孙墩乡的乡长，以及小店区副区长等职务，在革命的同时也照顾了家庭。

然而因斗争形势的变化和革命工作的需要，他于1946年7月被调入沭阳县大队任连队政治指导员，从此成了一名革命军人，南征北战，出生入死。

就因为参加了人民军队，连母亲去世前想看他一眼，都没能实现。而且母亲去世后，他也只是匆匆回家处理一下后事，便很快回到部队，准备参加战斗。

1950年10月，中华人民共和国已经成立一年了，时任中国人民解放军三野第九兵团第26军88师262团1营教导员的杨秉钧，奉命参加抗美援朝。

2021年国庆期间上映的电影《长津湖》备受好评，该片以抗美援朝战争中的长津湖战役为背景，讲述了在极寒严酷环境下，东线作战部队凭着钢铁意志扭转战场态势，为长津湖战役的胜利作出重要贡献的故事。

而在当年，杨秉钧也参加了著名的长津湖战役。他和营长一起，带领全营指战员，凭着英勇无畏的战斗精神，克服重重困难，圆满完成了上级交给的任务。

后来，杨秉钧又参加了著名的上甘岭战役，曾驻守上甘岭主峰五圣山半年之久。

抗美援朝回国后，杨秉钧于1954年转业，被分配到山东省济宁市工作，先后担任济宁地区直属党委副书记，济宁地区手工业管理局局长，济宁地区轻工业局局长、第一轻工业局顾问等职务。

随着工作的稳定，杨秉钧在当地组建了家庭。虽然定居他乡，他却不忘关心家乡的发展与建设。

20世纪80年代，国家交通部批准对沭阳新沂河大桥进行扩建增宽，当时县政府号召各方支援，远在山东的杨秉钧听说后，主动捐款1000元。

这在当时，可是笔不小的数目。

晚年的杨秉钧，思乡心切，曾做了两件有意义的事情。

一是亲自动笔，把自己从小到大的经历，尤其是从在杨牌坊干地方革命工作，到参加人民军队后四处征战的经历，完完整整地整理了出来，长达150多页。其中，还凭记忆绘制了杨牌坊当年的行政村划分示意图，以及附近一带的战壕分布图。

二是于1994年回到阔别已久的家乡，与杨秉钺等族人一起，重新修订续写了杨牌坊杨氏家族的族谱，为后人留下了宝贵资料。

杨秉钧生前还有一个心愿，想为杨牌坊几位烈士建墓立碑，以作纪念。但因远离故土，加之年事已高，未能如愿。

2007年1月4日，杨秉钧于山东济宁去世，享年84岁。

杨秉国参军入伍时，父亲杨维渐是不同意的。战乱年代，还在念书，又是家中长子……有了这些理由，杨维渐怎能舍得让儿子去当兵？

为此，杨维渐还曾专门找到杨秉国所参加的部队，跟部队首长说明情况，要将儿子带回家。

当时，杨秉国铁了心要当兵，坚决不跟杨维渐回去。

部队首长也非常喜欢杨秉国这个文质彬彬又有个性的青年人，尤其看中他的文字功底，觉得在部队发展前途无量，所以便帮忙解围，并保证会照顾好、培养好杨秉国，不让家里人担心和失望。

杨秉国也跟着保证，就是趁年轻到部队里锻炼锻炼，一旦战争结束了，便回家安心过日子。

事已至此，杨维渐也不好再说什么，只好勉强同意杨秉国留在了部队。

部队首长算是兑现了承诺，很快把杨秉国由一名普通战士培养成了军中骨干，直至后来陆续担任了皖北军区宿县分区政治部干事、秘书，安徽省公安总队部秘书、第六预备师防空主任，武汉军区司令部作战参谋，湖北省孝感军分区副司令员，鄂西军分区司令员等职。

杨秉国却食言了，不但未能在战争结束后返乡生活，甚至连回老家看望父母都少之又少。

有一段时期,由于公务繁忙,定居武汉的他曾连续10多年都没回过老家。

直到1980年母亲病重时，在部队担任要职的杨秉国终于请假回了一次老家，也只待了不到一周时间。

第二年，母亲过世，工作上实在脱不开身的杨秉国，竟然没能回家送母亲一程，在内心愧疚了好长时间。

这或许是军人的一种天然决绝吧。忠孝不能双全，在公事、大事，尤其是国家利益面前，他们往往选择尽忠职守，纵然对家人有所愧歉，也无怨无悔。

杨秉国，无疑是许许多多这样的军人中的一员。

妻子范锡华，当初和杨秉国在同一支部队当兵，结婚后又一同赴安徽开展工作，堪称革命伴侣、军中伉俪。

他们到哪里工作，家便安到哪里。

后来，因部队缩编，也在裁减之列的范锡华带着孩子回到故乡生活，杨秉国则一个人留在了部队。

一个小家庭，也分居两地了！

范锡华最放心不下的，是杨秉国独自一人在部队能否照顾好自己，何况他身体状况原本就不太好。

几年后，随着杨秉国在部队职务的上升，他离家更远了——调到了武汉军区。

好在根据政策规定，以他的级别，家属可以随军。

于是，范锡华便带着孩子来到武汉，一家人团聚了，从此在武汉安了家。

一家人在武汉定居后，杨秉国回老家的机会就更少了，他只能省吃俭用，从工资中挤出一点点钱，定期寄给父母补贴家用，以示孝心。

母亲去世后，杨秉国曾将父亲接到身边生活。

父亲杨维渐对杨秉国在部队的发展感到很满意，看到他一家在武汉生活得很好也颇为欣慰。

但杨维渐不习惯异乡生活，住了一段时间后，还是回到了老家。

杨秉国不幸于 1993 年 8 月因病去世。此消息，远在老家的杨维渐并不知晓，因为一大家人没敢告诉他，怕他承受不了白发人送黑发人的痛苦。

一年后，杨维渐溘然长逝，享年 93 岁。

有人分析，老人家可能是无意间看到本地民政部门曾经递送下来的讣告，才知杨秉国已去世，一时难过，导致病情加重，不幸离世。

杨曙明，1946 年参军入伍，当时只有 17 岁，到部队后一直单身，直到 1962 年才在贵阳结婚成家，此时已经 33 岁。

问他为何这么晚才解决终身大事，他说，在外漂泊，有诸多不便，怕结婚后聚少离多，互添麻烦，想等一切稳定下来再说。

他又说，冥冥中还有一个期待，那就是等战争完全结束了，回到故乡了，再在家人、族人见证下娶亲成家。

然而在那个特殊的年代，事情终究不会按照个人的预期发展。

回到故乡结婚成家，在当时只能成为很多人的梦想，真正实现的，寥寥无几。

当命运垂青的时候，必须抓住那根红线，否则很可能错过一生的姻缘与幸福。

而当杨曙明终于明白这一点的时候，时光年轮已经走过中华人民共和国成立十周年，进入了 20 世纪 60 年代。

梳理杨曙明的革命经历可以发现，他一直在四处奔波着、忙碌着。就是想结婚，似乎也难抽出时间来——

中华人民共和国成立后，杨曙明并没有像其他一些革命军人那样解甲归田、颐养天年，而是继续在部队卫生战线奉献，并且不断被安排深造，不断变换工作地点。

1950 年 7 月，杨曙明所在的归队团被撤销，他被分配到西南军区后勤卫生部防疫保健处防疫训练队学习。

1950 年 11 月，杨曙明被调到西南军区卫生部后方医院工作，先在三分院，后在二分院。

1952 年 8 月，杨曙明被调到西南军区第八文化速成中学学习。于 1954 年 12 月毕业。

1955 年 1 月，西南军区解散，杨曙明先是被安排到贵州省军区军政干校学习，后于 1955 年 7 月被分配至贵州省遵义军分区，负责卫生所工作。

1959 年 8 月，杨曙明又被安排到重庆军医大学学习。他记得，那时候还非常困难，粮食都很紧张，食不果腹的情况到处都有。

1962 年 11 月，杨曙明从重庆军医大学毕业，重回贵州，来到中国人民解放军六军第 44 医院工作。

直到这个时候，已在部队摸爬滚打 16 个年头的杨曙明，才在热心人的撮合下结婚成家。女方叫钟德进，在贵州省人民医院工作，两人都是医务工作者，算是志同道合了。

当时由于时间紧迫，加之交通不便，杨曙明没有通知任何亲友前来参加他的婚礼，他只是在事后写信告诉家人已经结婚的消息。

1963 年春节后，杨曙明被调到贵州遵义军区后勤部卫生科任中尉军医。爱人钟德进也随之调到遵义地区医院工作，他们的家便安到了遵义。

后来，他们在遵义陆续生了四个孩子，分别为三个儿子和一个女儿。

有一段时间，因工作繁忙，照顾不过来，他们夫妻俩曾把孩子寄养在当地的一位老乡家中，还因此与该老乡一家建立了亲人般的深厚感情。

1971年1月，杨曙明被调到贵州六盘水军区后勤卫生科工作。爱人则独自带着几个孩子在遵义生活。

1973年7月，杨曙明被调到贵州省军区花溪干部休养所工作。这时，爱人调到了贵阳市第一人民医院工作，他们一家在贵阳团聚了。

直到1978年9月，杨曙明转业，被安置到贵阳市工人医院（即后来的贵阳市第四人民医院）工作，才不再四处奔波。他们的家也从此安在了贵阳，直到现在。

1990年1月，杨曙明于贵阳市第四人民医院离休，享受县处级待遇。

当兵入伍那么多年，杨曙明一直没抽出时间回家，直到1968年父亲病重时，他才向部队请了1个月的假，首次回到了阔别20多年的故乡杨牌坊。

说起那么多年没回家，杨曙明表示也与当初参加人民军队的初衷有关。

那个年代，农村青年人普遍向往共产党领导的人民军队，真正参加了以后，又担心家里因此受到牵连，所以尽可能不与家里联系，更不要说回家探亲了。

目的就是不想让家里及乡亲们知道自己在外面做什么，然后一心一意干革命。

包括很多人的名字，也都改了。杨曙明也是到部队后改的名，他原本叫杨秉琦。

后来虽然解放了，但由于国民党残余势力还在，像杨曙明这样漂泊他乡的革命军人，担心战争随时有可能重新爆发，所以一直保持戒备状态，包括依然不常与家里联系、依然不回家探亲等。

更何况，那个年代交通不便，独自一人在大西南当兵的杨曙明，想回趟家也不容易，连个陪伴的都没有，索性就不考虑了，直到 1968 年 7 月接到父亲病重的消息。

而 1968 年 7 月的这次回家，杨曙明也是颇费周折，在路上走了近一周时间才到家。

当时，南京长江大桥还没有通车，他从贵阳出发，一路转乘火车，先后经过了广西、江西、浙江、上海、安徽等地，才到达江苏徐州，又从徐州乘长途汽车到达沭阳，再从沭阳县城乘车到马厂，然后步行到老家杨牌坊。

回家以后，杨曙明深刻感受到了家乡的巨大变化，不仅乡亲们早已从原先的贫穷、水灾、匪患等阴影中解脱了出来，而且社会治安、社会风气也是格外的好。

当时杨曙明有一笔汇款被汇到了县城邮局，那时从乡镇进一趟城很不容易，结果在乡镇邮局的电话沟通下，县城邮局便将汇款转汇到了乡镇邮局，使得他从乡镇邮局便取到了款。

几年后的 1976 年，杨曙明又回了趟老家，这次回老家，他还见到了儿时邻居、同样生活在外地的杨牌坊老革命杨秉承。

杨秉承，1941 年 6 月参加革命。在杨牌坊，他家和杨曙明家门挨着门，他比杨曙明大几岁，是杨曙明的堂哥。

因是邻居，所以小时候杨曙明经常跟杨秉承一起玩，彼此建立了特殊的兄弟感情。

1941 年 6 月，杨牌坊虽然建立民主政权不到两年时间，但村中青年人受到了深刻的教育，对国家大事、抗日救国、国共两党差距等有了清醒的认识，都懂得只有中国共产党才能救中国，要想求解放，就得跟着共产党干革命。杨秉承下定决心，要离开家庭走向革命，并和本村的杨秉钧以及邻村的范锡洪等人相约，先去淮海干校学习，然后根据组织上的安排从事革命活动。

说来也巧，那天他们几人在去淮海干校的路上，突遇日全食，所到之处，老百姓都在敲锣打鼓放土枪，有的还敲打洗脸盆，真像过年一样热闹。

原来，老百姓中有一种迷信说法，说太阳被狗吞吃了，只有敲锣打鼓放枪才能将狗唬住，救出太阳。

他们几人便开玩笑说："这是老百姓在欢送我们去抗日救国。"

1949 年 4 月，苏北行政公署成立，已参加革命多年的杨秉承被组织上安排到苏北行政公署所属的泰州行政专区工作。

1953 年 1 月江苏建省后，泰州行政专区改为扬州行政专区，杨秉承被调到扬州食品公司工作，任经理。

1958 年起，杨秉承先后担任扬州磷肥厂副厂长、扬州糖烟酒公司书记、扬州农药厂革委会主任、扬州公交公司书记、扬州印刷厂书记、扬州市建材处副处长等职，直到离休。

由于工作关系，杨秉承的家也安在了扬州。

而 1976 年杨曙明第二次回老家时，原本是见不着杨秉承的，因一点特殊情况，分别多年的兄弟二人竟然相见了。

那一次，杨曙明是带着孩子回老家的。返城时，计划从马厂乘汽车至淮阴市（现淮安市），再从淮阴市乘汽车至扬州市，然后从扬州过江，到达镇江市后转乘火车赴贵阳。

结果，在淮阴至扬州的路上，孩子莫名其妙拉肚子，疼痛难忍。身为医生的杨曙明知道，这种情况下是不适宜继续奔波的，应该就近休息。

于是，他突然想到了在扬州工作的杨秉承。而且他此前跟杨秉承通过信，还能记起杨秉承家的大概地址。

就这样，杨曙明凭着记忆中的不确定地址，竟然顺利地找到了杨秉承在扬州的家，见到了阔别 35 年的堂哥杨秉承。

兄弟二人久别重逢，自然有说不完的甜心话。在杨秉承陪伴下，杨曙明还畅游了瘦西湖等风景名胜。

两天后，孩子的病情好转了，杨曙明虽然还没和杨秉承聊够，却不得不告辞，尽快赶回部队。

临走时，联想到今后不知还能否再见面，为了留个念想，杨曙明向杨秉承索要了两张照片，一张是杨秉承一家的合影，一张是杨秉承和杨秉模的合影。

在杨曙明老人家中，我看到了这两张照片，感觉甚是亲切。尤其是杨秉承与杨秉模合影的这一张，促使我好奇地向杨曙明老人打听杨秉模的有关情况，方知杨秉模也是从杨牌坊走出来的革命者，也定居在了外地——泰州（原泰县）。

杨秉模，1946年11月参加革命，当时只有15岁。

1947年底，杨秉模参军入伍，先后任苏北军区淮海第六军分区卫生学校学员、淮阴独立团卫生队卫生员、淮阴县大队诊室卫生员、淮阴集训大队卫生员、淮阴军分区睢宁警备连见习医生、淮阴军分区后勤疗养所医务班长等。

杨秉模刚参加革命时，由于年龄太小和知识太少，一度只晓得好玩，而不清楚为人民服务的真正内涵。后来，经过党组织不断地教育，强化了对革命目的与为谁服务的认识，政治水平和业务水平都得到了显著提高，也牢固树立了终身献给党与人民事业的意识。

1952年10月，杨秉模由部队转到地方，任苏北军区医院（后改为江苏省第十康复医院）外科护士。

这个时候，杨秉模和很多战友一样，思想上曾有点想不通，认为在战争情况下他们都干得很好，现在是和平环境，却把他们转到地方，这让他们觉得不太满意，甚至内心有点不高兴。尤其是当部队待遇提高后，他们发现地方待遇比较低，更加觉得还是不转业好。

但是，经过一段时间的适应及自我反思，杨秉模慢慢意识到，作为军人就应该服从国家需要和安排，而个人利益，则应放在其次。

于是，他很快便安下心来，积极投入到了新的岗位、新的工作中，不再有其他想法了。

从1953年起，杨秉模先后任江苏省第八康复医院护士长，江苏省卫生干部进修学校眼科班学——江苏省第八康复医院医生，江苏省卫生干部进修学校医疗专修班学——泰县颐文医院医师，泰县人民医院五官科医师，泰县中医院五官科医师、主治医师、门诊部主任等，直至离休。

因工作积极，事迹突出，杨秉模在单位里还曾立过三等功一次，并多次被评为先进工作者。

而由部队转到地方以后，杨秉模与泰县中医院内科医师缪钟丽结为夫妻，从此定居泰县。

离休后的杨秉模，惦记家乡、惦记亲人，经常给杨秉钺等族人写信，关心、询问家乡及族人的有关情况，提醒大家注意身体健康等。他还曾专程到武汉看望过病重的堂哥杨秉国。

和杨秉模情况相似的还有杨秉琳，他也是当兵在外，由部队转到地方，继而在当地结婚成家，从此成为漂泊异乡的人。

杨秉琳 1940 年 9 月参加革命，1941 年 10 月加入人民军队。

杨秉琳之所以要参军入伍，除了向往共产党领导的部队以外，还有一个重要原因，那就是誓死也要争口气，让乡亲们看看自己到底有没有本事。

原来，革命初期，杨秉琳参加本地农会的宣传组织工作，有很多年龄大的人看不起他，说这穷小家伙能做什么事呢，年纪很轻就像小孩子一样。

于是，杨秉琳就想离开本地。到了别处，人们就不知道他的家庭出身以及多大年纪，工作自然会好做些。

然后，他便向组织上申请，请求派他去学习。他想通过学习，达到调动工作的目的。

谁知 1941 年 8 月，组织上派他到县农会训练班学习，结束后还是分配到本乡工作。这样，就没有达到调离的目的。他不得不再次向组织上提出要去学习。

1941 年 10 月，组织上又派杨秉琳去淮海干分校（党校）学习。怎奈后因攻打陈道口需要干部，组织上决定暂时不办干分校（党校）了，已报到的上了一星期课后仍回原单位工作。

当时杨秉琳和其他几位同志一致提出，是否可以将他们转到淮海干校

（群众干部学校）学习？组织上经过慎重考虑，同意他们转到淮海干校学习，年底结业。

1941年底，淮海干校结业的杨秉琳被分配到了淮海专署保安处警卫2连，任文书工作。这回杨秉琳真正实现了离开本地工作的愿望，而且是进入了部队。

在连队里虽只是个文书，一天到晚抄抄写写给战士们上文化课，但杨秉琳感到很充实。有人尊重又有地位，这令他很高兴。

1942年11月左右日本鬼子扫荡，淮海区机关转入泗沭县，党决定机关部队缩减编制，便于转移。当时领导找杨秉琳谈话，问他跟机关走还是到地方上去。

杨秉琳内心里是不愿意到地方，而是想跟机关首长们一起走的，但他不好意思说出口，嘴上便表示随组织决定。最终，组织上通知他化装换便衣，准备下地方坚持打游击。

起初，杨秉琳是有点不愉快的，认为组织上不要他了。他甚至想，现在形势这样紧张，坚持打游击是很困难、很危险的。

但他又不愿意提出，怕提出后组织上说共产党员还不服从安排，怕死！在他看来，共产党员为了怕死而不服从安排，是最可耻的事。

就这样，杨秉琳回到了沭阳八区，转任范湾乡农救会会长。后来，又接替杨秉钧担任范湾乡乡长。再后来，环境好转，他被调到区里担任治安员工作。

直到1946年10月，自卫战争爆发，沭阳县委号召各区派员参加县大队，随时准备充当主力军。当时杨秉琳心想机会来了，就主动报名参加。结果又如愿回到了部队。

此后，杨秉琳先后任沭阳县独立营组织干事、4连指导员兼党内支部书记、35旅105团3营营部指导员兼党内支部书记、35旅105团3营机炮连指导员兼党内支部书记、30军89师267团3营7连指导员兼党内支部书记、30军89师政治部直工科直工干事、89师政治部副协理员兼直属党委委员、30 军卫生部治疗大队副政治教导员等职。

1950 年 9 月，杨秉琳负责将一批体质残弱的同志带送到苏南行署去，时间 3—5 个月，完成任务后仍回原单位工作。

可是中途发生了变化，苏南行署因卫生处缺人手，不想让杨秉琳回部队了，部队首长也决定让他就近留在地方工作。

没办法，杨秉琳只好服从组织安排，留在了苏南行署卫生处工作。

从 1950 年 10 月起，杨秉琳先后担任苏南行署卫生处直属医疗队教导员、党总支书记，无锡漆塘干部疗养所所长、教导员、党支部书记，无锡市保健院院长、党支部副书记，无锡市委文教部巡视组副组长，无锡市第二人民医院副院长、党支部书记，无锡市爱国卫生运动委员会办公室副主任，无锡市卫生防疫站站长、联合党支部书记等职。

这期间，杨秉琳与无锡市第一人民医院女职工凌萱结为夫妻，从此定居无锡。

杨耀东从朝鲜战场回国后，被安排到中国人民解放军（长春）208 医院工作。从此，他在长春娶妻生子，安家定居。

杨耀东当年是和杨曙明一起离开杨牌坊，一同参军入伍的，且在同一个部队学医。结业后，他们又分开了。杨曙明辗转各地，最后独自一人被分到了大西南，从此定居贵阳。杨耀东则和部分同乡战友被分到了东北，直至定居长春。

杨耀东因在朝鲜战场上被冻伤过，导致行动不便。但他并没有受到影响，回国后依然勤奋地工作，快乐地生活，时时处处表现出一位革命军人的不屈精神。

有一次，医院动员大家义务献血，杨耀东第一个将自己的鲜血流进了伤员的血管。

他在行动十分困难的情况下，每天步行从 208 医院到大街上，趴在裁缝铺的案子上偷偷向裁缝师傅学习剪裁技术。

继而，又进理发店学习理发手艺。

就这样，杨耀东在医院里义务为大家理发，裁剪衣服。

虽然不是很专业，但他的裁剪技术，当时在长春市可以说是一流的，因为他综合了当地不少裁缝师傅的特色，然后又经过自己大脑的加工，实现了博采众长。

医院工作人员以及附近居民，穿上杨耀东剪裁的衣服后，都会高兴得合不拢嘴。

2. 战争带来的伤痛

身体是革命的本钱。这话告诉我们一个深刻道理，那就是良好的体魄是一切行动的前提条件。

也就是说，一个人要想做成一件事，需具备多方面的素质及条件，而所有这些，又必然依托于一个前提——健康的体魄。

战争年代，这更重要。诸葛亮“出师未捷身先死”曾令多少人痛心惋惜，原因莫过于此。

从杨牌坊走出来的革命者中，有很多人在战争期间出现过健康问题，备受折磨，有的人甚至在战场上负伤，一辈子没摆脱伤痛困扰。

说到此话题，杨曙明老人不无感慨地说，他小时候在家身体一直很好的，可是参军入伍后，有一次行军途中突然染上痢疾，被折磨得九死一生，差点掉队。

那是1947年秋，杨曙明所在的华东医科大学卫校八队随华东野战军在山东境内北撤。当时国民党中央军占据空中优势，杨曙明他们都是在夜晚行军。

有一次到了淄博周村那一带的时候，正逢大热的炎夏，加之环境卫生条件差，杨曙明不巧得了细菌性痢疾，腹痛得厉害，每天解多少次大便都数不清。晚上部队还要行动，当时的药品又非常稀缺，杨曙明只能吃硫酸镁来帮助排泄体内的毒素。

夜行军对于一个得了痢疾的病人来说有多大困难，是可想而知的。后来看到杨曙明实在走不动，部队首长便向当地政府借来一头小毛驴让他骑，并由一位姓王的老大爷牵赶毛驴陪护着他在部队后面走。

可杨曙明的病情实在很严重，四肢乏力，连驴子都上不去，每次都是王大爷把他抱到驴身上。跟在部队后面走不了多远，就腹痛得难忍，又要下来解大便。

有时一蹲就是20来分钟，大部队已经走了好几里路了。王大爷每次把他抱上小毛驴，就拍打着毛驴一阵小跑，追赶上大部队。

可是刚刚赶上部队没多一会儿，杨曙明的腹痛又忍不住，不得不再次下来解大便。

就这样，一晚上反复上下驴子解大便无数次。就连那天晚上从周村城内大街上通过时，也因腹痛难忍无奈下来解大便。

杨曙明回忆说，那位王大爷为人真好，不怕他身上的脏臭，待他如同父亲对儿子一样的慈爱，如果不是王大爷诚心诚意地帮他，那他就完了，无法跟上部队不说，还有可能要当"俘虏"。

在到达新的驻地后，杨曙明又遇到了一位好人——善良的房东李大娘，对他同样是关怀备至。

这天上午，看到大家都去上课，只剩杨曙明一个人躺在家里，李大娘便走到他床前问："小同志，你生病了吗？"

"是的，大娘，我得痢疾了。"杨曙明有气无力地回答。

"那你可得注意休息啊。"

李大娘温柔的话语，使得杨曙明心中泛起一股热流，眼眶也随之湿润了。

在了解了杨曙明的病情后，李大娘还把她家唯一的一张有蚊帐的床让给他睡，像母亲一样嘘寒问暖，不时给他端茶倒水，还亲自为他擀面条，照顾得无微不至。

类似的境况，在杨秉钧身上也出现过。那是在他担任淮海独立旅1团

8连政治指导员的时候。

1948年8月底，杨秉钧所在的淮海独立旅奉命参加解放陈家港（位于陇海铁路终点南侧和灌河入海口的一个重镇，曾隶属淮阴涟水县，现属盐城响水县）的战斗，以不让国民党军从海上来增援徐州。

陈家港战斗是淮海战役开始的前兆，当时，解放战争已转入大反攻阶段。这时东北战场辽沈战役已经取得胜利，二野刘邓大军也由大别山北渡黄河，解放了商丘。济南解放后，我军紧追敌人南下，先后解放了济宁、兖州、滕县、薛城、临沂等地，已经形成对徐州的包围。淮海战役即将全面打响。

党中央在部署淮海战役时指出，徐州以东从海上来增援的敌军应由地方主力负责打击。根据这一部署，淮海独立旅参与到了其中。陈家港等小的战斗，就是先扫清“新海连”外围，而后夺取连云港，不让敌军一卒一兵从海上来增援徐州。

当时，杨秉钧他们的驻地距离陈家港150多华里，第一天晚上要行军走80—90华里，以确保第二天晚上进行战斗。

行军前，各连进行动员发动，为了鼓舞干劲，还决定在这次急行军中开展排与排之间、班与班之间的竞赛。

半夜时分，部队正按计划疾速前进着，杨秉钧的胃部突然不适，他很快便感到一阵揪心的疼痛，撕心裂肺。

原来，自从参加革命以后，由于长期饮食没规律，加之过度劳累，杨秉钧不知不觉患上了胃病，他却并未引起注意。

原以为是老毛病，忍一忍就会过去的。谁知这次很严重，杨秉钧越发感到疼痛难忍。很快，他坚持不住了，竟摔倒在地，躺在路旁滚了起来。

战友们也很紧张，纷纷跑过来帮忙照看。在地上翻滚的杨秉钧，几乎是人事不知，感觉跟天塌似的。

大约过了10分钟，疼痛才慢慢停止，杨秉钧总算缓过了劲来。他仔细一检查，军装上的五个纽扣已掉了四个，都是刚刚折腾掉的。同时，他还出了一身大汗，内衣都湿透了。

然而，杨秉钧坐起来只是短暂休息了几分钟，便又跟随部队继续前进了。

杨秉钧在晚年曾写过回忆录，其中提到了另一次生病的事，也挺令人感慨的。

那是抗日战争胜利前夕，杨秉钧尚在地方上从事革命工作，先后担任淮海干校民运队一班班长、牌坊乡乡长、范湾乡乡长、孙墩乡乡长等职。

当时的形势是很严峻的，革命工作只能是一半地上、一半地下，动辄还要转移他乡。

长期的游击生活，使得杨秉钧患上了当时农村的一种常见病——疥疮。由于没有特效药，久治不愈。

连续好几年，杨秉钧身上都长有疥疮，瘙痒难忍，却又无可奈何。

1945 年 9 月，日本鬼子宣布投降后，沭阳大地解放了，县里通知各区民兵大队部，要抽调一部分民兵进驻沭城，维持治安。

不久，杨秉钧被县委调到县民兵总队部任组织干事职务，主要负责县总队机关组织工作和各区民兵大队部工作。

工作虽然很忙、很辛苦，杨秉钧却感到很轻松、很快乐。而那缠身多年的疥疮，在进城两个多月后，竟然痊愈了，使得杨秉钧无病一身轻，干起工作也更加有劲头了。

由此可见，工作环境变了，生活条件好了，对人的身体健康也是大有帮助的。这，或许也是共产党一心一意带领人民翻身求解放，换来幸福生活的意义所在吧？

当然，比起这些突发性或者说短暂性的疾病而言，很多人在战场上负伤，留下了一辈子的伤痛或残疾，无疑更为残酷。

而在杨牌坊革命者中，便有这样的人，还不止一位。比如：

杨秉刚在辽宁法库县娘娘庙战斗中，英勇作战，不幸负伤。后因脑外伤引起神经瘫痪致成三肢瘫痪，中华人民共和国成立后被评为一等残疾。

杨珍先后参加过涟水战斗、淮海战役、渡江战役、抗美援朝等，其中在抗美援朝战场不幸负伤，中华人民共和国成立后被评为三等乙级残疾。

杨琛在江苏阜宁参加攻打苏北重镇八滩的战斗中，带领连队坚决执行命令，突击进攻穿插，英勇杀敌，自己身负重伤，右肩被日本歪把机枪击中打穿。被战友救下后，进行紧急包扎处置，转移至后方洪泽湖芦苇荡隐蔽休养半年，伤愈后归队重返战场。但是他的右臂丧失部分功能，留下终身残疾，中华人民共和国成立后被评为二等乙级残疾。这个战伤影响了他一生的工作和生活，但他仍然带病作战，硬挺着坚持工作，直到 1993 年因病离世……

1996 年 9 月 18 日至 21 日，原华东军区医科大学卫校八队建队五十周年联谊会在江苏无锡市航天 738 疗养院举行。时年 67 岁的杨牌坊老革命杨曙明专程从贵阳赶到无锡，参加这次联谊会。

与杨曙明同时参加华东医科大学卫校八队的杨牌坊老革命杨耀东，却因身体原因没能参加，错过了与战友相聚的机会。

据杨曙明介绍，杨耀东是因为在朝鲜战场上被冻伤，导致身体状况越来越差，最后行动不便，哪里也去不了了。

当年从华东医科大学卫校八队毕业后，杨耀东被分配到华东军区第七野战医院工作。

1950 年，医院奉命去东北，准备入朝参战。

后来，杨耀东第一批到达了朝鲜战场。

朝鲜战场的条件非常艰苦，气候更恶劣，到处冰天雪地的。

杨耀东正是在这样的艰苦环境下出生入死，忘我工作，充分体现出一个共产党员的坚强意志，后来却不幸被冻伤，留下了严重的关节炎。

杨耀东被安排在中国人民解放军（长春）208 医院后，因伤情不断加重，他无法正常工作，甚至连日常行动都很困难。

上级发现了杨耀东的才能及品德，调他到军区搞审干工作。谁知不断恶化的伤情，生生剥夺了他继续为人民服务的权利。

但是，杨耀东并没有灰心，也没有气馁，而是很快学习了理发及裁剪技术，义务为别人理发、剪裁衣服，以此为社会多作贡献。

然而，剪裁衣服还好说，理发却是一件艰苦的事，因为理发必须站着，而杨耀东的伤情，又不允许长时间地站着。

有谁能知道，每理一个人的发，杨耀东要忍受多大的痛苦啊！

自己忍受着战争伤情带来的痛苦，而为别人做好事，且乐此不疲，不图回报，杨耀东这种崇高的奉献精神，感动着许许多多熟悉、不熟悉的人，也感动着过去的老战友。

原华东军区医科大学卫校八队的战友们在江苏无锡聚会，这儿离杨耀东的家乡沭阳杨牌坊仅300多公里，可以说近在咫尺，他却因身体原因无法参加，错过了与战友相聚的机会，也错过了回家乡看看的机会。

为此，一位叫徐仁和的老战友还写了篇题为《身残志坚的杨耀东同学》的文章，被收录在《白衣风采——原华东军区医科大学卫校八队建队五十周年聚会》资料汇编中，感动了很多读者。

3. 淡漠私念心自宽

“身经沧桑七十年，致力理想未偷闲。聊慰平生无憾事，淡漠私念心自宽。”

这是杨牌坊老革命杨琛在他70岁生日那天写的一首题为《七十抒怀》的自勉诗。

回顾杨琛的一生，他确实是个追求理想，淡漠私念，未曾偷过闲，而又内心充实，没有憾事的人。

达此境界，需要一种胸襟。杨琛的开阔胸襟，便令人钦佩。

比如，人们临到退休时，难免碰到一些不如意的事情，不同的人就会表现出不同的态度。纵然是曾经赴汤蹈火，为革命出生入死的老干部们，也常聚在一起发几句议论，有的人甚至血脉贲张、急不择言。

就离休待遇等方面的事情，有人欲推举杨琛作为代表，去找上级反映。

杨琛只淡淡地说了一句："船都沉了，还在乎那块板儿呢！可别为了这般琐事，把身体气出病来。"

话音一落，众人均不再作声。

杨琛就是这样一个淡泊名利、安于现状的人，他对眼前的日子很满足。

20 世纪 80 年代，不少老同志通过找证人出证言的办法，将自己参加革命的时间往前提。一时间，更改"三龄一历"（年龄、党龄、工龄、学历）几乎成风。

杨琛却不为所动，更不费那份心思，继续悠哉地过自己的平静日子。

他曾多次对子女们说："当年打仗冲锋的时候，敌人的机关枪一响，队伍里的战友一片一片地倒下，如今他们的骨头都生黄锈了，我们活着的人还有什么不知足的呢？"

杨琛从 1937 年参加共产党地下工作，1938 年加入八路军，后来在新四军 8 旅 24 团 7 连任连长多年。其间，多次经历了生与死的较量，更是身负重伤，留下终身残疾。

战友们都说，军队中的 1 连、4 连、7 连大都是主力连队，经常被派去打大仗恶仗。抗战期间，在 8 旅 7 连当过连长的只有杨琛一人活了下来。

朝鲜战场的一天拂晓，美军飞机投下的燃烧弹击中了杨琛（时任中国人民志愿军第 39 军 115 师作战科科长）平时休息的防空洞。

警卫员冲入火海去救人，因没找到杨琛而蹲在地上大哭。没想到的是，毫发未损的杨琛突然就出现在了他的面前。

原来，杨琛刚才在不远处的厕所里小解，才又一次与死神擦肩而过。

一次次大难不死，一次次转危为安，或许是上天对他的眷顾吧。每每想到此，杨琛便觉得自己是无比的幸运和幸福，还有什么需要计较或攀比的呢？

也正因此，他对子女们的要求一直很严格，包括对他们的疼爱与培养，也是在潜移默化之中进行的。

长子杨星光，从 14 岁起便被要求掌管家中的财务收支，杨琛本人的薪金也全部交由他支配。目的就是从小培养他的持家和统筹能力。当然，大的开支肯定要请示父母的。

杨星光刚参军时，战友们的家长在来信中无一不提醒孩子在部队里"一定要政治挂帅"。而杨琛，给儿子来信的最重要一条，则是要求"一定要确保安全"。

是啊，即便是"对上一致"之类的空话讲得再多，若没有了安全，拿什么去突出政治呢?

杨琛还曾对杨星光说："如果你在部队里提了干，干到营级就不要再往上升了。"

杨星光十分不解："为什么呢?"

杨琛一字一顿地说："因为古往今来，官高必险！只有淡泊名利，方可平安一生。"

1983 年 1 月，杨星光被上级从副营职越级提拔为副处长。杨琛在欣喜的同时，更是频频地提醒儿子，"务必谦虚谨慎"，"务必奉公守法"！

凭着自己实力干至中国人民解放军原总装备部南京军事代表局政委的杨星光，如今已光荣退休。他在与我交流时，自豪而又感慨地说："看看近些年那么多的军中高官成了阶下之囚，还有一些岗位上的关键人物或是自缢或是跳楼，就更能看出父亲当年的见地是多么的深刻精到而有先见之明了。"

杨琛次子曾任中国人民解放军驻哈尔滨铁路局军事代表办事处高级工程师的杨星明也表示，父亲杨琛注重家风，教化后代做好人。

在杨星明眼中，杨琛是一个对儿女有爱、对家庭有担当的人。他的言行，潜移默化地影响着子女的成长。

杨琛反复教诲的话语，杨星明如今仍耳熟能详：

比如"做人做事不要让人看不起"，这是强调儿女们在事业上要高标准、争上游，在社会交往中要重人品、讲道德，做一个老实人、好心人和上进的人；

比如“宁让钱吃亏，不让人吃亏”，这是提醒儿女们要人道为本，淡泊名利，杜绝为获取金钱财富、职务待遇等而丧失人格和尊严的做法；

比如“无事当思己过，闲时莫论人非”，这是主张儿女们要多读书、勤思考、接受新事物，正确地认识问题和妥善地解决问题，尽量做到勿多言、勿多事，做一个有涵养、有格调的人……

杨琛用这些经典名句来教育儿女，可谓是启发良多，令儿女们感悟深刻，终身受益。

兄弟俩还同时介绍，杨琛的坦荡无私还体现在敢说敢做上，甚至不惜直言犯上。

杨琛有一位上司，对党忠诚，作战勇敢，但由于文化程度低，加上掌握信息不全面，在工作中出过一些笑话。

多数人遇到了只是掩口不语，或是私下里发几句牢骚。个别人则依旧在昧心地吹捧。

杨琛的表现，却显得与众人不同。他时常对这位领导讲出自己的真实看法和不同意见，促使其尽可能地改进工作。

人，都爱面子。杨琛这样做的次数多了，上司的心里必然不大痛快。甚至有人说，因此还影响到了杨琛的仕途进步。

可在几十年之后，得知杨琛身患重症，这位老领导颤颤巍巍地从外地赶过来，握着杨琛的手久久不放，用嘶哑的声音大声说：“老杨啊，当年只有你对我说的才是真话。他们好多人是在骗我！”

“文化大革命”期间，在军区后勤部组织的老干部学习班上，杨琛的精彩发言引起了轰动，机关的考干组慕名请他去帮助工作。

没想到，杨琛在考干的过程中，从不人云亦云，而是以尊重历史的态度正本清源，对一些人强加给某些老同志的所谓历史疑点仗义执言、据理力争，弄得某位一贯以“左派”自居的部门领导很是无奈。

杨琛有一位军政兼备的老领导，其已做过多次结论的历史问题在“文化大革命”中又让人给翻腾出来，结果被免去了职务，赋闲居家。

周围的人唯恐避之不及，纷纷躲得远远的。

在这般时刻，杨琛顶着外界压力，与其正常交往，并再三要求即将调到老领导所在地工作的长子杨星光，一定要时常去看望和安慰老领导。

老领导对于杨琛这位原部属在其处境艰难之时的殷切挂念，感到很是宽慰。

杨琛的言传身教，使子女们越发懂得了人间的道理，知道应该做什么样的人和怎样做人。

4. 做一个对社会有用的人

“比起牺牲的战友，我现在儿孙满堂，活到这把年纪已经很知足了，争这争那的对不起那些战友们。”

作为从杨牌坊走出来的老革命，杨秉钧时常拿这样的话告诫儿女，要他们懂得饮水思源、知足常乐，并且做到心怀感恩、甘于奉献。

杨秉钧从参加革命到离休，历经 40 余年。无论是烽火连天的战争岁月，还是轰轰烈烈的社会主义建设时期，他始终如一地坚守共产党员的理想信念，经受住了种种考验，在每一个工作岗位上都留下了非常好的口碑。

1952 年，时任中国人民志愿军第九兵团第 26 军特务团干部处副处长的杨秉钧，从朝鲜战场回到祖国，随部队驻扎在山东张店休整。杨秉钧因体质较弱，加之腰部有战伤，便一边工作一边住院疗养。

当时国家的社会主义经济建设刚刚开始，地方上需要大批干部。杨秉钧觉得自己的身体不好，今后可能会成为部队的负担，便向上级提出了转业请求。

这个时候，部队已经开展评职定级工作，为下一步评定军衔做准备。团长、政委都希望杨秉钧留下，即便要转业，也应等到军衔评定后，授了衔再走。

杨秉钧却不为所动，说自己出来参加革命从未想过什么职务级别，只要能在身体允许的情况下为国家多做点事就行。

就这样，杨秉钧于1954年转业到了山东省济宁地区，任济宁地委直属党委副书记。

20世纪50年代末，轰轰烈烈的经济建设开始需要大批干部，杨秉钧又调到济宁地区手工业管理局（后改为轻工业局）任局长。

那段时间，杨秉钧经常背着一顶草帽，骑着一辆自行车，来去匆匆，很少待在家里。下工厂搞社教、“四清”时，更是整天吃住在工厂里，有时连续几个星期不回家，回家也是收拾一下东西匆匆离去。没有杨秉钧的陪伴，儿女们似乎缺少了点什么，长大后他们才理解，父亲一心扑在工作上，那是舍小家、顾大家。

“文化大革命”后期，一向体弱多病的杨秉钧反而没住过院。不是身体强壮了，而是他扛着病痛在工作。有时实在不舒服，便吃点药、打个点滴去上班。他常说：“党把这么一大摊工作交给我，我做不好没法向组织交代。”

杨秉钧一向讲原则，顾大局，重感情。对上级，不攀附、不吹捧；对下级，不摆架子，对有不同意见的同事，更是不打压、不报复。

他公私分明，从不占公家便宜。全家下放农村时，他叮嘱家属及儿女，公家配的家具一定要全部退还给单位。当家人真去交还东西时，工作人员惊讶地说：“别人捞这些东西还来不及呢，你们居然送回来了，这真是少见啊。”

离休后，杨秉钧看病、住院的所有医疗费用百分之百报销，没有自费项目。为此，他定了条家规：“这些待遇是党和国家对我的关怀照顾，家里人不能沾光。”后期，杨秉钧长年住院、吃药、打针，他们家中有人得病，全是自掏腰包，没有一个“搭便车”的。

杨秉钧就是这样的人，不贪不赚，光明磊落。他常对儿女们说：“贪图便宜、损人利己，是让人看不起的。”

杨秉钧对自己和家人要求严格，同事或下属有困难时，他却显得很大方，能帮助的一定会伸出援助之手。

1969 年，单位一名普通干部得了脑瘤，四处求医打听到了原沈阳军区总医院能治这种病，杨秉钧便通过本家兄弟杨琛联系了这家医院，并亲自送这位干部到沈阳住院。手术很成功，事后这位干部的家人专门买了礼品登门感谢，杨秉钧却拒绝道："不用感谢，我们是同志，有困难时就应该互相帮助。"

杨秉钧一生对职务、级别等看得很淡，从不争名夺利。20 世纪 60 年代和 80 年代，有两次调整工资的机会，杨秉钧都主动把有限的名额让给了工资较低的同志。

他常对儿女们说："没有共产党就没有我们这家人，我的一切都是党给的，你们永远都要知党恩、听党话、跟党走。"

他还告诫儿女们，不要在乎什么大福大贵或当多大官，而是要干一行爱一行、精一行，做一个对社会有用的人。

遵照他的教诲，几个儿女参加工作后都一直待在企业，踏踏实实干到了退休。其中有 3 人，加入了中国共产党。长子杨燎原，则成为企业总经理。

袁枚有诗云："白日不到处，青春恰自来。苔花如米小，也学牡丹开。"杨秉钧儿女们的人生路径，在某种程度上也正是循着杨秉钧的指引，学着杨秉钧的模样，在努力做一个正直的人、有本领的人、对国家和社会有用的人。

5. 难忘的年夜饭

这段时间，作为杨牌坊革命后代的杨芳莉，一直在整理父亲杨行奎的革命事迹。

杨芳莉说，从血雨腥风的战争岁月和坎坷曲折的和平年代一路过来的父亲，今年已 97 岁高龄，始终以严格的标准要求自己及儿女，时时处处彰显出一位老革命、老党员的初心本色。

在杨芳莉的记忆中，有一件事很能反映父亲杨行奎的传统美德。

每年的除夕，杨行奎都会要求在酒店安排一桌年夜饭，把一大家老老小小召集到一起团聚。这是他们家过年的传统和“保留节目”，持续了数十年。

最令杨芳莉难以忘怀的，是 2010 年那顿年夜饭，多了个小插曲。

那年除夕，漫天大雪为新年披上了节日的盛装，增添了喜庆的氛围。

他们一大家除了海外求学的、过年需要加班的、在外地报社当记者的未能归家，其余人都回来了。

中午时分，杨芳莉和姊妹们兴冲冲一起到达预定的酒店，推开包间门，顿时惊呆了：包间内欢声笑语，热气腾腾，座无虚席，却一个也不认识！

他们暂且退到走廊，负责订餐的杨芳莉小妹婿赶忙去找服务员问个究竟。

杨芳莉心里直嘀咕：小妹婿怎么订的餐？酒店老板也是老熟人了，难道忘了我们家每年定点定时的年夜饭？

片刻，一位年轻服务员向他们走来，连声道歉，说是忙中出错，误将包间又订给了另一户人家。

更令人不安的是，服务员表示老板不在，酒店的餐厅包间已全部满员，老板来了也无法安排。看那样子，似有让他们另行想办法的意思。

这可怎么办？临时与别人家同挤一个包间显然不合适，回家另起炉灶也已来不及……

杨芳莉扶着老父亲站在走道，一时竟不知所措。

很快，只见杨行奎示意大家保持冷静，然后不慌不忙地问服务员：“请问有办公室吗？”

“有！”服务员回答，但面露难色，“可是……”

“可是什么？”杨行奎面带笑容地问道。

“没有空调，没有打扫，没有……”见服务员迟疑，杨行奎打趣道，“还没有什么？”

“没有大圆桌。”

听罢，杨行奎果断地说：“就在办公室，无须大圆桌，用办公桌拼凑一下，只要备些椅子板凳就行！”

服务员就像得到命令一般，飞奔着忙开了。

只见她打开办公室的门，迅速移动办公桌上的各种文件框，接着端来一盆水，用抹布麻利地擦拭办公桌，又取来酒杯、碗、筷等，转眼间在办公室内布置了一个简易而特殊的“包间”。

就这样，杨行奎及其家人们，终于可以落座了。

这次除夕家宴延迟了将近一个小时，但是像往年一样，在大家的掌声中，杨行奎首先来了番富有诗意和总结式的开场白：

“这一年，我们国家了不起，在世界的影响很深远：我们中国成功举办世博会、亚运会，嫦娥 2 号卫星发射成功……”

杨行奎一如既往的关于国家大事的总结，使一家人全然忘记了刚才的不愉快。

“这一年，我们这个大家庭喜事喜讯接连不断。”

杨行奎每年都是先国家后小家的总结，他一一道出孙辈们取得的成绩：“四万里以外传来喜讯，大孙子和准孙媳妇相继通过了博士毕业论文答辩；大孙女作为报社记者发表了大块的系列文章；俩小孙儿大学毕业，成绩突出，工作理想，茆亮（杨芳莉小妹家儿子）还以较好成绩通过了德国托福考试……”

杨行奎滔滔不绝，如数家珍，大家虽然饥肠辘辘，但此时此刻已听得热血沸腾。

杨行奎感慨“好啊，巧啊，天意呀”，然后即兴吟诗一首：

“毕业辞旧岁，晋级迎新春。瑞雪兆丰年，喜气满乾坤。正是羽丰时，展翅乘东风。晚辈应自强，荣誉耀庭门。”

他凭着自己老私塾的底子，又在称赞和勉励孙辈们哩。

接着，杨行奎话锋一转，说道：

“老喽，自然规律，身体难免欠佳，但我们现在过的是天堂般的日子，家家幸福美满，小孩子都很有出息，我要争取向百岁冲刺。”

杨行奎喝了口热水，摘下帽子，接着说：

“今年的年夜饭很特别啊，看似有点小曲折，但服务员放弃休息，不能与家人团聚，为我们操劳，临时拼桌子、搬椅子、搬板凳，还真有点让我过意不去。”

此刻，杨芳莉悄悄望向身后的服务员，发现服务员也在静静地听着，眼里还泛着泪花。

杨芳莉心想，或许服务员此时正在心中感激父亲的理解，抑或她也想起了家乡的亲人吧。

杨行奎继续说道：

“小时候，除夕夜，家里揭不开锅，哪里有满桌的年夜饭；打游击时，马厂街据点的鬼子下乡扫荡，烧杀抢掠，哪里有安稳的年夜饭？多少人为了今天的幸福生活献出了生命，我们现在吃顿年夜饭，还在乎有没有包间、有没有大圆桌？现在过年订餐人多了，难免出岔子，这点小差错算什么？我们仍然快乐地过年！所以，大家都要体谅人家，不必计较。”

讲到这里，杨行奎看向服务员，和蔼地说：

“刚才，我的孩子们如果有不周到的地方，还请你原谅，不要放在心上。”

话音刚落，服务员激动地流下了眼泪，口中连连道：“谢谢爷爷，谢谢你们全家！”

服务员一边说着，一边还给一家人深深鞠了个躬。

看到服务员如此谦恭，杨芳莉当时也是热泪盈眶、百感交集。

他们全家围坐在临时拼搭起来的餐桌旁，频频举杯，共庆佳节。

年夜饭在愉快的氛围中结束，杨行奎仁义温良的美德，却让家人们铭刻在心。

6. 桃李情，赤子心

杨琛是从基层连队成长起来，具有丰富实战经验的革命军人、军事干部，向以治军严整和诚恳待人而著称。

战争年代，他南征北战、战功卓著，带兵严格，治军有方，常使部下望而生畏，又十分敬服。

和平时期，他长期工作在部队战备训练的第一线，紧贴部队实际管理部队，根据作战需要训练部队。

杨琛曾担任军、师两级教导队的队长，从朝鲜战场回国后又兼任陆军第39军文化速成学校副校长兼教育长，为提高39军官兵的文化和军事素质做了大量工作。

从朝鲜战场回国后，在担任117师349团团长时，把部队带出了军事训练一流的水平。

39军老首长到原沈阳军区任参谋长不久，点名调杨琛到原沈阳军区军训部，负责全区军事训练的组织工作，东北地区军事训练随之呈现出一派大好的形势。

当时沈阳军区是全军部队中所辖部队最多的大军区，有八个野战军，三个省军区和若干守备部队，军事训练工作任务十分繁重。

在原沈阳军区军训部副部长任上，杨琛给东北工学院（现在的东北大学）的大学生们讲课，大学生们好评如潮。

“文化大革命”期间，在军区后勤部组织的老干部学习班上，杨琛的精彩发言引起了轰动，机关的考干组慕名请他去帮助工作。

1962年8月，杨琛由于身体原因，由军训部副部长调整为防化兵部副主任，他带病参与了全军防化兵的军事训练大比武活动，受到叶剑英元帅的肯定。

在对部队严格管理、严格训练的同时，杨琛处处严格要求自己，尊敬首长、团结同事、关心下属，是一个好干部。

从严治军是提高部队战斗力的根本，在严厉的教导下才能出高徒。杨琛所在的英雄部队，人才辈出，将星如云。

他在349团任团长时，发现团俱乐部主任军事素质不错，马上破例提升为团司令部副参谋长兼作训股股长。

不久，政治机关建议该人转业地方工作。

杨琛力排众议，把这人保留了下来，并送入军事学院基本系学习。

后来，此人不断进步，最后还担任过我军高层的重要领导职务。

杨琛对于自己的部属、战友，一直是情同手足，关爱有加。

有一位老部下，在军区政治部工作期间，在运动中遇到挫折，很苦恼，便到杨琛家里向他倾诉。

杨琛在分析原因做思想工作的同时，劝对方回野战军锻炼。

此人回到野战部队后，如鱼得水，很快晋升到大军区正职。

20世纪60年代国家经济困难时期，杨琛竭力省出钱粮，时不时地请战争年代的老部属、老战友来家坐一坐，吃吃饭。对于家庭困难的，还会赠送些钱粮让他们带回去。

杨琛长子杨星光说，他记得那个时候经常到他家，并且能叫上名字的，有杨琛当年所在连队的班长高安芝、机枪手陆如寿、战士兼理发员侯玉生……

多年之后，杨星光去看望年迈的侯玉生老人，对方满怀深情地说："我家里孩子多，挣钱的人又少，若没有你父亲的长期接济，1960—1962年的时候不知要饿死几口人哪！"

当时，许多人都在感恩杨琛。

杨琛不仅关心战友、部属以及老领导、老上级，更关心国家大事，心系祖国安危。

早在 1966 年，杨琛由于战伤病痛，身体状态不够好，就已离休过一次。

然而几年后，北方边境冲突频发，军队里急需懂得军事的专门人才。

国家危难之时，杨琛重披战袍，到毗邻北方边境线的黑龙江省军区任职，并被选为中共第三届黑龙江省委员会委员，兼任省战备办、省人防办主任。

那段时间里，从起草设定防敌突袭的总体预案，到每一项具体战备措施的落实等，杨琛可谓是操碎了心、磨破了嘴、跑断了腿。

他用一己之力，为保证一方人民的生命和财产安全，作出了不可磨灭的历史性贡献，也表现出一位老革命、老军人的赤子之心。

由于全省战备工作搞得有声有色、扎扎实实，受到普遍好评，上级还指定杨琛率代表团赴新疆介绍战备工作的经验。

他在战争年代负伤五次，最重的一次被日本歪把机枪击中打穿右肩，落下残疾，这个战伤影响了他一生的工作和生活。

他年轻时就消化不好，胆囊炎一直困扰着他，发作起来疼痛难忍，仍然带病作战。

1976 年，杨琛身患食道癌，手术出院后不久，不顾病痛，又全身心地投入到边防战备和人民防空的基础建设工作中。

杨琛真正做到了活到老、学到老、工作到老，把自己毕生精力贡献给了中华民族的解放事业和新中国边境安全的守护工作。

7. 笔杆与枪杆的轮回

杨行奎当初走上革命道路，是从教育战线开始的，曾先后任沭阳东范湾初小葛圩分校教员、沭阳教师训练班第二分队队长、沭阳郑庄初小校长、沭阳西范湾初小校长等。

1946 年 6 月全面内战爆发后，国民党军以重兵进攻华东解放区，涟水战役、宿北战役相继爆发。

当年 7 月，杨行奎被调到沭阳县支前司令部宣慰科做文书工作。按有些人的说法，他这是“玩起了笔杆子”。

及至今天，教师被抽调到政府部门从事文书工作，也是难得的好事。所以在当时，杨行奎非常乐意这样的“转岗”。

然而过了一段时间，到了 1947 年 1 月前后，因形势有变，我军政机关北撤山东，沭阳县支前司令部撤销。

随后，杨行奎被介绍到周集区联防队工作，成了一名配枪作战的基层民兵。

这样，杨行奎等于是放下笔杆子，又拿起了枪杆子。

毫无疑问，在那个年代，拿枪杆是很危险的，远不如“玩笔杆”或做教师安稳。

联防队不仅生活艰苦，还时常受到过境敌人的威胁，有时一夜要迁移数次。

但杨行奎没有被困难和危险吓倒，对敌斗争始终是积极的，因为他坚定了最后胜利的信心，什么也动摇不了他的意志。

后来，杨行奎又陆续担任了周集区青救会会长、周集区周集乡乡长、沭城区民政股股长等职务。

1949 年 8 月 1 日，杨行奎被调到新华社淮阴支社（兼淮海报社）通讯部，任见习记者，再度跟文字工作打交道，又一次“玩起了笔杆子”。

而这次一干就是 8 年。其间，他先后担任过淮阴地委通讯总组记者、

《淮海报》编辑部第二副主任、《淮海报》编辑部主任、淮海报社副社长等职务。

直到 1957 年 4 月，杨行奎才离开新闻战线，到淮阴地委合作部任秘书。再后来，又先后担任淮阴地区革委会秘书组组长、淮阴行署多种经营局副局长、淮阴市水产局局长、淮阴市水产局巡视员等职务，直至离休。

无论是中华人民共和国成立前后那段时期，还是进入和平建设年代以后；也无论是做记者，还是当领导，杨行奎都充分利用手中的笔，写出了一篇又一篇贴近生活、贴近群众、充满干劲、鼓舞士气的文章。按今天的话说，“满满的正能量”。

比如在《拜年》这篇文章中，杨行奎详细介绍了 1950 年春节期间给群众拜年时的见闻，通过群众之口，反映了共产党领导下的新中国带给老百姓的幸福感和对美好未来的憧憬。今天读来，依然感同身受，备受鼓舞。

当时，淮海报社还在沭阳办公。春节休假的第二天，也就是大年初一，前街后街的人家都在为庆贺这个新岁而忙着。杨行奎随淮海印刷厂和沭城东兴镇的几位同志一起，到烈军家属家去拜年。

他们出发后，径直来到一栋坐西朝东、只有两间大小的草屋处，这里住着一对七旬老夫妻——刘老爹和刘奶奶。他们的儿子在人民解放军里当连指导员。

刘奶奶虽然年纪大，身子倒还壮。刘老爹因为湿气腿毛病，在床上已躺了近 3 个月，在地方干部和四邻照应下，现在已能慢慢地起床了。

杨行奎他们进了门，和二位老人互相恭喜拜年。

然后，有人问刘老爹“腿好了吗”，刘老爹就说：“多亏政府和邻居们照应，现在已经可以慢慢地走了。”

接着，刘老爹又说：“要不是这腿发毛病，一副挑子搭上老伴儿的一个粪箕儿，终天拾粪卖，就可以糊口了。我知政府的困难，实在不愿意去麻烦政府。”

刘奶奶则接话道：“自从学明参军后，政府和邻居们对我们实在好，去年过年仲会长送三棵黄芽菜、斤把粉条；今年，腊月二十七那天，镇里救济十二斤秫秫，二十八那天，我们又领了黄呢大衣、鞋、帽等救济品，穿起来都成老八路了。”

说到这里，大家都笑起来，刘奶奶更是高兴极了，还起身到里屋将大衣拿出来给大家看。见了大衣，大家赞不绝口。

刘奶奶又回里屋提出一只小笆斗，指着笆斗里的米说：“这是昨天深夜，各家都睡了，邵街长提着灯笼送来的五斤大米，给我们过年的。”

杨行奎他们知道，今年是个荒年，群众很不容易，所以各级政府都采取措施帮扶困难家庭。

接着，刘奶奶还诉说了他们家贫困的根本原因：“想起过这个荒年，不是十几年来国民党反动派在这里左抢右劫的，哪能到这步田地呢？我记得很清楚，前年四月十七那天，蒋匪兵强行将我家的几间东屋拆掉了，不但砖头弄去做工事，连木料都抢去六根……”

刘老爹忽然打断刘奶奶的话说：“那天拆房子，要不是我和那帮贼硬拼，连那三根顶梁也抢光了。现在国民党反动派快完蛋了，学明常来信说，等打下台湾，解放全中国，老百姓就更有好日子过了。我要写信告诉学明，好好地练本事，打下最后这个胜仗。”

说完，刘老爹话锋一转，评价起了儿子的写字水平：“部队里真比我家会教育多了，学明写的字比从前高强十倍。”

说着，他自豪地拿出儿子的信给大家看。

正在杨行奎他们看信的时候，隔壁的孙奶奶走过来说：“刘奶奶，你今天没去钩金子（拾粪）吗？我已钩两三趟了。”

刘奶奶说：“今天早上我未去，家里有客，待会儿就去。”

说完，刘奶奶回过头来对杨行奎他们说：“生产劳动度春荒哪！”

在刘奶奶诚恳朴实的话声中，杨行奎他们告别了二老，向另一户人家走去。

当天的拜年活动结束后，杨行奎有感而发，立即和同事合作，写下了

《拜年》这篇文章，把拜年过程中所见所闻，特别是刘老爹刘奶奶二位老人说的心里话，给详细呈现了出来，并很快发表于《淮海报》。

文章合为时而著。《拜年》这样的纪实文章，因字里行间流露出真感情、真思想，又很应景，所以深受读者的欢迎。

而在这篇文章中，还提到了邻居孙奶奶邀请刘奶奶“钩金子”的细节，透出的那股泥土气息，不禁令人遐想。

事实上，从偏远小村庄杨牌坊走出来的杨行奎，在近半个世纪的革命生涯中，对农村、对农民、对农事有一种天然的亲近感，所写的百余篇文章大都与“三农”有着密切的关系。这些文章，不仅贴近时代、贴近农民、贴近生活，而且具有翔实的史料价值，已然成为那段历史的见证。

就拿前面提到的“钩金子”来说吧，杨行奎便曾专门写过一篇题为《沭城粪》的文章，对曾经风靡一时的拾粪现象进行了生动反映。

庄稼一枝花，全靠粪当家。在没有化肥的年代，粪便确实是一种天然而高效的种地肥料。

根据杨行奎的亲眼所见，当时在苏北沭阳，很多农民为养家糊口，到处收集粪便，然后拿到县城变卖。他们还给拾粪起了个雅致而形象的名字：钩金子。

“每天拾粪的人才吃香呢，每晚还要小酒壶提提。”“双军属徐殿友带动七家人拾粪，养活了 16 口人。”“从农历正月初起，已用 2500 斤杂粮，收兑 1200 笆斗粪。”……

这些言简意赅甚至土得掉渣的文字，恰恰描绘出了当年沭阳农耕园里一奇葩：钩金子，过生活！

杨行奎的女儿杨芳莉告诉我，小时候他们姊妹几个最喜欢以此来调侃父亲：“什么不好写，为什么要写沭城粪？”

每当此时，父亲总是笑着跟他们说：“你们最好抽空读读。”

杨芳莉说，真是非常遗憾，那个时候他们只管拿文章题目寻开心，压根儿没读过内容，也不愿读。

直到1974年，杨芳莉高中毕业插队到沭阳农村，才深切领会到了父亲关注“沭城粪”的用意，也终于明白父亲为什么要费尽笔墨写这样的文章，并且要他们姊妹几个“最好抽空读读”了。

文章中朴实的纪实性描述，对农民生活的深入调查，对人物的细腻刻画，对旧势力的抨击，对新生活的赞扬，再现了当时沭阳社会的多姿生态。尤其将拾粪称为“钩金子”，不仅是当年农民对拾粪的形象而生动的比喻，更是他们乐此不疲的真情表达。

杨芳莉确实没想到，故乡的人们竟有如此轰轰烈烈的壮举，拾粪不仅能养家糊口，还能如此的大规模、上水平，并受到政府重视，就连《沭城粪》这样的文章，也能被报纸隆重刊出。

或许正因此，杨芳莉在插队时也对沭阳人拾粪多了一分关注，继而多了一分情感。及至今天，沭阳人一早拾粪的情景还时不时在她眼前出现。

她记得，那时一到冬日，每天天还没亮，庄户人家的煤油灯便已纷纷亮起，随着门闩的响动，乡亲们不约而同，身背粪箕，夹着粪勺，奔波在乡间小道、田野沟壑等处。

他们步履匆匆，双眼扫描着四周，偶尔相遇也是极少寒暄，顶多客套一番便各奔东西。还没有粪箕高的孩子也早早起床，揉揉惺忪的睡眼，家前屋后低头寻觅，即使雨雪天也不能阻挡他们的脚步……

毋庸置疑，他们在干着《沭城粪》中描写的活儿“钩金子”，俗称“拾粪”！

那时候，土地归集体所有，大家一起干活，干一天记10分工，10分工相当于一角多钱。而一粪箕的粪，也能值4分工，所以许多人将捡到的粪上交给生产队换取工分。

也正因此，早起拾粪成了乡亲们不约而同的光荣行动。他们视粪肥为珍宝，拾粪寄托着对生产与丰收的美好憧憬。

如今几十年过去，杨芳莉在整理父亲革命事迹时，再次阅读了《沭城粪》这篇文章，才发觉就像歌中所唱，“时光一去永不回，往事只能回味！”

俱往矣，换了人间。正如杨芳莉所感慨，随着时代的发展、社会的进步，那个极具“时代感”的“钩金子 ”活儿，已经成了一个时代的“缩影”。拾粪工具跟许多农具一样，逐渐退出了农耕历史舞台，或被遗忘在某个角落。但拾粪的经历仍保留在许多人的记忆里，时不时给人以厚重的历史怀想。

如今的孩子们，再也听不到“钩金子”这一说法，更看不到父辈们拾粪的背影，恐怕也难以领悟到其中的乐趣和艰辛。

然而中国农民那种天然的淳朴，那种视土地为生命的坚贞，那种艰苦奋斗、勤俭持家、奉献社会的劳动精神，定当永远传承。

杨行奎以一位革命者、媒体人的身份，写下《沭城粪》这样的文章乃至其他方面的文章，现实意义及历史意义不均在于此吗?

8. 七旬老人当“交通员”

交通员，通常是指在革命战争年代熟悉某地情况，有一定人脉网络，能够完成护送重要领导或传递重要情报等任务的人。

杨琛在正式加入人民军队之前，曾在家乡杨牌坊当过革命组织的交通员。没想到，在他年迈离休之后，受儿子杨星光的委托，又成功地当了一次“交通员”。

那是 1985 年，杨星光在原沈阳军区某政法单位任副处长。这一年的年初时节，杨星光所在单位侦破了一起性暴力犯罪案件，移送起诉后不久，上级就下了判决——死刑，立即执行。

这个判决，在杨星光等经办人和知情群众中反响比较大。

虽说被告人无视法律侵害他人确实应该严惩，但是比照法理以及其他案件，尤其是前不久发生的另一起与之性质、情节相差不多的类似案件，很多人觉得两个判例的处理结果相差过大，认为眼前这起案件的被告人罪不至死。更何况，被告人年仅 19 岁，实在让人觉得惋惜。

于是，杨星光和同事们将各自的看法及意见汇总后，以文字形式向上级作了正式的报告，建议对被告人从轻量刑。

但一段时间过后，上级并没有表示明确态度，既不催办也不复核。案件的处理，呈现一种搁置甚至僵持的状态。

这天，杨星光突然想起，当时在安排被告人亲属与被告人作死刑前最后告别时，被告人亲属中有一位身着西装的中年男子，听说是被告人的伯父，在某高校工作。

杨星光就想，这个人应该是被告人亲属中唯一能讲清楚问题的人，如果由他以被告人亲属的名义向上级再作一次正式的申诉，并阐述相关理由，或许是保住被告人生命的最后一线希望。

然而，这个人工作的地方远在千里之外，交通、通信皆不便，想直接联系上对方几乎不可能，这又该怎么办呢？

正在杨星光为难之际，他忽然想到，自己的父亲杨琛不就居住在那里吗？如果能让父亲辛苦一趟，跑上门去联系那个人，不也可以解决问题吗？

思前想后，杨星光觉得只能劳驾一下父亲了。

只是，让年近七旬的父亲为自己去跑这样的事情，杨星光还是有很多顾虑的：

一方面，老人家身体状态一直不好，当时又时值盛夏，酷热难当，实在是于心不忍；另一方面，老爸一向疾恶如仇，为着一个犯了重罪的人去争取最后的生存机会，老人家是否能够想得通？

再者说，案件中的法律关系相对复杂，老爸是否能够听得清楚，讲得明白？

然而，当杨星光用长途电话试探着向杨琛讲明情况及其原委，问他能不能帮这个忙时，杨琛非常明确地表示，这样的事情应当去做，而且必须做好。

在接下来的日子里，杨琛老人拖着病躯，顶着烈日，颇费周折地在那所高校数千名的教职工中找到了这位当时只知其姓、不知其名的被告人亲属，代为转达了杨星光的建议及交代，还帮着分析申诉的角度，并嘱咐其中应该注意的问题，等等，令对方深受感动。

一段相对难熬的等待之后，在包括被告人亲属在内的各方面人员的共同努力下，上级相关部门终于派人下来进行了专题调查，并作出改判——死刑，缓期二年执行。

一条年轻的、曾经有罪的生命终于可以在劳动改造中继续存活了。

反观这起案件的艰难改判过程，杨琛、杨星光父子俩均很感慨。从法治层面去讲，这样做更加体现了“罪刑相适应”原则，真正地维护了法律的尊严；按民间的话来说，是“救人一命，胜造七级浮屠”。

时隔不久，作为被告人亲属的那位高校教师打听到杨琛的住处，拎着一篮水果前去致谢。

没想到的是，杨琛挡在门口对他说：“我们出来干革命的人，不光是为着实现救国救民的理想，还有着梁山好汉般的情怀，见到不公平的事，必然会出手相助。你若送这水果，就不要进我的家门！”

对方见状，只好恭敬不如从命——又将那水果原封不动地拎了回去。

数月之后，杨星光因公出差路过杨琛那里，杨琛跟他讲了那位被告人亲属给他送水果又被退回的事情。

杨星光伸出拇指，连声称赞道：“老爸，你这资深的交通员不光业务精湛，还挺高风亮节的呢！”

9. 退伍不褪色

2020年10月下旬的一天，89岁高龄的张惠琴在家中收到了由中共中央、国务院、中央军委向志愿军老战士颁发的“中国人民志愿军抗美援朝出国作战70周年”纪念章。手捧纪念章，老人家抚今追昔，感慨万千，止不住露出了欣慰的笑容。

老家在河北省乐亭县胡家坨乡东走马浮村的张惠琴，1947年参加中国人民解放军，毕业于中国医科大学四分校热河医学院，先后在东北军区第一陆军医院内科、中国人民志愿军陆军第39军教导大队、中国人民解放军陆军第39军文化速成学校、陆军第349团、原沈阳军区八一学校卫生所、哈尔滨蓄电池厂卫生所工作。历任住院医师、卫生所所长、主治医师。

张惠琴在我国解放战争的关键时期参加中国人民解放军，经历了艰苦危难的战争考验，曾跟随部队以徒步行军的方式从华北一路走到祖国东北。她奋不顾身，积极努力地救治伤员，周到细致地为病员服务，受到各方面一致好评。1950年3月，被评为热河省（中国旧行政区划的省份之一，位于河北省、辽宁省和内蒙古自治区交界地带，1955年撤销）妇女模范。1954年5月，荣立个人三等功。

张惠琴与负有战伤的资深革命军人杨琛结婚，成为杨牌坊革命大家庭中的一员。随丈夫任职地点的不断变动，相对频繁地变换工作岗位，她毫无怨言，始终努力工作，成了所在单位和家庭中的顶梁柱。

从1956年起，张惠琴担任原沈阳军区八一学校卫生所所长15年。她积极为学校广大学生和教职员工服务，积极预防，精心救治，连续多年被评为先进工作者。“文化大革命”期间，在派性武斗、交通中断情况下，她以步行或乘坐他人自行车后座的形式，坚持每日按时上下班。

1970年，在北方边境形势高度紧张阶段，张惠琴随杨琛到黑龙江省工作。为照顾好丈夫的健康起居，她主动选择到规模较小、经济效益不好但与家庭居住地点较近的企业——哈尔滨蓄电池厂工作。

在完成好本职工作的同时，她把大量精力用在了照顾杨琛的健康和生活方面。每当到了下班时间，她甚至顾不上等公交车，便急匆匆地步行回家，体贴入微地照顾杨琛。

因该厂职工在工资待遇上的历史欠账较多，而张惠琴基础级别相对较高，致使她在该厂工作十几年，工资待遇基本未获调整。

张惠琴在蓄电池厂工作时，通过刻苦自学，以参加全国统一考试的形式，获得了国家认可的晋升技术职称的外语资格。

张惠琴还和杨琛一道，十分重视对家庭成员的革命理想和文化知识教育，家中的下一代都成了有理想、有担当、有一定本领的祖国建设者和保卫者。

转业后的几十年间，张惠琴就这样坚持退伍不褪色、退役不褪魂、转岗不移志。她曾经说过，就算脱下了军装，也不能忘记军人本色。

在获得“中国人民志愿军抗美援朝出国作战 70 周年”纪念章的前一年及后一年，张惠琴还分别获得了中共中央、国务院、中央军委颁发的“庆祝中华人民共和国成立 70 周年”纪念章和中共中央颁发的“光荣在党 50 年”纪念章。

10. 滚滚长江寄深情

1993 年 8 月的一天，湖北武汉长江大桥下游某码头，一艘大型木船的甲板上，庄严肃穆，人们表情凝重，眼眶湿润，一场特殊的送别仪式正在进行。

船，缓缓地离开码头。到了江中心，掉转航向，慢慢向着汉江口驶去。

杨秉国的骨灰，在其儿女及亲友们的护送下，撒放在了滚滚江水之中。

这一刻，圆了他魂归长江、魂归自然之梦。

生命犹如一场旅行，每一片回忆都充满对逝者的爱与崇敬。

回顾杨秉国的革命一生，主要经历了三个省份——江苏、安徽、湖北，竟然都与长江有关：

出生地，也是他最初参加革命的地方——江苏省沭阳县马厂杨牌坊，离长江只有200多公里；

革命第二站——安徽灵璧、固镇等地，离长江最近处则不足200公里；

中华人民共和国成立后主要的工作生活地——湖北武汉、孝感、恩施等地，离长江就更近了，可谓近在咫尺……

或许正因此，杨秉国生前留下遗愿，希望儿女们将其骨灰撒放到长江。

杨秉国于1943年投身革命后，历任沭阳县公安局通信员、书记、内勤股股长，沭阳县机动大队排长，安徽省灵璧县高楼区公安区员、下街区副区长、固镇市副市长、大山区副政委，皖北军区宿县分区灵璧独立团组织副股长，宿县分区政治部干事、秘书，安徽省公安总队部秘书、警备科副科长、第六预备师防空主任等。

1955年2月，武汉军区成立，杨秉国所在的第六预备师调归武汉军区领导，并于当年9月到达武汉。随后，杨秉国担任武汉军区司令部作战参谋，次年又被公派到南京军事学院进修学习。

时间一晃3年就过去了，杨秉国顺利地从南京军事学院毕业。回到部队，杨秉国就被提升为团职干部，并被授予少校军衔。

后来，杨秉国又陆续担任了武汉军区司令部战役训练科副科长，军训部干部训练科副科长、科长，长江航务管理局政工组组长，武汉港务局党委书记，湖北省孝感军分区副司令员、鄂西军分区司令员等职。在训练科期间，还兼任过《战斗报》的军事记者。

杨秉国一生秉直，一心为公，从不以权谋私。随着职务的提升，手中权力愈来愈大，但他对自己从没有特殊要求，真正做到了两袖清风、清正廉洁。

老家一些晚辈怀揣当兵梦想，希望他能直接带入部队，或帮忙疏通关系，他却总是果断拒绝，并很严肃地说："想当兵是好事，但要通过正常渠道，而不能指望走后门。"

杨秉国为中国人民的解放事业建立了功绩，也为我军的革命化、现代化、正规化建设和社会主义现代化建设奉献了全部智慧和精力。

中华人民共和国成立后，他曾当选为湖北省第六届人大代表，政协湖北省第五届委员会委员。1956 年荣获中华人民共和国三级独立自由勋章和三级解放勋章，1988 年荣获中国人民解放军独立功勋荣誉章。1964 年，晋升中校军衔。

离休以后，杨秉国义务担任武汉马房山干休所老干部党支部书记、管委会副主任等职。他时刻关心党和国家的大事，关心部队和民兵预备役建设，积极主动地为干休所建设操劳献计，贡献余热。

杨秉国大半辈子都是围绕长江流域的省市工作、学习和生活，“文化大革命”中又在武汉长江航务管理局和武汉港务局任职多年，对长江有着特殊而深厚的感情。临终前，他一再嘱托儿女们，后事一定要从简，并把自己的骨灰撒放长江，让他和长江共存，回归大自然。

这就是一位革命者的胸怀，这就是一位游子的情意。他把自己的一生奉献给了国家和人民，背井离乡，漂泊异地，心甘情愿，无怨无悔。奔腾不息的长江水，见证着他的功绩，寄托着他的深情。

杨秉国的去世，对于妻子范锡华来说，无疑是个沉重打击。虽有儿女陪伴身边，但她依然觉得孤单。

不过，她很快就从阴影中走出来了，因为她还要关心儿女，还要支撑起这个家。

那段时间，范锡华是很不容易的，她没有工作单位，仅靠组织上给的生活费，可谓杯水车薪。但她作为一名曾经的革命军人，就跟丈夫一样，身上有着一种坚强而高贵的品质，宁愿自己苦点、累点、困难点，也不向别人伸手，更不向组织提困难。

范锡华 1943 年参加革命后，先后担任范湾乡妇救会会长、沭阳县机动大队战士、安徽灵璧县公安区员、皖北军区宿县分区政治部秘书室干事、安徽公安总队第六预备师战士等。其中在宿县分区政治部秘书室期间，还和杨秉国是同事，成为令人羡慕的军中“夫妻档”。

中华人民共和国成立后，范锡华曾穿着军装随杨秉国回老家探亲。军装上神圣的“公安”字样，给人以威武之感，令好多人印象深刻。当时只有七八岁的小叔子杨秉武，对嫂子的公安兵着装便记忆犹新，直到今天回忆起来还赞不绝口。

然而，个人的命运总是与国家命运以及大环境紧紧联系在一起的，并随之改变。武汉军区成立后，范锡华与杨秉国一起，随第六预备师来到了武汉。可是没多久，形势急转直下，范锡华的命运也随之发生改变。

1957 年 2 月，武汉军区召开扩大会议，传达贯彻军委《关于裁减军队数量加强质量的决定》，部署军区组织编制的调整工作。按照重点裁减、逐步充实的原则，会议作出了撤销武汉军区公安军司令部番号；第六预备役训练师由六个团缩编为 3—4 个团等决定。

对于国家来说，精简整编的意义不言而喻，既压缩了军队总定额，减少了军费开支，也向地方输送了一大批骨干。同时，更理顺了军队的编制体制，提高了军队的质量建设。

然而对于个人来说，却有诸多的不舍。战争年代冲锋陷阵，出生入死，全凭一身军装提供不竭动力，如今忽然要脱下军装离开军营，谁能释然？我们在《特赦 1959》等影视作品中经常看到这方面的情节，每每都感慨良多，忍不住对军人的纯真情怀点赞。

就在这次精简改编中，范锡华也在裁员之列。一开始，她也有点想不通，甚至想到过让杨秉国出面说情，将她留下。但最终，为了不给杨秉国增加负担，她还是选择了理解与服从。

1958 年 2 月，军区部队贯彻原总政治部“动员军官家属返乡生产”的指示，范锡华响应号召，带着孩子们回到了老家杨牌坊。

当时恰逢自然灾害严重，为了让丈夫一心一意在部队工作，同时不给老家的亲人增添麻烦，范锡华便在马厂街租了间房子，独自带着孩子们生活。

杨秉国那个时候在部队的收入还不是很高，他又是个大孝子，每月都要寄点钱给父母补贴家用，所以提供给范锡华的生活费总是有限的，常常捉襟见肘，有时甚至入不敷出。

为了解决经济来源，范锡华不惜放下曾经的军人身份，毅然加入街上的缝纫社，靠给别人缝衣裳、做手工活挣钱，养家糊口。

当时，大女儿杨平风和大儿子杨星平上小学，二女儿杨迎平、二儿子杨星华还小，范锡华便一边照顾杨迎平、杨星华两个小孩，一边在缝纫社干活。

回忆起那段经历，已经退休的杨星华满怀感慨。他说，母亲太伟大了，在那艰苦的年代，为了让父亲在部队安心工作，她一人带着四个孩子生活，非常不容易。

有一次，几个孩子到爷爷奶奶家玩，见村头小河沟里涨水了，便把一只木盆放到水里当小船划。其间，杨星平还让年龄最小的杨星华坐到木盆里，感受坐船的滋味，谁知一不小心弄翻了木盆，杨星华落到了水里。幸亏拖拽及时，才没有酿成悲剧。

范锡华后来听说了，感到很后怕，但她又心疼孩子，所以也没怎么责备他们，只要求他们以后玩耍时务必注意安全，不要粗心大意，以免发生意外。

杨星华回忆说，长大后，妈妈常提起这事，既当乐趣，也当提醒。而每当此时，哥哥杨星平总是一言不发，只顾偷笑。

还有一次，杨星华和二姐杨迎平一起出去玩。路过街坊李奶奶家的时候，杨星华坐下来点火玩，结果一阵风吹来，竟然把李奶奶家的凉棚给烧着了。左邻右舍发现后，赶忙跑过来帮忙灭火，有的人还挑着粪桶赶来。

当时正好杨秉国回家探亲，杨星华怕爸爸揍他，便跑回家躲到床底下不敢出来。但后来还是被父母训了一顿，令他至今记忆犹新。

今天回忆起来是欢乐有趣的往事，可在当时，却给范锡华造成了不小的思想负担，她一边要挣钱养家，一边还要为孩子们的成长费心劳神，担惊受怕。同时，她还要为丈夫在部队里生活得怎么样，能否吃好喝好自我照顾好而牵肠挂肚。

这种状况，直到后来杨秉国的官职提升，范锡华及孩子们可以到部队长期生活了才有所改变。从此，他们一家人又在武汉团聚和定居了。

只是，到了武汉以后，由于杨秉国工作忙，再加上他个性耿直，不愿走后门，所以范锡华的工作问题一直没能得到落实，她始终在家操持家务和照顾孩子。用次子杨星华的说法，为支持丈夫工作，她“一直做家属”。

但是，范锡华毕竟是一名共产党员，对于这些还是能够理解的。她更清楚，夫妻俩能和和睦睦地相守，一家人能快快乐乐地生活，这才是最重要的。

2001 年 2 月 18 日，范锡华去世，骨灰也被撒放在了长江。

她生前有遗嘱，要儿女们将其骨灰撒放长江，因为她知道，丈夫杨秉国在那里等她，他们要携手漂泊，直到永恒……

第六编
传承

理想信念的火种、红色传统的基因一代代传下去，让革命事业薪火相传、血脉永续。

第十三章 薪火相传铸军魂

套用黑格尔的话说，历史中有属于未来的东西，找到了，思想就永恒；传承下来了，发展就永恒。

转化到革命传统、红色基因上，又何尝不是？

或许正因此，党和国家领导人明确提出，要把理想信念的火种、红色传统的基因一代代传下去，让革命事业薪火相传、血脉永续。

我们欣喜地看到，在红色村庄杨牌坊，这一点得到了很好的践行。

中华人民共和国成立前，杨牌坊有 30 多人参加人民军队或地方革命工作，形成了光荣的革命传统。而中华人民共和国成立后，这一传统在杨牌坊后人中得到了继承和发扬，迄今为止先后有 40 多人投身军营，支持国防。

在他们中，有陆军、空军、海军，有武警，也有边防军；有指挥官，也有文职干部；有人参加了援老（挝）抗美、对越自卫反击战，也有人参加了抗洪抢险、大兴安岭灭火、抗击新冠肺炎疫情等重大行动。

可以说，他们和全国各地的广大官兵一道，牢记初心使命，赓续红色基因，主动融入社会发展、国家建设、时代进步的洪流，已然汇聚起实现民族复兴的磅礴力量。

难能可贵的是，他们中既有“军二代”，也有“夫妻兵”，更有祖孙三代从军的。

他们，在传承历史，也在创造历史。

所以，回顾、总结、书写杨牌坊的红色历史，是不能忽略他们这些革命后代、和平时期“最可爱的人”的。

1. 崇军传统代代扬

杨牌坊的“崇军现象”，从中华人民共和国成立前一直延续到今天，不仅没有随着国家太平、社会安宁而消失，反而被其后人代代继承，不断发扬。不妨以时间为轴，来认识一下和平年代的杨牌坊军人们：

杨秉桂，1938 年出生于沭阳县马厂杨牌坊，为杨牌坊杨氏十二世孙。1955 年参军。1955 年 7 月 30 日，第一届全国人民代表大会第二次会议通过并正式颁布了第一部《中华人民共和国兵役法》，兵役法规定，人民解放军由志愿兵役制改为义务兵役制。至此，中国开始实行义务兵役制。1955 年，杨秉桂与全国各地的广大热血青年一道应征入伍，成了新中国第一批义务兵。1959 年退役后，杨秉桂被安置在北京兵工厂工作，曾任采购科科长。

杨炳柱，又名杨秉柱，1936 年 3 月出生于沭阳县马厂杨牌坊，为杨牌坊杨氏十二世孙。1956 年 3 月参军，在中国人民解放军 0100 部队高炮营营直炊事班任炊事员。在炊事班，杨秉柱工作主动、肯干，在豆腐站担任磨豆腐工作时，每天都在别人之前起床，后来担任做菜工作时，更能虚心学习，主动做好分内分外的事情，多次受到领导表扬，还于 1957 年 7 月被批准晋升为上等兵军衔。1959 年 3 月退伍。

杨秉银，1936 年 9 月出生于沭阳县马厂杨牌坊，为杨牌坊杨氏十二世孙。1960 年 7 月 1 日加入中国共产党，1962 年在苏北农学院毕业后，参加中国人民解放军，任 21 集团军某研究所所长。1976 年退伍后，任西安医药公司书记，直至退休。

杨星芝，1942 年 12 月 26 日出生于沭阳县马厂杨牌坊，为杨牌坊杨氏十三世孙。1964 年 8 月参军，1968 年加入中国共产党。在江苏盐城滨海某炮兵部队服役，曾荣立三等功，1970 年 1 月退伍后在江苏省地质队工作。

杨维帮，1942 年 3 月出生于沭阳县马厂杨牌坊，为杨牌坊杨氏十一世孙。1964 年 8 月加入中国共产党，1965 年 3 月参军，在中国人民解放军 6511 部队服役，1968 年 3 月退伍。

杨兴柏，曾用名杨星柏、杨新柏，1942 年 12 月出生于沭阳县马厂杨牌坊，为杨牌坊杨氏十三世孙。1965 年 3 月参军，1968 年 3 月加入中国共产党，在中国人民解放军 6511 部队政治处服役，曾任副班长，获得过 3 次“五好战士”称号、1 次“特等炮手”称号。

杨星光，杨牌坊老革命杨琛之长子，1953 年 1 月出生，为杨牌坊杨氏十三世孙。1969 年 1 月参军，1971 年 10 月加入中国共产党。先后任战士、干事、原沈阳军区后勤部政治部副处长、团单位政委、总参兵种部沈阳军事代表局政治部主任、原总装备部沈阳军事代表局政委、原总装备部南京军事代表局政委。大校军衔。1985 年、1987 年、1992 年各立个人三等功一次，受嘉奖 10 余次。2008 年 5 月退休。

王凤兰，杨牌坊军人杨星光（杨牌坊老革命杨琛之长子）之妻，1953 年 10 月出生，1969 年 2 月参军，1973 年 11 月加入中国共产党。1969 年 2 月在青海格尔木总后独立通信营服役，1973 年以后在军医大学和原沈阳军区第 202 医院学习工作，任主治医师。多次受到部队嘉奖，被评为优秀共产党员。2000 年 9 月退休。

杨星平，杨牌坊老革命杨秉国之长子，1953 年 1 月出生，为杨牌坊杨氏十三世孙。1969 年 4 月参军，1981 年部队复员到长航科研所，1982 年任中国武汉外轮代理公司副经理，1986 年任珠海汇海航运公司总经理，1987 年任中国武汉外轮代理公司副总经理，1996 年任武汉中货总经理助理、副总经理，2001 年任武汉中货党委书记，直至退休。

杨星明，杨牌坊老革命杨琛之次子，1954 年 11 月出生，为杨牌坊杨氏十三世孙。1969 年 12 月参军，1972 年 8 月入党。曾就读于铁道兵工程学院（中专）、西南交通大学（大专）、解放军运输工程学院（本科）、哈尔滨师范学院（研究生）。先后任战士、保密员、参谋，中国人民解放军驻铁路绥化车站军代处主任，中国人民解放军驻哈尔滨铁路分局军代处副主任、主任、高级工程师。大校军衔，专业技术四级。多次参加紧急军事行动和抢险救灾工作，因工作突出曾荣立个人三等功 5 次，研究成果获军队科技进步三等奖 3 项、四等奖 2 项，军内外报纸、杂志发表文章 80 多篇，多次受到解放军总部、原沈阳军区和地方政府的表彰，2011 年 12 月获国防服役金质奖章。2014 年 12 月退休。

薛亚萍，杨牌坊军人杨星明（杨牌坊老革命杨琛之次子）之妻，1955 年 11 月 1 日出生，1972 年 12 月参军，1977 年 8 月入党。曾就读于黑龙江党政干部基础科（大专）、原沈阳军区军医学校护理专业（大专）。先后任 208 医院战士、护士，松花江军分区卫生所护士，211 医院门诊部护士、主管护师，专业技术七级。多次被评为先进工作者和优秀党员，发表学术论文 20 多篇，获得军队科技进步四等奖 1 项。参加过抢救唐山地震的伤员工作。2002 年 12 月退休。

杨跃刚，1952 年 3 月出生于沭阳县马厂杨牌坊，为杨牌坊杨氏十三世孙。1971 年 1 月参军，在中国人民解放军 51229 部队服役，曾任班长。1972 年 12 月加入中国共产党。1977 年退伍。

杨星广，1956 年 4 月出生于沭阳县马厂杨牌坊，为杨牌坊杨氏十三世孙。1971 年 1 月参军，在中国人民解放军 51188 部队服役，曾获集体嘉奖。1975 年 9 月加入中国共产党。1976 年 2 月退伍。

杨兴法，1953 年 3 月 29 日出生于沭阳县马厂杨牌坊，为杨牌坊杨氏十三世孙。1972 年 6 月加入中国共产主义青年团，1973 年 1 月参军，在中国人民解放军 843 部队服役，任工程兵、副班长等，负责铀矿开采，曾 5 次受到连队嘉奖。1978 年 4 月退伍。

杨星华，杨牌坊老革命杨琛之三子，1957 年 1 月出生，为杨牌坊杨氏十三世孙。1973 年 1 月参军。先后在原沈阳军区第 211 医院、哈尔滨市房地产局、哈大铁路客运专线指挥部工作。1985 年转业。

杨树东，1952年11月9日出生于沭阳县马厂杨牌坊，为杨牌坊杨氏十四世孙。1974年1月参军，先是在原南京军区工程兵建筑第140团服役，后来调入143团，于1976年11月随该团赴老挝参加援建任务。1978年1月加入中国共产党。曾受到连队嘉奖1次。1977年4月转业。

杨兴富，杨牌坊老革命杨峰（杨秉仲）之次子，1959年2月10日出生于沭阳县马厂杨牌坊，为杨牌坊杨氏十三世孙。1976年12月参军，服役于中国人民解放军陆军第60军军部警卫连，1978年4月加入中国共产党，1978年12月1日任60军军部警卫连3班班长，曾4次立功受奖，1次被军直政处评为优秀义务兵，1979年被选为对越参战预备班班长，后获得参战纪念章，1982年1月转业，分配到沭阳影剧院工作。

秦昕，杨牌坊军人杨星华（杨牌坊老革命杨琛之三子）之妻，1965年2月1日出生，先后在原沈阳军区第211医院、哈尔滨市房地产局、哈尔滨市房地产开发公司工作。

杨素西，又名杨树西，1961年6月出生于沭阳县马厂杨牌坊，为杨牌坊杨氏十四世孙。1981年1月参军，在中国人民解放军81149部队服役，曾受到连队嘉奖2次。1984年1月退伍。

杨军，1974年11月2日出生于沭阳县马厂杨牌坊，为杨牌坊杨氏十二世孙。1991年11月1日参军，1994年10月加入中国共产党。曾受到团部嘉奖2次，连队嘉奖6次。1994年11月退伍。

杨卓，杨牌坊军人杨星光（杨牌坊老革命杨琛之长子）之子，1979年4月出生，为杨牌坊杨氏十四世孙。1997年7月加入中国共产党，1999年军校毕业，在工程兵沈阳军代表室任军事代表、工程师。其间，在解放军军械工程学院获工程硕士学位。多次受部队嘉奖，1998年荣立三等功。2010年转业地方工作后，在沈阳市浑南区司法局任司法所所长，连续多年被评为优秀公务员，再次立三等功。被评为沈阳市“六五”普法先进个人。

杨越，杨牌坊军人杨星明（杨牌坊老革命杨琛之次子）之子，1982年6月30日出生，为杨牌坊杨氏十四世孙。1996年12月参军，2002年8月加入中国共产党。曾就读于原沈阳军区大连陆军学院（中专）、解放军军事经济学院（本科）。先后任中国人民解放军第23集团军高炮旅战士、班长、军校学员，23集团军高炮旅司务长、副连长，吉林省德惠市人武部参谋（正连职），陆军中尉军衔。2006年12月转业至哈尔滨工作。曾荣立个人三等功2次，获得过“哈尔滨市机关优秀青年”“市直属机关五四奖章”“共青团哈尔滨市杰出青年岗位能手”“哈尔滨市工信委优秀共产党员”等称号，多次被评为优秀公务员，2020年被评为黑龙江省抗击新冠肺炎疫情先进个人。

杨洋，1981年4月出生于沭阳县马厂杨牌坊，为杨牌坊杨氏十四世孙。1995年4月加入中国共产主义青年团，1999年12月参军，在71643部队73分队服役，一级士官预备役军衔，上等兵现役军衔。2001年12月退役。

杨树亮，1982年5月出生于沭阳县马厂杨牌坊，为杨牌坊杨氏十四世孙。2000年12月参军，在新疆军区塔城军分区边防某团服役。2002年12月退伍。

杨征宇，杨牌坊老革命杨秉承之孙，1985年3月出生，为杨牌坊杨氏十四世孙。2003年考入军校，2006年入党，2016年副营职少校转业至扬州市民政系统工作。

杨磊，1985年4月出生于沭阳县马厂杨牌坊，为杨牌坊杨氏十四世孙。2003年12月参军，在中国人民武装警察部队山西省太原市支队服役，一级士官预备役警衔，上等兵现役警衔。2005年12月退伍。

杨艳辉，1986年2月8日出生于沭阳县马厂杨牌坊，为杨牌坊杨氏十五世孙。2003年12月参军，2005年11月加入中国共产党，上士预备役警衔，中士现役警衔。2003年12月任武警威海市支队新兵集训队士兵，2004年3月任武警威海市支队一中队士兵，2004年12月任武警威海支队一中队副班长，2006年3月任武警威海市支队一中队班长，2010年任武警威海市支队二中队班长。分别于2007年11月、2010年11月荣立个人三等功，2008年11月荣获武警总部“优秀士官人才三等奖”，2009年11月被评为“优秀士兵”，2010年8月被评为武警山东总队“十佳训练标兵”。

2011年12月退伍。

杨能，1984年12月出生于沭阳县马厂杨牌坊，为杨牌坊杨氏十四世孙。1999年10月加入中国共产主义青年团，2004年12月参军，在中国人民武装警察部队连云港市边防支队服役，一级士官预备役警衔，上等兵现役警衔。2005年3月因表现突出被嘉奖1次，2006年11月被评为“优秀士兵”。2006年12月退伍。

杨超，杨牌坊军人杨星华（杨牌坊老革命杨琛之三子）之子，1986年8月出生，为杨牌坊杨氏十四世孙。2008年5月入党，2009年6月于东北农业大学毕业后参军，在武警黑龙江边防总队绥芬河边防检查站服役，正营职少校警衔，服役期间曾荣立三等功1次。2019年12月转业。

曲洪乐，杨牌坊军人杨超（杨牌坊军人杨星华之子）之妻，1987年9月出生，2007年5月入党，2007年6月毕业于解放军军事经济学院，服役于武警黑龙江总队医院，正营职少校警衔。2018年12月转业。

杨卫军，1995年9月出生于沭阳县马厂杨牌坊，为杨牌坊杨氏十五世孙。2012年12月在中国人民武装警察部队山西省总队大同支队服役，2013年4月在中国人民武装警察部队山西省总队大同支队七中队服役，2013年7月在中国人民武装警察部队山西省总队直属支队八中队服役。下士预备役警衔，上等兵现役警衔。2014年12月退伍。

需要说明的是，由于时间匆忙，采访未及，杨牌坊还有一些和平年代军人的信息掌握不详，这里未能列出。

另外，杨牌坊不少女性的丈夫也是军人，他们同样为杨牌坊这个军人大家族、革命村庄、红色村庄增光添彩，成为杨牌坊“崇军现象”的一抹亮色。比如杨星惠（杨牌坊老革命杨琛之女）的丈夫王兆全；杨迎平（杨牌坊老革命杨秉国之二女儿）的丈夫邱木邑；杨皙（杨牌坊老革命杨秉国次子杨星华之女）的丈夫张小明；杨银成（杨牌坊老革命杨秉模侄儿）的姐夫侍秀高等。

2. 战火中的援建

中华人民共和国成立以后，中国人民解放军曾多次大发兵，赴国外或边境作战，抵抗侵略，保家卫国。

这些行动，有的是出于自卫还击，有的是对外进行军事援助。

影响比较大的有“抗美援朝”“援越抗法”“援越抗美”“中印边境自卫反击战”“对越自卫还击战”等。

而其中有一次发兵——“援老抗美”，很多人恐怕未必知道。

最近，退休多年、赋闲在家的杨树东向我讲述了他亲身经历的“援老抗美”的一些情况。

杨树东，1952 年 11 月 9 日出生，1973 年 11 月入伍，先是在原南京军区工程兵建筑第 140 团服役，后来调入 143 团，于 1976 年 11 月随该团赴老挝参加援建任务，是杨牌坊继参加抗美援朝的杨琛、杨秉钧等前辈之后，又一位出国执行任务的人。

当时，我们国家已经进入和平年代，可对于老挝来说，依然局势动荡、战火不断。这种形势下的对老援建，存在极大的困难与危险。回忆那段九死一生的经历，杨树东非常感慨而又义愤填膺地说：“都是老美作的怪！”

20 世纪六七十年代，美国在扩大越南战争、策动柬埔寨政变的同时，又在老挝制造动乱，以提供军事援助、派遣军事顾问等形式，大力扶植老挝亲美势力，对老挝人民进行残酷的“特种战争”。

老挝，位于东南亚的东北部，与亚洲多国接壤，是一个长期遭受外强侵略的国家。面对美国的侵略和亲美政权军队的进攻，老挝人民不畏强暴，开展抗美救国战争。

老挝是中国的友好邻邦，一衣带水，唇齿相依。为支持老挝人民捍卫民族独立、反抗外来侵略的正义事业，中共中央决定为老挝提供军事及物资援助，并帮助其修建公路。

从 1962 年起的十几年间，中国先后派出了 11 万余人的筑路工程大军，到老挝多个地区修建公路，改变了老挝公路匮乏、交通不便的历史。为了保障筑路工程的顺利进行和施工人员的安全，自 1969 年 3 月至 1973 年 11 月，中国人民解放军还派出高炮部队，先后出动多个大队（支队）、数万名官兵，担负援老筑路工程的防空作战任务，摧毁了美国一次又一次空中偷袭的阴谋。

资料显示，中国军队援老筑路的成果及顺序分别为：

1962 年 2 月至 1963 年 3 月：修筑丰帕线（丰沙里—帕卡），全长 81.476 公里。老挝首相将这条公路命名为“老中友谊路”。

1968 年 9 月至 1969 年 12 月：修筑老西线（孟赛—波亭），全长 100.397 公里。

1969 年 12 月至 1971 年 4 月：修筑新西线（孟赛—孟洪），全长 92.442 公里。

1971 年 1 月至 1972 年 3 月：修筑老东线(孟赛—孟夸),全长 100 公里。

（孟赛至波亭、孟洪、孟夸这三条公路的完成，使老挝北部的交通状况大为改观。）

1971 年 4 月至 1973 年 10 月：修筑北线（纳堆—孟新），全长 115.506 公里。

1971 年 5 月至 1973 年 10 月：修筑孟北线（孟洪—北本），全长 51.558 公里。

（孟北线和北线同年开工，同时竣工，这两条公路对老挝发展地方经济，开展抗美救国斗争具有重要作用。）

1973 年 9 月至 1978 年 4 月：修筑新东线（纳双—孟献），全长 280.867 公里。新东线交付使用后，老挝政府将其命名为“老中友谊一号公路”，并称“中国援建的‘老中友谊一号公路’是中国筑路干部和工人阶级国际主义精神和英勇精神的历史标志，它将永远竖立在这块英雄的老挝土地上”。至此，中国援老筑路的光荣使命圆满完成。

杨树东参加的是最后一批，即修筑新东线的援建任务。该线正式开工的时候，杨树东在国内才刚刚应征入伍，那时他还不知道援老抗美这回事，更没想到三年后自己也会加入这一行动。

1976 年 5 月的一天，正在原南京军区工程兵建筑第 140 团服役的杨树东及其战友们，忽然接到军区通知，说正在老挝执行援建任务的 143 团先头部队出现力量不足等情况，急需补充人手，希望战士们能积极报名参加支援老挝建设和战斗的任务，并要求报名的人员写下决心书。

回到宿舍，杨树东心潮澎湃，却又举棋不定，不知该如何是好。

听从指挥，服从安排，是军人的天职，遇到援老抗美这样的大事，理当积极报名参加。然而，一想到这是进入战争环境，真刀真枪，各种危险如影随行，杨树东又心生丝丝惧意，犹豫不决起来。

不过，他很快便想到了家乡、想到了杨牌坊、想到了家族里的革命先辈们。继而，似乎又有了主张。

家乡马厂是革命老区，故土杨牌坊仅杨姓一大家，在中华人民共和国成立前便有 30 多人参加人民军队或地方革命工作，其中好多人还在中华人民共和国成立后参加了抗美援朝战争，可谓老区中的老区。杨树东就想，作为杨牌坊杨氏后代，岂能在大是大非面前和历史潮流面前退缩？那样的话，与当逃兵何异？

正纠结着，同乡战友邱向荣、潘维素、杨恒年、韦连干、李耀明等人过来找他了。原来，他们几个也拿不定主意，便一起过来找杨树东商量商量。

这时，杨树东反而觉得多了份责任，于是便淡定起来，略作思考后，坚决而果断地说："怕死不当兵！既然来到部队，就不要考虑那么多，该干啥干啥，该上哪上哪，一切服从需要，一切服从安排。"

"对，别人能参加，我们也能参加。"

"嗯，我们不能让人瞧不起。"

"正好，出国见识见识，也不白到世上走……"

就这样，几人你一言我一语，越说越来劲，越说越有信心，最终达成了共识：大家一起报名，一起写决心书，一起去老挝！

由于每个团里都是只有部分战士报名，所以杨树东他们与其他团报名者一样，被合并到了一起，然后以 143 团为编制，陆续开展援老准备工作。

先是于当年 8 月底、9 月初，新组合的 143 团从南京出发，到达无锡市梅园新村作短暂停留，借机学习政治理论、老挝语言、出国纪律等。然后又从无锡乘坐火车到达云南省楚雄市卫生学校，进行为期 40 天的阵前集训。目的主要是适应环境，以及接受入老前的有关外事政策与规定的教育和学习，以确保进入老挝后能顺利开展工作。

在云南，他们被整编到了 35005 部队（到老挝后隶属 733 大队），然后于 1976 年 10 月，统一乘军车前往老挝。出发前，他们还统一脱掉军装，换上了老挝服装（摘掉红帽徽、红领章）。

由于沿途多山路，弯曲陡峭，给行车造成很大困难及危险。为此，部队规定每辆车只准坐 6 名战士（减少发生意外时的伤亡），而且驾驶员必须是边防人员，且具备 6 年以上的驾龄。

杨树东记得，当时他们在云南境内便走了 3 天左右，进入老挝后，走的时间更长，一路翻山越岭，跨江过桥，前后用了 10 多天时间，于 11 月上旬才到达目的地——老挝琅勃拉邦省丰沙里县南乌江岬的新东线建筑工地，然后进行安营扎寨。

这是杨树东第一次走出国门，踏入别国领土。看着身边陌生的一切，20 多岁的他感觉既好奇又兴奋。印象最深的，是当地很多现象令人不可思议。之前在云南的时候听说过“云南十八怪”，等到了老挝，竟然发现这里也有“十八怪”。对于“老挝十八怪”的内容，在我的好奇之下，杨树东略作回忆，便娓娓道来：“姑娘像老太，抱着娃娃谈恋爱；斗笠当锅盖，吃饭动手不用筷；鸡蛋串着卖，三只蚊子一盘菜；公路像腰带，汽车没有马车快；拖鞋多一块，四季服装同穿戴……”

杨树东说，无论是“云南十八怪”，还是“老挝十八怪”，都是泛指和传说，没有具体的标准及统计，所以他也说不准“老挝十八怪”到底是指哪些“怪”。但通过各种版本的内容，基本能了解当地的自然环境、风土人情、社会发展等情况。

比如“公路像腰带”是说当地贫穷，路也修得窄窄的，就跟裤腰带似的；“汽车没有马车快”是指公路弯曲起伏，汽车很不好走，有时还不如马车行得快；“四季服装同穿戴”则是指当地常年炎热，且每天不同时辰温差变化较大，人们穿衣服也就四季不分，想怎么穿就怎么穿了，等等。

对于气候变化，环境恶劣，风俗差异等，杨树东他们深有体会，感慨良多。比如白天气温高达40多摄氏度，夜间却骤降至十来摄氏度，睡觉还得盖棉被，稍不注意就有可能受凉拉肚子。

再比如，由于各种植物常年生长，所以虫害严重，晚上睡觉时要把凉席擦来擦去，以免病毒感染。水中也有毒，必须热煮才能使用，包括洗手用水，也全是冷开水。

另外，当地蛇特别多，甚至老虎也经常出没，给战士们的工作和生活造成了极大威胁与不便。

还有，当地妇女比较开放，再加上酷暑难当，她们随时随地会下河洗澡。当然，她们并非全身赤裸地洗澡，而是穿着裙子慢慢往河水深处走，边走边往上脱裙子，保证身体裸露部分始终处于水面以下，这样就不会走光了。洗完澡则反过来，一边往岸边走一边往下穿裙子，等完全上岸，裙子也穿好了，同样不会走光。

据说曾有几位战士洗车，将车辆开到有妇女洗澡的河边不远处，没想到妇女们都好奇地围过来看他们洗车，反而吓坏了他们。事情传开后，这几位战士被罚站了一夜岗。

杨树东说，真要是这样的话，处罚还算轻的，因为按规定，违反一条“十不准”，就要被记大过一次。

所谓“十不准”，就是部队给援老官兵定的一些规矩，如“不准走村串寨”“不准以物换物”“不准单人站岗”等。“不准偷看妇女洗澡”，便是其中一条。

这“十不准”，是铁的纪律，也是对官兵们的严峻考验。

杨树东说，别的他们都能做到，就是有时候在桥头站岗值勤，正好遇到有妇女跑到河边洗澡，让他们很为难。好在妇女们洗澡时间并不长，每次都是很快便上岸，让战士们如释重负。

说到在桥头站岗值勤，杨树东向我详细介绍了当时的援老分工情况，使我对那段历史以及杨树东在当时的经历有了进一步的了解。

原来，杨树东参加的新东线筑路任务主要分为三大项目：一是架桥；二是铺路；三是浇沥青。新东线由纳双至孟献，中途跨过南乌江，需要在南乌江上建座桥，也就是南乌江大桥。杨树东他们到的时候，南乌江大桥已被先头部队建好，沿线路基工程也基本完成，接下来的任务主要是给路面及桥面浇上沥青。

南乌江大桥是新东线的重要组成部分，也是连接大江两岸的纽带，承担着整个新东线建设过程中物资运输保障之重任，如果大桥失守或被破坏，将给本轮援老筑路工作造成巨大损失和耽搁。

当时，美国虽已从老挝撤军，但其支持下的老挝反对派还不甘心，仍在千方百计阻挠老挝执政党工作，甚至时不时挑起事端，引发战火。

为了保住南乌江大桥这一新东线要塞，团部安排战士们三人一组轮番到桥头站岗值勤，不分昼夜，以防万一。之所以要三人一组，也是出于形势需要，防止老挝反对派暗中搞破坏，甚至偷袭。

杨树东所在连队，负责沥青铺设工程中的两项任务：一是炸山开石；二是砍树伐木。炸山开石，主要是为了把石头粉碎成细小颗粒，添加到黑油中制成沥青混凝土，然后再铺设到路（桥）面上。砍树伐木，则是为了获得易于燃烧的木材，用来烧锅熬制沥青混凝土。

炸山开石和砍树伐木，杨树东都曾干过，他们几个连是循环做这些事的。

炸山开石有一定危险，小伤是家常便饭。但比起先头部队造桥，还是容易得多。

杨树东说，在老挝造桥最大的困难是季节性强，得抢抓机遇。南乌江是湄公河的支流，年降水量在1800—2500毫米，桥位处雨季水位猛涨20余米，桥梁结构无法施工，错过一个旱季，失去的便是一年时间。

就是在这样的艰苦环境下，杨树东在老挝待了一年多时间，直到援建任务结束，他才回到国内。

3. 在父辈的引领下前行

说起杨牌坊的军人家庭，杨星光家算一个。他本人，妻子王凤兰，儿子杨卓，全是军人。

杨星光早在1969年便参军入伍，当时才16岁。入伍两年后，他光荣加入中国共产党。

杨星光先后任战士、干事、原沈阳军区后勤部政治部副处长、团单位政委、原总参兵种部沈阳军事代表局政治部主任、原总装备部沈阳军事代表局政委、原总装备部南京军事代表局政委。曾荣立个人三等功3次，受嘉奖10余次。在总参谋部沈阳军事代表局任职期间，该局的相关事迹曾被拍成六集电视专题片《永远的丰碑》，在中央电视台多个频道滚动播放。

其实杨星光的大家庭也是军人家庭，父亲杨琛、母亲张惠琴都是中华人民共和国成立前入伍，且同时参加过抗美援朝的老革命、老战士；弟弟杨星明、杨星华，和他一样都是和平年代的军人，且都当兵多年，贡献颇多。

而杨星光当初参军入伍，以及后来在部队里稳步成长、发展，完全是在父亲的影响下实现的。

“不觉中，我也学着父亲的样子，在老一辈的引领下，跌跌撞撞地走过了几十年。”面对我的采访，杨星光如是说。

父亲杨琛，自幼耕读，在抗日战争的烽火中入党从军，杨星光既敬重他为国为民忘我拼搏的崇高情怀，更欣赏他在真理和利益面前的清醒抉择。父亲的很多观点、行为，都成为杨星光效仿的标杆。

讲真话，办实事，是杨琛的一贯做法，他因此吃过一些亏，但一直初衷不改。多年的耳濡目染、潜移默化之下，杨星光自然而然地继承了父亲这方面的美德。

上初中的时候，有一次学校组织学生到蔬菜供应站参加劳动，也就是把菜窖里已经烂掉或部分烂掉的土豆挑出来。

时值隆冬，气温低，菜窖里空气污浊，长时间的重复动作使不少人渐渐失去了耐心，走神儿的、溜到别处玩的现象明显。

事后，班主任老师认为杨星光在劳动中表现不错，在班会上表扬了他，并问："杨星光，你在干活的时候是怎么想的？"

对于老师这样的提问，杨星光想都没想，站起来就红着脸说了句："我只是想，既然来干活儿，就应该努力把活儿干得好一些。"

那个时候正是讲求政治挂帅的年代，老师对杨星光的回答似乎不太满意。接着，老师又叫起了一位在劳动中表现比较好的女同学，问了同样的问题。

这位女同学比杨星光大两三岁，考虑问题也比杨星光周全了不少。她说，她在劳动的时候啊，想到了英雄董存瑞举起炸药包；想到了英雄黄继光在朝鲜战场奋起堵枪眼；想到了英雄欧阳海竭尽全力用生命拦住惊马，保全了一列车旅客的安全；还想到了红军爬雪山过草地的悲壮情形，是这些先烈们的英勇行为，不断鼓舞着她把手中的活儿干好。

老师脸上的笑容逐渐多了起来。显然，老师更愿意听到这样的话。或许，这才是"标准答案"。

事后，有的同学开玩笑："若是她真的想得如此海阔天空，还能有精力干活吗？"

1969 年初，杨星光在吉林省的一个小山村里当兵。有一段时间，表现积极的战士在大家起床前为宿舍里的同志打洗脸水，因此受到表扬。此后，早起打水的队伍便越发庞大，也越来越早，有的人甚至凌晨三四点钟就爬起到井边拎桶挑水。

当时气温零下二十几摄氏度，每每有人进出房门，一股强烈的冷风便涌入屋内，搅得大家无法安心入睡。而当晨起的队伍出罢早操返回洗漱时，脸盆里的水已被冻上了一层薄薄的冰碴儿。

有这样做的必要吗？战士中间产生了不同意见的争论，以杨星光为代表的一些人认为，即便是做好事，也要看实际效果，打洗脸水不该是越早越好。

谁知，有人将此争论汇报到了领导那里，持反对意见的杨星光等人挨了一顿批。

尽管这事使杨星光的思想有了一定转变，但他依然坚持：见风使舵、投机取巧、用谗言佞语博领导欢心的事，绝对不干！

1985 年，杨星光奉命复查一起解放战争时期的反革命案件。他从侧面了解到，此前已有不少人接触过该任务，但他们在看完材料后都表示翻不了案。

案件的当事人叫郭子固，江苏省新沂县人，抗日战争初期参加革命，曾任中国共产党山东省滕县（现滕州市）公安局局长。1946 年国民党军对我解放区实施重点进攻时，郭子固所在的单位被敌人打散，只得随着附近的地方武装——江苏省清江（淮阴）县大队活动。

一天，县大队在行军途中遭遇国民党正规军，一番较量之后，县大队损失较大。天渐渐黑了，已相当疲惫的队伍当晚去何处宿营？郭子固为此给县大队的大队长写了一个字条，说是敌中有我、我中有敌，最危险的地方往往最安全，今晚可以考虑到当地土豪王某某家去躲避。

谁料，大队长看完字条勃然大怒，认定这是对他的一封劝降信。经过当时的几位领导研究，立即命人将郭子固捆绑起来，连人带信送交上级处理。

就这样，郭子固莫名其妙被定成了反革命分子。但他不服，一直申请复查。

看罢案卷，杨星光认为，就已经得到证实的基本事实而言，郭子固的行为构不成反革命罪；而把他推到反革命这个坑里的，恰恰是战友们对他行为的过激看法。

依照相关权限，改变这起案件结论需要经过大军区级以上单位的批准。在听完杨星光的汇报之后，面色冷峻的相关单位大领导抛下两句话：一是这起案件复查，没有找到新的证据来证明郭子固不是反革命；二是到目前为止，上级没有下发过关于对历史上的反革命分子进行甄别平反的文件，“你们这样做，是否符合上级精神还有待商榷。”

听闻此言，杨星光心中甚为不快，大着胆子说了声：“我还能谈谈自己的看法吗？”

“可以。”

杨星光端坐了身子，提高了嗓门：“这件事已过去 39 年了，要求我在这么多年之后找到新的证人，拿出新的证据，其难度是可想而知的。但是，仅依据目前掌握的大量情况和证据，便足以得出这样的结论：当初，在判定郭子固是反革命的时候，就没有一条能够经得住推敲的证据！难道，革命阵营里一些同志脑子里‘左’的看法和推测，便能视为是证据吗？”

对方没有讲话。杨星光继续说下去：“如果是在‘文化大革命’期间，或者是在其他搞政治运动的时候，我们不会提及此事，因为大家知道，即便提了，也没有丝毫的用处。但现在不同，党的十一届三中全会已经开过好多年了，解放思想，实事求是，有反必肃，有错必纠，是党中央反复强调的精神。我们不应该继续让郭子固这样饱受冤屈的革命前辈戴着沉重的精神枷锁去见马克思！”

在场的两位上司见杨星光说得有些激动，便安慰道：“你说的意思我们已完全清楚了，你把所有的材料放在这里，我们再仔细研究研究，过一段时间会给你们答复的。”

后来，随着党和国家对历史上冤假错案进行复查和甄别平反工作的开展，郭子固这起案件被原总政治部作为平反冤假错案的典型案例向解放军各大单位转发。饱受了几十年冤屈的郭子固终得以平反，并被定为国家行政

14 级干部，补发了全部工资，还由军方出资在其家乡给他盖了一座二层小楼。

郭子固老人能不留遗憾地安度晚年，有杨星光把得住本真，敢于对上直言的一份功劳。对此，杨星光也感到很欣慰。

杨星光还告诉我，父亲杨琛经常给他讲战争年代的艰苦经历。比如有一次，杨琛所在的部队被日本鬼子围困在洪泽湖里，连续断粮几十天，只能靠摸鱼和挖芦根充饥。时间一长，大家闻到鱼腥味就恶心。就是在这般境况下，战友们一直努力坚持着，直到突围返回根据地……

每当讲起诸如此类的经历，杨琛便会提醒杨星光，不管在什么样的环境下工作和生活，一定要吃得进辛苦、受得了累，善于将危难转化为人生的宝贵经历。

苦、累、险的考题，确实也在考验着杨星光他们这代人。

1968 年，杨星光以知识青年的身份下到了农村。此地出勤的时间与城里大不相同，每日凌晨 5 点钟左右下地劳动，上午 9 点左右回家吃饭，大约 12 点继续下地干活，快天快黑时收工休息。

当地社员早起下地，怀里都揣有两块玉米饼子，肚子饿的时候吃上两口。而杨星光他们这些知青没这个条件，只能饿着肚子挨到收工。

割稻子的时候，由于初学乍练不得要领，镰刀经常把手指和胶鞋割破。为了不被生产队的社员们落得太远，杨星光总是草草包扎之后又继续干了起来。好多的稻捆上，都沾有他殷红的血液。

冬季在打谷场给水稻脱粒，每天从傍晚一直干到次日天明。浑身上下沾满了厚厚的灰土，只有露出的牙齿尚存着一丝白色。

当兵以后，执行急难险重的任务成了家常便饭。1970 年冬，参加部队的野营拉练，每日行军 60 余公里。忽而剧烈奔跑，忽而紧急疏散，忽而呈战斗队形展开……为便于行走，杨星光将冲锋枪置于背包上方，因反复的奔跑摩擦，枪的弹匣把军棉衣的后背处磨出了片片白颜色，再也没能恢复。

1971 年深秋，部队驻地附近的辉发河（也叫大柳河）泛滥决堤。根据上级要求，抢险指挥部在决口处拉起了一条由粗麻绳和八号铁线编起的大绳，组织略识水性的战士拉着大绳，筑成人堤挡水。

因为杨星光曾在两年前的一次水上驻训时取得过泅渡第二名的成绩，也就自然成了堵口敢死队的成员之一。

当时的气温仅有5—10摄氏度，水温也很低，杨星光和战友们脱去绒衣绒裤下到水里，一会儿就被冻得瑟瑟发抖。奔腾的洪水如脱缰野马，人在水中被冲得东摇西晃。

猛然间，手里拉着的大绳和铁丝均被洪水冲断，拽绳的人都被一股脑儿地冲出几十丈远。有人呛了水，有人被水中的树枝等杂物划出了一道道的血痕。杨星光从远处艰难的游水回来，继续干活。

接下来，开始在决口处的河床上打木桩。杨星光自知抡大锤的准头不如其他同志，只得继续泡在水里担负把扶木桩工作。水急浪大，木桩在水里东摇西晃，若是有一锤砸得不准，下面的扶桩者可就惨了，非死即伤，很是危险！

可这般时刻哪有退路？只能紧咬牙关，豁出去了！坚持，苦熬，继续坚持……

经过了一天两夜的艰苦奋战，滔滔洪水终于被杨星光他们这些战天斗地的军人堵住了。

1974年底，杨星光奉调到原沈阳军区后勤部从事政法工作。他所在的科室负责军区后勤部所属数百个团以上单位政治事故和案件的预防、敌情调查研究、侦查破案和案件审理等工作。按照规定的权限，有权对连职以下干部判处20年以下的有期徒刑。

在这样的单位里开展工作，必须具有文武兼备的能力方可胜任。文的方面：能迅速搜集、总结出可以向各部队推广的预防性经验；武的方面：具有复杂疑难案件的现场勘查、侦查破案、审理判决等各个环节的知识和操控能力。

下午工作就要结束的时候，时有领导拎着公文小包走了进来。“小杨，

明天 ×× 要开电话会议，我在这个会议上有个发言，你今晚加个班，明天一早把稿子给我。”此后的这十多个小时，就别有睡觉的念头了，不但要连夜写出让首长满意的稿子，还要用大字给誊写清楚。

杨星光的科长刘振东是 1945 年入伍的老兵，责任心和工作能力超强，对部下的要求和管理也相当严苛。向他汇报工作，是很难过的一道关口。如果在汇报的第一个句号之前没将事情的梗概说清楚，立马会招来一顿很是严厉的批评。

经过几年的工作磨炼，杨星光在刘振东科长、李希和副科长及其他老同志的言传身教下，思想水平和工作能力有了大幅度的跃升，做事情的成功率也越发提高。同事们戏说，“你办事，科长放心”。

杨星光负责侦破和移送起诉的一些案件逐渐被社会所关注，原沈阳军区和省市刑侦部门对一些未侦破疑难积案的研讨会常邀他去参加。他还先后接受了几位新华社、解放军报社和省市新闻单位记者的采访，他们采写的文章主要刊载在供高层次首长阅读的《新华社内参》等上面。

从 1988 年 6 月起，杨星光在辽宁某军事单位担任团级主官。当主官的感觉就是不一样：当参谋干事，只要把一个点上的工作做好就可以了；当部门领导，主要考虑的是一个方面或者说一条线上的工作；而当主官，需要全面立体地考虑各种问题，很是谨慎地协调各方关系。遇有下属报来的疑难棘手问题，往往没有退路，只能自己硬着头皮去精心策划，把难题一个一个地解决掉。

在班子成员和单位全体同志的共同努力下，杨星光的所在单位总能较好地完成上级赋予的各项任务并赢得好评。

杨星光还记得，父亲杨琛多次对他说：“人生在世，对生活的要求不可过高。只要住房不漏，肚子不饿，衣能御寒就可以了。”以此告诫他“宁可钱吃亏，不可人吃亏”，意思是宁可在经济利益上吃点亏，也不能在人格形象上受影响。

杨琛曾希望杨星光长大以后能在国营的工厂里当一个工程师，没承想，几十年后，当工程师的梦想因“文化大革命”的耽搁未能实现，杨星光却成了一个管理着近200个工程师单位的主要领导。

毋庸讳言，在这样的岗位上，诱惑甚至陷阱也是比较多的。危险，主要来自军工生产和官场自律两个方面。

20世纪八九十年代，上级允许军队搞生产创收，不少人利用生产经营挣到的钱打通关节，当上了大官。官场风气愈加恶劣，对军队形象及战斗力的腐蚀、影响十分巨大。

能否保持清醒头脑，抵制各方诱惑，守住人生底线，已经成为每一个领导干部绕不过去的重大考题。

一天，一位担任过领导职务的高级工程师找到杨星光，请他帮忙把女儿从偏僻地区的军队医院调到沈阳工作。杨星光对他说：“这件事办起来可能有些难度，需要与相关单位联系协商，请你不要着急。”

没想到对方竟然财大气粗地说了句：“怎么的？不就是差钱嘛！”说着，从衣袋里掏出五六摞百元大钞，放于杨星光的桌上。

杨星光知道对方误会了，严肃地说道：“你要是这么个搞法，事情就没法往下做了。”

对方却并没有收敛：“我就把钱放这了，你能怎么的？”

杨星光有些生气了，说：“你要搞搞清楚，是你在求我办事，还是我在求你？你比我的岁数大了不少，肯定看过共产党员在戏园子里撒传单的电影。那只是个二楼，我这里可是五楼。你若敢放下钱抬腿出了我的房门，我就把这些东西全部从五楼扔下去。你可以想想，当你一张一张地在楼下捡钞票的时候，丢人的是你还是我？”

对方听后，气势全消，终于揣上钱悻悻地走了。

拿破仑讲过，不想当将军的士兵不是好士兵。杨星光说，其实每一个从军的人或多或少都有过当将军的梦想，尤其到了像他这样的职级，距离当将军仅有半步之遥，说不动心，是不可能的。

一天，一位号称在北京很有能量的人找到杨星光，说只要拿出×××

万元，就能将此事搞定。并提醒杨星光："你手里掌握着这么多的资源，一些大型国企的领导手中闲钱活钱很多，让他们赞助一下不就行了吗？"

杨星光略加思索，果断回答："我以为这样的事情是根本办不成的。因为，用自己的钱——不够；花公家的钱——不忍，也不敢。这类事我们以后没有必要再谈了。"

看得出，来人有些动气："别人这么干都行，你怎么不行？"

"因为，我和他们根本不是一路人！"

就这样，杨星光坚守了自己的底线，本本分分地工作着，直至光荣退休。

杨星光说，其实引领他走上正确人生道路的不光是父亲杨琛一个人，在他心目中，父辈先贤是一个众星闪烁的群体，包括自己的老领导和父亲的老战友、老部下，以及老家杨牌坊的杨秉钧等革命先辈。他们有着岳飞般的忠贞、文天祥般的气节、学富五车的知识功底，还有着十分精到高超的领导艺术。

杨星光一度最愿意参与的工作，是在常委会或首长办公会上听老领导们的发言，他们一个个思维深邃，旁征博引，分析透彻，分寸感拿捏得恰到好处，还能让持不同意见的人听起来感到十分舒服。

这些老领导的形象，正如《论语》中所说："望之俨然，即之也温，听其言也厉。"他们的内心世界，像清泉一样宁静明亮，食无求饱，居无求安，不昧着良心去追求升官发财，踏踏实实地为国为民做事。正是因为有了他们的教化和熏陶，才使得杨星光能够坦然地面对官场的风霜冰雪，保持一份清醒平和的心境，关键时刻没有出错牌！

在父辈的引领下，在追慕先贤的过程中，杨星光走过了人生中大半的路程，如今已成了临近古稀之人。杨星光庆幸，在他的人生道路上有父辈这般的榜样；他庆幸，上苍给了他这样相对广阔的工作舞台；他庆幸，在各种利益和偶然因素的碰撞之下未被卷入污流……

杨星光说，他之所以愿意将上述这些事及心里话讲出来，是为了让后代们能从中看到历史在一个领域的真实呈现，使头脑更加清醒，行为更加自律，从而走好各自的人生之路。

4. 一生从戎无怨无悔

从 1969 年 12 月进入原沈阳军区后勤第三分部所属的部队服役，到 2014年12月于中国人民解放军驻哈尔滨铁路局军事代表办事处高级工程师岗位上退休，杨星明当兵整整 45 年，时间之长在同期入伍的战友中是少有的，在杨牌坊革命后代中更是独一无二的。

杨星明，1954 年 11 月出生，系杨牌坊老革命杨琛之次子。受父亲影响，杨星明在 15 岁这一年选择参军入伍，开始了一生的军旅生涯，并于 1972 年 8 月光荣加入中国共产党。

杨星明任高级工程师，专业技术职务四级，享受正师级待遇，拿正军职的工资，这在他所在的原沈阳军区驻交通沿线军交系统中是前所未有的，在全军军交系统中也是屈指可数的。

在部队要求年轻化；执行军官服役年限；高职专业技术职务职数少、竞争激烈、严入宽出等情况下，杨星明凭借自身专业技术四级等优越条件干到了 60 周岁，这又是全军军交系统中为数不多的。

杨星明用心干事、与人为善、勇于争先，平时工作任劳任怨、关键时刻挺身而出、重大行动捷报频传。当兵时被评为五好战士，当参谋时被评为原沈阳军区优秀参谋，当进修学生时被评为西南交通大学优秀学生干部，当基层军代处的领导时带出先进团单位，做专业技术工作学术研究时硕果累累。

因成绩显著，表现出色，杨星明曾荣立个人三等功 5 次、军队科技进步三等奖 3 次、四等奖 2 次，专项工作多次受到总部、军区、联勤部、地方政府和铁路部门的表彰，2011 年 12 月获得国防服役金质奖章……

杨星明谦虚地说，这些成就及荣誉的取得，与各级首长的关心、机关及周边同志的帮助是有关系的。

其实，通过采访发现，这些更与杨星明个人思想求上进、工作高标准、自身要求严的基本素质是分不开的。

杨星明从家门、校门走入解放军的队伍中，总体来说路是平坦的，称得上一帆风顺的。但这背后，他也付出了巨大的艰辛和努力。用他自己的话说，他是一个有十分力不用九分九的人，“有时是机遇选择了我，有时是我选择了机遇”。

杨星明从小就进入条件比较优越的部队干部子弟的寄宿式的幼儿园和小学，受到良好的科学启蒙和正规的小学教育，接受的是做好人、做好事、讲原则、多奉献之类的正统的人生观和价值观。

当兵后，杨星明基本上是在原沈阳军区后勤第三分部所属的部队训练、学习、工作和生活，活动范围主要在辽宁省北部、吉林省南部和内蒙古东部。1975 年 12 月，由战士提升为干部，到科尔沁草原深处的部队政治处任保密员，实际上是做政治干事的工作。

1976 年，结束了十年浩劫，中国开始新的征程。随着我军向着正规化方向发展，驻交通沿线军事代表机构的地位逐渐显现出来，这些机构陆续从当地驻军、后勤分部挑选部分干部、优秀战士，以解决单位人员老化的问题。当年 11 月，杨星明被调整到原沈阳军区后勤部系统内的军事交通部门，从此改变了他的发展轨迹。这一年，他 22 岁。

杨星明从军交部门的基层干起，首先在驻哈尔滨铁路分局军事运输处任参谋。经过学习军事运输规章办法，虚心向老同志请教，他了解和掌握了铁路军事运输的流程和要点，很快就能够独立参加军事运输战备值班，单独深入现场组织军事运输工作。

1983 年，铁路管理体制调整，哈尔滨铁路局与齐齐哈尔铁路局合并，驻铁路局军代处调整为正师级单位。杨星明从驻铁路分局军代处选调入驻哈尔滨铁路局军事代表办事处运输处，任副营级参谋。

1984 年至 1986 年，杨星明在职脱产入铁道院校学习两年，1988 年 8 月成为正营级干部，继续在驻局军代处运输处做参谋，负责办公自动化工作。

杨星明在军交系统当参谋15年，其中在团级军代处当参谋7年，在师级军代处当参谋8年。其间，他努力做到勤奋工作，积极思考，细致做事，发挥好参谋的作用，在干中学、学中干，不断取得新的进步。

杨星明平时注重关心时事政治，关注科学发展，愿意接收新生事物，还博览群书，注重在各种书刊、媒体、网络中吸取各方面的知识，不断扩大自然科学和社会科学的知识量，努力拓宽个人的眼界，提高自己的政治理论和专业技术水平。

1986年，交通沿线各军代处陆续配发了计算机。但在当时，计算机属于新事物、新技术，没人懂，不会用。刚好杨星明从西南交通大学毕业回来，他便利用工作间隙主动求学，很快掌握了计算机应用技术。

通过杨星明的努力，哈铁军代处率先采用计算机软件发工资、计算机打印公文等，推动了办公自动化。杨星明编程的许多计算机软件在原沈阳军区军事运输管理中应用，多次获得科技进步奖，他因此成为系统内计算机科研和应用方面的骨干，还经常为军区组织的计算机学习班讲课。

杨星明知道，铁路军事运输也是一门科学，因此他特别注意观察和积累，经常深入部队、军工厂、林业局和部队农场，了解军事运输的第一手资料，掌握部队的铁路运输过程中的规律，发现困难和问题，及时向领导汇报，分析原因，采取措施。在铁路成为国民经济发展“瓶颈”的情况下，努力为国防建设和军队建设提供铁路军事运输的保障。

早在1979年对越自卫反击战打响时，遵照中央军委“南打北防”的部署，大批部队由南向北多方向同时开进，在哈尔滨分局管内的黑河方向北安地域集中卸载。当时作战部队和物资交织在一起，哈尔滨车站军列满线，前运和回撤持续70天。军代处异常繁忙，杨星明既坚持参加调度指挥工作，又要深入车站组织部队装卸，在紧急运输的实践中得到了锻炼。

20世纪70年代以前出生的人大概都记得，在1987年中央电视台春节联欢晚会上，美籍华人歌星费翔以一曲《冬天里的一把火》风靡全国。而就在这一年的5月、6月间，我国大兴安岭北部地区发生特大森林火灾，历时近 30 天，造成 5 万余人无家可归，200 多人葬身火海，直接经济损失 5 亿多元。当时，有人将这场火灾与费翔的“一把火”联系起来，称是费翔“冬天里的一把火”引燃了大兴安岭。

这当然是滑稽的言论，只能付之一笑。然而在这场特大森林火灾的背后，却留下了许多关于部队官兵冒着生命危险、奋不顾身去抢救国家财产和遇难群众的感人故事。其中，也有杨星明的身影。

当时，杨星明正在哈铁军代处运输处任参谋。运输处主要负责铁路军事运输计划的编制，军事运输中的列车、车辆调度指挥，军运数据的统计和分析，以及了解铁路运输动态等工作，是铁路军代处的核心部门。

火灾发生后，很快便有部队的紧急行动。在当时机械化程度不高的情况下，部队只能依靠铁路实施远程机动。不巧的是，运输处处长和几位老同志出差在外，只有一位副处长在家，带领杨星明以及几位年轻参谋负责日常军事运输的调度指挥工作。

杨星明主动承担重任，协助副处长开展工作，迅速做好部队紧急运输的各项准备，诸如与黑龙江省省长办公室和省防火指挥部建立了联系制度及时了解火情的发展动态；提前从 13 个地域向有关部队驻地附近车站集结备用了 400 余辆铁路空车；分析研究平齐、哈长、牡图、绥佳、滨洲线通向塔河的最大输送能力，查定了 8 条运行线，拟制了 3 套输送方案等。

他们以高度的责任心和昂扬的战斗意志，夜以继日地工作在调度指挥中心，科学编制运输计划，及时调整运输方案，随时处理临时出现的问题，指挥军用列车迅速开往火灾现场。

杨星明作为一个老参谋，有着 10 多年的军事运输工作经验，又在西南交大学习过铁路运输管理专业的知识，因而在执行任务过程中提出了许多合理化建议，帮助解决了不少现实难题。

从 5 月 8 日扑火救灾运输开始，至 6 月 10 日结束，驻哈铁军代处共向灾区开行 49 列 1218 车，运送 3.5 万人，汽车 1015 台，物资 7000 余吨，为部队迅速奔赴火场赢得了宝贵时间。

扑火救灾工作结束后，原沈阳军区颁布嘉奖令，为驻哈铁军代处运输处记集体三等功。杨星明本人也因表现突出，荣立个人三等功。

在谈到这段经历时，杨星明意味深长地说：“30多年过去了，作为退休老兵的我仍然感到，在国家有难时，能出一份力，无上荣光。”

1991年2月，杨星明被原沈阳军区后勤部任命为驻哈铁军代处副主任（副团级），晋升陆军中校军衔。两年后，被任命为驻哈铁军代处主任（正团级），晋升陆军上校军衔。

与此同时，杨星明还曾任中共驻哈尔滨铁路分局军代处党委（支部）副书记、书记，中共驻哈尔滨铁路局军代处四届、五届党委委员，中共哈尔滨铁路分局五届、六届党委委员，哈尔滨市南岗区十一届、十二届人大代表，中共原沈阳军区第九次代表大会代表。

哈尔滨铁路分局是铁路局七个铁路分局中地位重要的中心分局，哈尔滨铁路枢纽是东北北部最大的铁路枢纽，承担重点物资装车，尽头局排空和重车通过的疏解功能，对铁路运输生产具有举足轻重的地位。

杨星明说，上级委任他在这个分局军代处担任领导职务，是对他个人思想品德、业务素质和工作能力的信任。因此，他更加努力地工作和学习，以此回报上级领导的厚爱与期望。

1994年、1995年，杨星明分别取得大学本科和研究生的文凭。他觉得，学习的过程（特别是在职学习）是辛劳的，也是有收获的。通过系统的学习，理论基础进一步夯实，提高了逻辑分析和辩证思维能力，对胜任领导岗位，具备驾驭全局和解决问题能力有着很大的益处。

在杨星明的带领下，哈铁军代处的全体同志团结一致，认真领会上级指示精神，努力适应发展要求，各项工作紧张有序，重点任务出色完成，单位形成上进争先的大好势头。

标准化建设是规范运输行为的重要保证，是培养严谨作风的必要途径，为此，杨星明在工作中强调，要把坚持程序标准当成一项制度来抓，着重把握接班、当班、交班的三个环节，天天讲、经常抓。对运输调度中的存在的隐患问题做到早发现、早解决，规范了军事运输工作程序，杜绝了以军代商等不良现象的发生。

军代处在铁路机关办公，没有营区，没有连队一日生活制度，是典型的小、远、散单位。杨星明意识到，必须坚持以条令、条例规范官兵行为，依法治军，严格管理，常抓不懈，才能保证单位工作有序、不出事故。为此，他以身作则、率先垂范，要求下级做到的，自己肯定做到。工作中，他还将分工负责与分级负责相结合，严管与严罚相结合，收到了很好的效果。单位建设一步一个台阶，一年一个新变化，连续四年被原沈阳军区后勤部评为管理教育先进单位。

作为驻铁路军事交通部门，是部队勤务保障单位，配合铁路保障部队安全、准确、保密、不间断的铁路军事运输是其基本职责。为此，杨星明始终坚持以军事运输为中心，牢固树立“两服务”的思想。有时面对严峻的形势，他会主动向铁路领导汇报，密切与有关部门协调，积极采取相应措施，想方设法排除困难，在确保重点运输的前提下，有效缓解部队装车难和购票难的矛盾。

反过来，当铁路遇到困难时，杨星明则积极联系当地驻军，协助铁路方面维持车站秩序，突击装卸积压货物等。发生自然灾害时，部队更是成为抢修铁路的主力军。1994 年 7 月，黑龙江省东部突降暴雨，拉滨、滨绥铁路被洪水冲毁，行车中断，全面告急。得知情况后，杨星明立即与当地驻军取得联系，请求支援。驻哈陆军某师和空军某部派出兵力与铁路职工一道抢修铁路，杨星明参与指挥，三天三夜连续工作在抢修现场，协调铁路与部队的联系，保障部队生活和工具供应，受到铁路、部队双方的一致好评。

“泥巴裹满裤腿，汗水湿透衣背，我不知道你是谁，我却知道你为了谁……”这首名为《为了谁》的军旅歌曲，是为纪念和歌颂在 1998 年特大洪水中奋不顾身救灾的人民子弟兵而写的。杨星明说，每当听到这首充满悲怆和壮美之情的歌曲，他就禁不住心潮澎湃、热泪盈眶。自然，他也会触景生情，回想起自己及战友们当年参与抗洪抢险的经历。

事实上，1998年那场特大洪水，不光席卷长江流域，也波及嫩江、松花江，致使两江流域防洪大堤险象环生，哈尔滨等多个城市告急，人民生命财产安全受到严重威胁。

灾情发生后，哈铁分局军代处立即行动起来，积极投身于组织抗洪抢险部队输送和抢运救灾物资运输工作之中。前后1个多月时间里，他们共组织抗洪部队运输116列3995车，其中装载38列1339车、卸载42列1485车、通过36列1171车，合计运输部队人员76000余人、各种装备3900余台（件），抢运救灾物资51批129车，并且确保这些军列批批正点、列列安全、快速准确。

其间，身为军代处主任的杨星明，在全面指挥的同时还亲临第一线，哪里情况紧急，哪里就会出现他的身影，哪个环节出了问题，他就会在哪个环节上堵塞漏洞。他曾连续工作十八九个小时没合一下眼，一个面包就是他近两天两夜的全部伙食……

甚至，邻居打电话告诉他，他爱人生病了，病得很重，正在打点滴，他也没有回家看望。他只是默默地在心底对爱人说："你一个人操持这个家，够累的，但我实在离不开岗位，我欠你的太多，等抗洪胜利后，我一定好好陪陪你。"

而杨星明及战友们的付出，也换来了应有的回报。中央电视台《新闻联播》节目、《解放军报》等主流媒体都报道了哈铁分局军代处抢运抗洪部队的消息。参加抗洪抢险的第23集团军、第40集团军分别送来锦旗，对哈铁分局军代处提供的有力运输保障表示感谢。原沈阳军区后勤部、哈尔滨市政府分别对哈铁分局军代处进行了表彰，杨星明个人也荣立三等功。

另外，原沈阳军区联勤部政治部编写的《沧海风流——'98联勤部队抗洪英模风采录》一书，收录了哈尔滨铁路作家孙世平采写的报告文学《擎起抗洪大通道》，详细介绍了哈铁分局军代处在抗洪抢险军事运输中的先进事迹，其中很大的篇幅，放在了杨星明身上。

杨星明担任军代处领导的几年，正是部队开展生产经营活动的高潮时期。铁路是经济的大动脉，驻铁路军代处成为军事经济的前沿。哈铁分局管内的农副业产品运输、边境贸易的军运计划量等骤然增加。然而，哈铁分局的月度军事运输计划达到近万车，军运计划装出率却达不到百分之五十，军代处日计划批车和月计划的延期成了矛盾的重点。杨星明始终能保持清醒的头脑，与发货单位和个人保持距离，按政策办事，严格按规定批车和延期军运计划。哈铁分局军代处成为上级的运输纪律放心单位，军事运输和财务管理方面没有出现任何问题。

1999 年 8 月，杨星明经过考试、答辩和考核，被原沈阳军区批准改任驻哈尔滨铁路局军代处高级工程师，年底晋升专业技术七级（副师职待遇）和陆军专业技术大校军衔。2003 年 12 月，晋升为专业技术六级。2007 年，晋升为专业技术五级（正师职待遇）。2013 年 12 月，晋升专业技术四级（正军级工资待遇）。

杨星明在军交系统工作时间长，多次参加文化学习和专业深造，历经许多重大军事运输任务，了解部队行动的特点，熟悉铁路运输的技术要求，既有理论知识，也有实践经验。在做好本单位工作的同时，在外还有许多科技兼职，如军队后勤科学技术评价专家库专家、沈阳军区高级专业技术资格评审委员会委员、军事交通工程与技术杂志社特约审稿专家等。杨星明还参加了《铁路军事运输现场组织办法》（以下简称《办法》）的撰稿工作，该《办法》由中华人民共和国铁道部和中国人民解放军总参谋部、总后勤部联合颁发，于 2009 年 7 月 1 日起在全国铁路及全军执行。

杨星明还主动配合总部机关、专业院校和科研单位做好科研方面的工作，比如为“新形势下铁路军代处管理机制改革研究”“大联勤体制下军事综合运输体系研究”等科研课题做了大量基础工作，并参与“军用车辆、火炮铁路运输加固技术研究试验”“军代处系统网上训练与考核系统”等科研课题的研究等。

做高职工作，杨星明能安下心来，观察事物，认真思考，摸索规律，撰写文章。在时空上说，有过去的历史，有当下的现实，还有未来的展望；从涉及的范围讲，有军事运输研究的，有军代处管理的，还有军交部门风采的宣传等。粗略统计，有 80 多篇稿件在军内外的报纸、杂志上发表。他也因此多次被总后军交部、国防交通杂志社和军代处评为学术研究先进个人。

工作之余，杨星明还注重研究我国铁路军事运输的历史。多年来，他借助东北铁路发达、历史久远，支援战争成绩突出，对社会主义经济建设贡献大等红色优势，研究我军铁路军事运输的历史。从访问亲历者、收集史料、寻找图片开始，进行深入的研究，撰写出我军早期大批部队铁路军事运输历史文献，如《抗战胜利后我军出关第一列》《我军接管东北铁路纪实》等。有些文章在《铁道知识》《黑龙江史志》等杂志上发表，有些资料则提供给了相关教学和研究机构。他还参加了《中国铁路志（军事运输分志）》的撰写、审订工作，并于 2012 年执笔撰写《哈铁军代处史志》部分章节，初稿达 20 余万字。

回首过往，已退休在家含饴弄孙的杨星明非常感慨、非常自豪地表示，他这一生是幸运的，也是很知足的，更是无怨无悔的。因为，他早早便参军入伍，得以像父亲一样一生从戎，奉献军营。正是军人这个无论形势如何变化都会受到重视的职业，使他受到了正规教育、正统观念的影响与滋润，培养出了过硬的素质和优良的品德。

而党内风气的改善，使他能够通过自己的刻苦努力，晋升到了专业技术四级职称。部队干部政策的调整，尤其是关于“行政干部没有专业技术经历的不准改任专业技术职务”等规定的出台，则让他顺利干到了高职的最高服役年限——60 岁时才退役！

5. 在绿色军营中锤炼火热青春

在杨牌坊杨氏第十五代的年轻人中，杨艳辉算得上是心系军营、情牵国防的突出代表了。当兵 8 年，他两次荣立个人三等功，还先后被授予“优秀士官人才三等奖”“十佳训练标兵”“优秀士兵”等荣誉称号。

看着一本本呈现在眼前的荣誉证书，我不由得对杨艳辉的当兵经历产生好奇。

杨艳辉出生于 1986 年 2 月 8 日，是杨牌坊老革命杨炳文的后代（重孙），爷爷杨星华曾做过多年的小学校长，父亲杨玉成虽然只是普通农民，却时常教育他要像前辈那样做一个对国家有用的人。

杨艳辉从小就特别喜欢听老人讲战争时期的故事，每每都听得如痴如醉。生活中如果遇到当过兵的人，也会缠着人家询问部队里的事。耳濡目染，他就有了一个参军的梦想，也希望自己长大以后能穿上一身威武的绿军装。

2003 年中秋节前夕，正在外地打工的杨艳辉突然接到家中电话，说老家开始征兵了，问他想不想去当兵。

“想！”杨艳辉没有丝毫的犹豫，立即回来报名。然后，顺利通过各道严格的审查检验，如愿成了一名光荣的武警战士。

那一年的 12 月 12 日，经过一天一夜的旅程，杨艳辉来到了美丽的海滨城市——山东威海，进入了武警山东省总队威海市支队新训队，接受为期 3 个月的新兵训练。

一切都是那么新鲜，一切都是那么严肃、整齐，但他来不及细细感受，就全身心投入到了火热的军营生活中。

经过 3 个多月严格、正规的军事训练，杨艳辉于 2004 年 3 月底被分到了武警威海市支队一中队。

这是一个有着光荣传统和历史的队伍，训练很猛，要求非常严格。有的战友对此心里有些忐忑紧张，而杨艳辉却暗自高兴：怕苦就不来当兵了，训练越猛越是一种磨炼！他甚至想到，比起革命先辈在战火硝烟中出生入死，训练时吃点苦又算得了什么呢?

在参加骨干集训时，日常训练很辛苦，每天的大运动量让杨艳辉很疲惫。有一次星期六的下午休息，不知谁给集训队送了一袋青苹果，杨艳辉拿了一个坐在菜园旁的水泥台上吃起来，当时他觉得这是自己吃过的最好吃的苹果，如果每天都能有一个青苹果吃，那就太满足了。

2005 年 11 月，杨艳辉光荣地加入了党组织，成了一名中共预备党员。随后，义务兵役结束，他留队转为一级士官，成了一名带兵班长，从一名被管理者变成了一名管理者。

2007 年，武警山东省总队开展“四手”集训大练兵，并在当年 9 月举行“四手”军事大比武，以检验练兵成果。杨艳辉参加了这次集训，并参加了比武竞赛，年底荣立三等功一次。

2008 年，杨艳辉获得武警部队人才三等奖，并很快转为二级士官。

2010 年 3 月，武警威海支队成立“反恐”中队，从各基层抽选身体素质好的战士开展集训，为 10 月参加武警山东省总队举行的“反恐”大比武做准备。杨艳辉再次参加集训，并代表威海支队参加省总队比武竞赛，获得了狙击专业第四名的好成绩，这也是威海支队获得的唯一一个单项名次。年底，他再次荣立三等功。

2011 年，到了杨艳辉该退伍的时候。就在这一年，杨艳辉有幸参加了以辛亥革命为背景的电视剧《枪炮侯》的拍摄，为他精彩的军营生活增添了一抹更加美好的回忆，也使得他对国防力量的认识又上了一个台阶。

那年 7 月某一天的上午，营区里来了一辆吉普车，队长、指导员急忙出门迎接。只见车上下来 3 个人，其中一个黑黑的、胖胖的留络腮胡子的中年男人穿着黑色的短袖和七分裤，另外两个人则都穿着长裤短袖加马夹，戴着棒球帽。三人操着一口地道的北京话，与队长、指导员一一握手寒暄几句后，便随着他们进了一楼的队部，那是队长、指导员办公的地方。

看到这一幕，杨艳辉及战友们都在猜测这几个人是干什么的，有几个战士还在一旁大声议论。这时，吃饭哨声吹响了，他们只好迅速归队。

唱完《学习雷锋好榜样》，战士们依次有秩序地走进食堂就餐。随着值班员一声洪亮的“坐下，开饭”口令，食堂里顿时安静下来，只有千篇一律的吃饭声和习以为常的碗筷碰击声。

这时杨艳辉发现，队长、指导员和那三个人也来到了食堂吃饭，他们一边吃一边聊着威海的景色和部队的生活。吃完饭没多久，队长、指导员便将三人送出营区，一切似乎都跟战士们没关系，谁也不知道这三个人究竟是干什么的。

第二天上午，指导员集合中队全体官兵，在队列前他突然说道：“电视剧《枪炮侯》剧组来威海取景，接上级通知，我中队派出人员配合拍摄，为期 3 天。除岗哨及后勤人员留守，其他人员全部参加，由董排长带队，希望大家能配合好剧组工作，圆满完成此次拍摄任务。”

闹了半天，原来是拍电视剧啊！

获此消息，杨艳辉心里既激动，又高兴。其他战士也一样表现得很兴奋，因为这几天既不用参加训练，又可看看外面的世界。毕竟，部队管理得太严了，他们平常很少有机会能与外界接触。

而且，还有可能见到“活的”大明星。当时他们已通过各种渠道了解到，参加《枪炮侯》拍摄的有倪大红、吕中、赵静、王凯、杨雪等名家新秀，阵容还是比较强大的。特别是倪大红和王凯，一老一少，都处于事业上升期，堪称演艺圈中坚力量，颇有观众缘。

在威海公园，停着一艘“定远舰”的模型，供游人参观。这艘船是仿照甲午海战中的战舰按 1:1 比例制造的，外形威武，气势壮观。

此次拍摄地点，就在这艘“定远舰”上。

到达现场后，杨艳辉不禁感叹，一百年以前就有如此气势磅礴的军舰，中国人实在是了不起。

杨艳辉和战友们扮演的角色是北洋水师的水兵，以及在甲板上行走的“路人甲”。每天的拍摄时间也就 1 个小时左右，其他时间多是在等候，或者闲着无聊，在边上看别人拍戏。有时一个镜头要拍好几遍，杨艳辉他们也得在同一位置角度走上好几次。

看着电视里演得挺简单，谁知要想拍摄好，却需要服装、道具、场务、演员等各个方面配合，反复排练，所有人员都付出了很多的汗水和时间，包括他们这些来自军营的“群演”。今天回想起这些，杨艳辉依然感到很骄傲。

参与这部电视剧的拍摄，杨艳辉和战友们虽是抱着体验生活的态度，却并未将其放到一定高度，甚至还有些嬉戏的心态。

然而通过几天的拍摄生活，也把他们带回到了历史的一瞬间，杨艳辉不禁感慨当年中国的积弱积贫，清政府的腐败无能，受尽了外国列强的欺凌霸辱，山河破碎，民不聊生。幸亏中国共产党力挽狂澜，推翻了旧政府，建立了新中国，并带领各族人民大搞社会主义建设，让人们过上了幸福美好的生活。

“其中也有我们杨牌坊革命先辈的贡献。”杨艳辉动情地表示。

他还说：“回望历史，我们不忍忘记，也不能忘记。吾辈当自强，站在新时期、新时代，理当不负重托，努力学习，奋发图强，建设更加美好的明天！”

2011 年 11 月底，杨艳辉依依不舍地脱下了军装，含泪离开了火热的军营。

对他而言，这 8 年军旅生涯里，有泪水，更有欢乐；有失落，更有期待；有寂寞的岁月，更有充实的时光……

杨艳辉表示，如果再给他一次机会，他还会毫不犹豫地选择投身部队，在绿色军营中锤炼自己的青春，锻造精彩的人生。

6. 与小白杨一同守边防

“一棵呀小白杨，长在哨所旁，根儿深，干儿壮，守望着北疆……”

提起军旅歌曲《小白杨》，可谓家喻户晓，耳熟能详。在平常的生活中，我们也时不时听到身边亲友哼唱这首歌。

那天在杨树亮家采访，他不经意间说了句：“我们的哨所叫小白杨哨所，歌曲《小白杨》的诞生地。”令我大吃一惊，一下子拉近了与《小白杨》的距离。

没想到著名歌唱家阎维文唱红的这首歌，竟会与我们身边的人产生如此密切的关系。而“小白杨同我一起守边防”，也成了采访中杨树亮说得铿锵有力、最为自豪的一句话。

杨树亮，出生于1982年2月5日，近房中有杨秉义、杨秉琳、杨星芝等前辈当过兵或在中华人民共和国成立前参加地方革命工作。受家族传统影响，杨树亮也成了一名军人。他于2000年12月应征入伍，2002年12月退役。当兵时间虽短，经历却很丰富，收获也非常大。

回忆那段往事，杨树亮首先从入伍时的心路历程谈起，他说当时就像是坐过山车，经历了情感上的大起大落，喜忧交加。

那是2000年12月初的一天，杨树亮怀揣火热梦想，与一批像他一样向往绿色军营的年轻人一道，从徐州坐上了西行列车，直奔边疆而去。

他们当的是新疆边防兵，沿途要经过安徽、河南、山西、陕西、甘肃、宁夏等省份，路过乌鲁木齐时还要停顿休整两天，前后得一个多星期才能到达部队。

一路上，他们有说有笑，海阔天空，插科打诨，全然不顾旅途劳累和彼此不熟悉。甚至，他们不懂得作为一名军人或者说准军人，是需要保持平常心态和应有风范，而不能随心所欲、无拘无束的。

没办法，他们只是一群刚出校园不久，尚未完全融入社会的大男孩而已，顾不了那么多。兴奋，好奇，憧憬……外面的世界带来的吸引力，完全战胜了他们的自控力。

带兵的领导，或许因为是过来之人而多了些理解吧，又或许是有意识让他们先欢悦一番，然后迎接后面的艰难挑战，因而并没有过多干涉他们。

果不其然，随着时间的一天天过去，以及家乡在身后被甩得越来越远，这群年轻人的心情逐渐复杂起来，甚至发生了微妙变化。

没过山西的时候还好，一马平川，气候宜人，跟家乡无异。这期间充斥心中的，除了兴奋还是兴奋，每个人脸上都洋溢着春风得意的表情，一副勇闯天涯、主宰世界的架势。

然而过了山西，进入甘肃地盘，情况就不一样了，很多人感觉越来越不对劲，两耳开始嗡嗡作响，呼吸也不那么顺畅。

原来，这是进入高原地带，产生高原反应了。

此时再往车窗外看，满眼都是戈壁滩，一望无际，寂寥苍凉。

放在今天，很多人将欣赏戈壁滩风光视为一种奢侈和梦想，朝思暮想前去游览，一饱眼福。然而在 20 年前，对于一群刚离开父母怀抱背井离乡的年轻人而言，面对着自然环境的骤变和身体上的不适，纵然再好的风景也无暇顾及了。他们已然没有先前那份轻松与惬意，一个个耷拉着脑袋，没精打采，有的人甚至想吐。

杨树亮说，在茫茫戈壁缓慢穿行的时候，他一度动摇，开始怀疑选择到新疆当兵是不是错了。而更没想到的是，更艰难的日子、更严峻的考验还在后面呢！

到了乌鲁木齐，火车就不再往前开了，他们就地停歇两天。一方面，经过几天的长途跋涉，需要作短暂的休整；另一方面，部队离乌鲁木齐还有数百公里，且沿途多是山路，而此时已是深冬季节，大雪封山，铁路、公路运输均已中断，得换乘飞机。

就这样，他们在又过了把飞机瘾以后，终于来到了神秘而又迫切想见的目的地——新疆塔城地区裕民县。这里是边境，他们要服役的新疆军区塔城军分区边防某团，就驻扎在这里。

如果说穿越戈壁让他们尝到了一丝丝不适的滋味，那么接下来，才是他们真正苦日子的开始。

为了让他们有一个适应的过程，一开始，部队并没有安排他们太过繁重的任务，每天都是在室内活动，主要以练习叠被为主。

叠被虽说是技巧活，但技术含量并不大，只要多点细心和耐心，很快也就学会和练好了。倒是身体上的不适，让他们痛苦不堪，也无可奈何。

由于气候干燥，水土不服，他们中几乎一半的人出现了小便不畅、大便失调等情况。小便还凑合，大便则更难，便秘是常见现象。有的人甚至一连好多天没有大便或解不下大便。

这种艰难的生活，通常要 1 个月左右的时间才能适应。然而才过一个星期，便开始正常的训练了。很多人心生畏惧，却别无选择，只能硬撑着。

当然，困难远不止这些。纵然他们适应了生活规律，改善了生理机能，可面对冰天雪地，成天在砂石堆上摸爬滚打（当地地貌是泥土少、石头多，到处呈砂石状），以及训练任务日趋繁重、枯燥，他们还是有点受不了，很多人甚至感到了从未有过的绝望，开始想家了。

想家的滋味不好受，当兵的人想家更是撕心裂肺、牵肠挂肚。然而没办法，选择了投身军营保家卫国，就要承受常人所不能承受之重。最终，他们还是咬牙坚持了下来。

也许，这就是军人应有的素质吧，或者，这就是军人所必须付出的代价！

事实上，一旦适应了艰苦的环境与生活，收获与喜悦也会随之而来。入伍没多久，杨树亮被抽调到了警侦排，成了一名贴近高层的特岗战士。

警侦排归团部直管，主要是负责团部的安全保卫工作，也就是给团部站岗值勤。成员是从新兵连挑选出来的，个个都是一米八左右的身材，要不就是综合素质超强。因此说，杨树亮能从两个新兵连四百多名战士中被选拔出来，成为警侦排十几名新成员之一，还是非常幸运、非常光荣的。

据杨树亮回忆，当年沭阳去的两百多名新兵分配在两个团，被选入警侦排的只有四人。而和他们一同被选入警侦排的，主要来自江苏（4人）、山东（4人）、甘肃（2人）、湖北（1人）四个省份。

在警侦排的日子里，每天除了站岗值勤，空闲时间还可到团部的篮球场打球锻炼。有时候，团部首长们也会前来打球，与战士们同场竞技。

杨树亮非常清楚地记得，当时他们的团长经常在傍晚陪妻儿散步，路过球场的时候，团长便会拉着儿子走入球场，和杨树亮他们一起打球，团长妻子则在边上观赏、助威。当地天黑比较晚，所以每天傍晚都可以打好长时间的球。

2019年国庆70周年大阅兵仪式上，在隆隆驶过天安门广场的钢铁方阵中，一支来自雪域高原的轻型装甲方队展现在世人面前。该方队的领队之一，便是杨树亮当年的团长。

当杨树亮通过电视画面看到老团长的熟悉身影和飒爽英姿，不禁为之自豪、为之骄傲，仿佛又回到了十几年前的军营，眼前呈现出了老团长和他们一起打球的欢乐场景。

“这也是我当年在警侦排的一大收获了。”杨树亮颇为自豪地说。

第二年，杨树亮离开警侦排，去了百公里外的边防线，开启了另一阶段的军旅生涯。根据规定，他们这些新兵需要轮番到塔斯提边防连站岗放哨，巡逻值勤，保卫国境线。

塔斯提边防连位于巴尔鲁克山脚下，对面就是邻国。对于新疆，很多人通过歌曲《达坂城的姑娘》知道了达坂城这样一个神秘地方，而对于四季旖旎的阿勒泰喀纳斯湖、如梦如幻的伊犁那拉提草原等风景名胜，很多人也不陌生。可要说起巴尔鲁克山，很多人却未必知道。

巴尔鲁克山位于裕民县中南部，是裕民县的标志性山脉，全县大大小小的10多条河流均发源于该山区。巴尔鲁克山并不高大，但山势陡峻，相对海拔也不低。山脚下的塔斯特河和布尔干河，分别从两个方向流向西方，流出国界。塔斯提哨所（即如今名闻遐迩的小白杨哨所），就在山顶之上。

当时，杨树亮刚到塔斯提边防连，便感受到了当地环境之恶劣，比起塔城有过之而无不及。塔斯提系哈萨克语，意为河床内多乱石，也称“石头滩”。薄薄的土层下，全是坚硬石头，且土层含有很高的盐碱，几乎寸草不生。连部在山脚下，条件还稍好点，而哨所在十几公里外的山顶，环境何等恶劣可想而知。

但再难，还是要上，那可是保家卫国的最前沿啊。

杨树亮曾先后两次登上山顶站岗放哨，每次 20 多天，完全吃住在山顶哨所里。

离开连部不久，便远远望见在巴尔鲁克山一处无名高地上，屹立着一座放哨用的红色塔楼，如铜墙铁壁般坚不可摧，国旗在塔楼顶部高高飘扬，几名士兵背着钢枪正在放哨，显得很威武。想想自己也要到塔楼上面站岗放哨，担负起守护边防、保卫国家的重任了，杨树亮不禁热泪盈眶，心中暖洋洋的。

而此时，除了置身边境线，与邻国一步之遥，感觉多了份神秘与威严，杨树亮并没有意识到其他不同。比如，这里曾发生过刀枪相对的边境争端，留下了可歌可泣的壮美故事，其中孙龙珍烈士的墓地，就在哨所附近。还有塔楼前方那棵独一无二、高大挺拔的白杨树，竟然是歌曲《小白杨》的创作原型……

当然，随着时间的推移和哨所政治思想工作的开展，这些悬念很快在杨树亮心中逐一解开了。

原来，这里由于地理位置特殊，山峦起伏明显，低山带的土质松软肥沃，夏季降水较丰富，草木繁茂，呈山地草原景观，也是理想的天然牧场。一到春夏季节，当地牧民便经常赶着牛羊等牲畜，前来放牧。而这里是与邻国接壤的边境线，稍有不慎，便会引发争端。“孙龙珍事件”便是曾经发生在这里的一个重大事件，对后来塔斯提哨所的更名以及歌曲《小白杨》的诞生，有着一定的关联性。

那是 1969 年 6 月 10 日，新疆生产建设兵团农九师“三代”（代耕、代牧、代管）工作者孙龙珍，为维护国家主权和领土完整，虽身怀六甲，仍奋勇向前抵制外敌入侵，不幸中弹牺牲，用年仅29岁的生命谱写了军垦战士保卫祖国、忠于使命的赞歌。

后来，孙龙珍烈士被安葬在了塔斯提哨所附近的一处空地上。塔斯提哨所的一代代战士，经常到孙龙珍烈士墓前祭奠缅怀，用实际行动表示对她的守护与陪伴，并视其为戍守边疆的榜样。

20世纪80年代初，塔斯提哨所一位叫陈福森的战士回家探亲，将孙龙珍烈士的光荣事迹以及哨所官兵顶着风沙卫国戍边的艰苦生活讲给母亲听，母亲深受感动，也深有感触。探亲结束，母亲让陈福森带10棵白杨树苗回哨所种上，叮嘱他要像白杨树一样扎根边疆，为祖国守好边防。

然而，哨所干旱缺水，战士们吃水都要往返两三公里到山下的布尔干河去挑，尽管战士们每天用省下来的水精心浇灌，小白杨还是相继枯死，最后只有一棵顽强地活了下来，伴随战士们，也被战士们视为掌上明珠。

1983年，词作家梁上泉到新疆边防部队采风，为小白杨事迹所感动，创作了歌词《小白杨》。很快，又被中国音乐家协会会员、总政歌舞团创作员士心谱曲。1984年，阎维文第一次将《小白杨》唱了出来，顿时红遍大江南北，激励着戍边将士。

就这样，小白杨悄然成了戍边军人的象征，《小白杨》则成了一首脍炙人口的标志性军旅歌曲。而在2002年，也就是杨树亮开始上山站岗放哨的那一年5月，塔斯提哨所被正式改名为小白杨哨所。从此，“小白杨哨所”便成了边关将士的精神家园。

能见证“塔斯提哨所”更名为“小白杨哨所”这一光荣时刻，杨树亮感到无比荣幸、无比自豪。有了这样的经历及激励，杨树亮在边境站岗放哨、值勤巡逻，便不觉得苦与累，反而多了份荣耀感。

那棵白杨树，就在营房后面通往塔楼的地方，推开窗户便能看到。杨树亮经常透过窗户望向白杨树，像是观赏风景，又像是找寻什么、思考什么。想当初一棵小白杨，如今已长成参天大树，陪伴了一代代戍边将士，也见证着国防力量的发展壮大，不能不令人感慨与自豪。

有时夜间放哨，杨树亮站在高高塔楼上巡视夜空，望见对面山头绿光闪闪，知道那是狼群在活动，原本心中有丝丝寒意，可一想到身下不远处的白杨树，再听听微风吹拂下树叶传来的沙沙响声，便不觉得孤单寂寞，相反，还平添了一股力量。

这棵白杨树的名气随着歌曲《小白杨》远扬，能与其一同守边防，则成为塔斯提边防连、小白杨哨所每一位战士的荣光与骄傲。为了让新战士牢记这棵白杨树的生长艰辛以及最初那批战友的付出，连队定期安排他们下山挑水。

事实上，哨所早年间靠挑水吃，后来有了一头牛，便靠牛车拉水，而不需要战士下山挑水了。杨树亮去的时候，牛车也不用了，直接靠汽车运水，省力又方便。

杨树亮也曾下山挑过水。他说，这看上去有点多此一举，却意义非凡，既是一种体验，也是一种传承，更是“小白杨精神”的体现。

这一经历，也让杨树亮对生活有了别样的感受，包括退役后踏入社会，也比别人更加勤快、更加执着。如今，他充分发扬小白杨那种坚韧不拔、蓬勃向上的精神，并利用刚退役那会儿在外打工时积攒的经验与人脉，干起了江苏仙中香食品科技有限公司的经销代理业务，还购买了两辆货车，一边搞食品代销，一边从事物流运输，双管齐下，收入非常可观。

值得一提的是，杨树亮于 2002 年 12 月光荣退役，依依不舍地离开了小白杨哨所，离开了边疆这片热土。就在他退役几个月后的 2003 年 7 月，新疆塔城军分区塔斯提边防连防区上百平方公里的争议土地正式回到了祖国怀抱，塔斯提边防连防区的边界线向前推进了 6 公里。

现如今，随着小白杨哨所前移，原来的哨所连同那棵白杨树，被改造成了红色教育基地和景点，每年有数万人前往参观，接受国防教育和爱国主义教育。

得知这些，阔别军营已快 20 年的杨树亮感到非常的欣慰和自豪。他表示，等时间允许，一定约上一批老战友故地重游，再到白杨树下唱唱《小白杨》，再去找找当年站岗放哨、卫国戍边的足迹。

7. 疫情面前再显军人本色

2020 年 10 月 21 日上午 9 点，黑龙江省抗击新冠肺炎疫情表彰大会在哈尔滨市隆重举行。大会授予 299 个集体“黑龙江省抗击新冠肺炎疫情先进集体”称号，授予 884 名同志“黑龙江省抗击新冠肺炎疫情先进个人”称号。在获得“黑龙江省抗击新冠肺炎疫情先进个人”称号的英雄队伍中，有一位祖籍为江苏沭阳的“80 后”小伙子，乃杨牌坊革命后代和转业军人，他就是供职于哈尔滨市工业和信息化局协作与培训处的一级主任科员杨越。

杨越，1982 年 6 月 30 日出生于哈尔滨。父亲杨星明，中国人民解放军驻哈尔滨铁路局军事代表办事处高级工程师，大校军衔，曾获国防服役金质奖章。爷爷杨琛，是从杨牌坊走出的老革命，离休前系黑龙江省军区司令部副参谋长兼黑龙江省战备办公室主任、省政府人民防空办公室主任，上校军衔，曾获中华人民共和国三级独立自由勋章、三级解放勋章和中国人民解放军独立功勋荣誉章。

可谓是将门虎子！

杨越于 1996 年 12 月应征入伍，成为中国人民解放军第 23 集团军高炮旅的一名战士，继承了老家杨牌坊杨氏家族积极从军的光荣传统。

23 集团军是一支英雄的队伍，当年南征北战，历经无数次大大小小的战役、战斗，中华人民共和国成立后又先后参加了抗美援朝、大庆石油会战、珍宝岛之战、大兴安岭森林扑火以及嫩江、松花江抗洪抢险等，可以说战功赫赫、声名远扬。红色经典电影《柳堡的故事》被几代观众熟知和热爱，它所讲述的军民之间美好的爱情故事，以及片中清新的农村风土人情，还有那首动听悦耳的插曲《九九艳阳天》，至今仍为人津津乐道。而这部电影的原型，正是发生在23军的故事。

在这样的部队服役，不仅荣誉感强，而且历练成长也快。服役期间，杨越一边刻苦训练，一边努力学习，不断寻求和实现自我突破，收获巨大。

1998年8月中旬，东北的嫩江、松花江流域出现了罕见的特大洪灾，洪水来势之猛、洪峰之高，持续时间之长都超过了历史记录。

松花江下游的佳木斯是地处黑龙江省东北部的地级市，江水多次冲破警戒水位，整座城市危在旦夕，人民群众的安全受到严重威胁。

杨越所在的23集团军高炮旅就驻扎在佳木斯，在这危急时刻，奉命投入到了抗洪抢险的第一线。

江坝上烈日炎炎，部队官兵们不顾高温，不分昼夜，装沙袋、扛沙包、抬石头、夯实江堤，以保证城市的安全。饿了吃点干粮，困了就眯一小觉。战士们的肩膀和双手都被石子划得鲜血直流，大家都轻伤不下火线。

杨越在抗洪抢险中专心致志干活，眼角不慎被铁锹划破，他只让战友简单处理一下便投入工作，结果留下了伤疤，至今还在。

杨越说，当时父亲也在抗洪一线，成了他的一大精神支柱。

父亲杨星明，时任中国人民解放军哈尔滨铁路分局军代处主任，洪水来临后，他立即带领军代处的全体官兵，积极投身于组织抗洪抢险部队输送和抢运救灾物资运输工作之中，加班加点，连家都顾不上回了。

一想到远方的父亲，杨越就干劲十足，忘了苦与累。父子连心，他们共同坚守在抗洪前线的不同区域、不同岗位，却彼此默默牵挂着对方，鼓舞着对方。

经过10多天的奋战，洪水被驯服了，江水平稳了，城市保住了。杨越及战友们向自己的第二故乡交了一份合格的答卷。

1999年9月，杨越有幸成为大连陆军学院的一名学员，开始接受更高层面的培养教育。

2001年7月，学成归来的杨越开始担任23军高炮旅司务长，后于2003年8月晋升为副连长。恰在这时，杨越遇上了一次部队变革，个人命运因之发生改变。

杨越原本希望能像父亲、爷爷一样，扎根军营一辈子的。然而进入21世纪以后，我国军队已迈入快速发展阶段，对兵力数量的要求已经明显下降。在这样的背景下，中国人民解放军于2004年进行了减员20万人的大裁军，也是史上第10次裁军。而隶属原沈阳军区的第23军，恰巧在本次裁撤之列。

就这样，随着23军的裁撤，杨越于2004年3月被调至吉林省德惠市人武部，任副连级参谋，后于2005年12月转为正连级。

2006年12月，杨越退伍，依依不舍地离开军营，转业分配至黑龙江哈尔滨市（以下简称哈市）经委，任交通处科员。

2009年1月起，杨越先后任哈市经委交通处副主任科员，哈市工信委交通运输处副主任科员、主任科员，哈市工信委经济运行处主任科员，哈市工信委协作与配套处主任科员，哈市工信局协作与培训处主任科员、二级主任科员、一级主任科员。

转到地方工作这十几年里，杨越虽然脱下了军装，但依然保持着军人的本色，无论角色如何转换，那种艰苦奋斗的优良传统、吃苦耐劳的工作作风和积极向上的昂扬斗志始终没有改变，而且持续不断地得以发扬光大。

一分耕耘一分回报。杨越先后于2005年10月被长春警备区授予三等功；2010年1月被哈市经委授予“优秀公务员”荣誉称号；2010年4月被共青团哈市市直机关授予“优秀青年”荣誉称号；2011年1月被哈市工信委授予“优秀公务员”荣誉称号；2011年1月被哈市工信委授予“优秀共产党员”荣誉称号；2012年3月被哈市工信委授予三等功；2012年4月被哈市直属机关授予五四奖章；2012年5月被共青团哈市委授予“杰出青年岗位能手”荣誉称号；2020年1月被哈市工信局授予“优秀公务员”荣誉称号；等等。

荣誉不是炫耀的资本，而是一种鼓励和鞭策；成绩只代表着过去，奉献永远没有止境。年轻的杨越获得这么多的荣誉，受到如此高的表彰，却并没有满足，更没有陶醉，而是用更加努力的付出，来回报单位、回报社会。他说，这是每个人需要拥有的心态，更是一名退伍军人应该具备的基本素质。

这不，就在被哈市工信局评为优秀公务员不久，杨越又投入到了另一场艰巨任务的执行之中。

2020 年春节，乃至其后的很长一段时间，注定不平凡。一场突如其来的新冠肺炎疫情席卷全国，形势复杂而严峻。

为了打赢这场没有硝烟的疫情防控阻击战，全国各地无数共产党员奔赴一线，无数退役军人冲锋在前。他们不计报酬，无谓生死。他们的事迹，平凡而又熠熠生辉。

杨越，也成了其中一个代表。

疫情发生后，杨越所在的哈市工信局主要承担着当地防控物资保障和推动企业复工复产等艰巨任务，人员少、任务重成了该局面临的重点难点问题。在困难面前，杨越毫不退缩，主动请缨，迅速进入角色开展工作。

为保证企业人员如期到岗和外出务工人员及时返岗就业，杨越负责起草了《哈尔滨市外出务工人员安全有序返岗指导意见》，并组织区、县（市）付诸实施。在分管局长的带领下，用半天时间收集整理了主城区各重点企业的车辆通行需求，然后加班制作车辆通行证。一直忙到次日凌晨 2 点，终于把 5000 余份复工复产企业车辆通行证制作完成。而落实该项工作，前后也仅用了 12 个小时，便全部完成。

为帮助企业解决资金等困难，杨越积极组织梳理政府相关优惠政策，利用电话、微信等方式广泛宣传和跟进解读，并动员区、县（市）及部门快速推送，引导企业及时申报争取这些优惠政策。他还组织起草市级领导联系帮助企业工作方案，并陪同领导深入企业开展调研，梳理汇总企业遇到的困难，形成问题清单，分解到区、县（市）和部门落实，均得到妥善解决。

哪里有困难，哪里就有他的身影；哪里有危险，哪里就有他的出现。

为帮助哈电集团、哈药集团等企业总部领导、高管和技术骨干顺利抵哈，杨越在明知外来人员有可能携带病毒的情况下，却仍然冒着被感染的风险，多次前往机场、火车站等处，协调公安、疾控等部门，为这些人员办理快速抵哈手续，使这些企业的项目接洽等重要工作得到了保障。为此，哈电集团专门向哈市疫情防控指挥部发了感谢信，为全市上下积极服务于企业的做法点赞。

杨越还在分管局长和处长的领导下，组织调查航空产业复工复产中存在的主要问题，组织4家龙头企业和14家配套企业，召开产业配套协作会议，搭建企业间协作配套桥梁，有效保证了疫情期间航空产业产值不减反增。

这些看似很平常的工作，既没有战场上的硝烟，也没有冲锋的号角，却成为这场“战疫”的重要组成部分，更何况被感染的风险时时刻刻都在，还是非常考验人的。真正的勇敢，不是不害怕，而是明知艰险，却仍然选择勇往直前。杨越说，疫情面前，他并非没有担心过，但每当他走上工作岗位，便觉得自己仍是一名军人，使命在肩，责任重大，除了坚守，别无选择……

正如歌中所唱：“风平浪静的日子，你不会认识我；硝烟散尽的日子，你不会留心我……假如一天风雨来，风雨中会显出我军人的本色。”

第十四章　觅迹寻踪讴先贤

如今的中国，正一步步走向繁荣富强，国际地位不断提升，人民生活水平更是蒸蒸日上。

这些，既是革命先烈们曾经的愿望与憧憬，也是他们为之奋斗与拼搏的结果。

吃水不忘掘井人。我们在享受着美好生活的同时，绝不能忘记革命先烈们。

青山埋忠骨，史册载功勋。对先烈们最好的怀念，莫过于将他们的事迹记录下来，将他们的精神传承下去。

而在杨牌坊革命后代中，有那么一些人，近年来致力于对村中革命先辈的光荣事迹进行搜集、整理和宣传，扩大杨牌坊“革命村庄”“红色村庄”的影响，同时给下一代以启迪。

他们的挖掘，对我创作本书起到了很大的推动作用，也提供了丰富的素材。所以在最后，我想记录一下他们的努力与付出。

当然，其中的很多内容，同样能从一个侧面展现出杨牌坊老革命的风采。

1. 一篇文章的启发

2020年10月下旬的一天，一篇题为《继承革命传统　传承红色基因》的文章被转交到了我手中，是写杨牌坊革命传统及有关事迹的。

文章作者，乃杨牌坊老革命杨琛之女杨星惠。

杨星惠，1960年于安徽淮南化工专科学校毕业后留校任教，1961年去合肥工业大学化工系深造两年，1965年调江苏省化工设计院工作至退休。从助理工程师、工程师到高级工程师，多年为我国化肥、化工工程设计与技术改造添砖加瓦，后来担任院情报资料室主任和支部书记，还担任江苏省化学化工学会委员。

在化工战线几十年生涯中，杨星惠努力工作，强化学习，时刻想着自己革命家庭出身，又是军人的妻子，要处处走在别人前面，不让别人瞧不起。她主编了两部专著，多篇论文与报道被化工部化工情报中心站评为优秀论文，其中一篇调研成果论文获调研成果三等奖。曾获化工部“荣誉奖”，获奖理由为：“长期在我国小氮肥工业生产建设中辛勤劳动，成绩显著。”也多次被院评为先进工作者和优秀共产党员，被江苏省化学工业厅和省级机关工委评为优秀共产党员。

对于自己所取得的成绩，杨星惠表示其根本原因是父辈的精神力量支撑，是家乡红色基因的传承作用。

她之所以将《继承革命传统　传承红色基因》这篇文章转交给我，是想让我帮忙修改修改和推荐推荐，看能否在本地报刊上发表。因为，2020年是抗日战争胜利75周年、抗美援朝70周年，这激起了她对家庭、家族、家乡的一些往事的回忆，她把回忆的一个个片段浓缩成了这篇文章，希望能在家乡的报刊上发表，以在有生之年把杨牌坊的革命事迹宣传出去。

说心里话，我对杨牌坊虽然印象深刻，却并不了解它的过去，更不知道它还有一段光荣的革命史。

细读文章，我注意到这样几段话：

“就是在这样一个吃糠咽菜、衣不遮体的小村庄，在抗日战争、解放战争以及抗美援朝战争中，先后共有二十五六人参加人民军队或地方革命工作。”

“这些先辈们为中华人民共和国的成立作出了巨大贡献，有的献出了宝贵的年轻生命，杨秉义战场牺牲，新婚不久的杨尔玺牺牲在辽宁彰武，家中独子的张公丫牺牲在四平保卫战，当时还没有成家。”

“现在我们姐弟四个小家庭中共有军人 13 人，其中正师职 3 人，其余为团以下……”

我这才意识到，杨牌坊原来是一个有着好几位烈士和大批老革命以及和平年代军人的“红色村庄”呀！

于是，我将文章题目改成《红色杨牌坊》，又对内容做了些许调整，然后推荐给了《宿迁日报》。

不久，该文在 11 月 24 日《宿迁日报》的“紫藤”副刊发表，并引起了本地读者及网友的热议与好评。

当时，杨星惠还让我帮其找了 10 份样报，说是要分送给生活在外地的杨牌坊革命后代，让他们了解并牢记杨牌坊的革命历史。

这令我大为感动，也深受启发。

作为一名长期生活在外地的八旬老人，还能惦记着家乡的革命传统，并亲自动笔写文章进行宣传，这种守根固本精神难道不值得学习和推广吗？既然杨牌坊有那么多老革命及现役军人，已然成为一种现象，难道不应该进行挖掘和宣传吗？

于是我建议，不妨以此为契机，对杨牌坊的革命传统、革命事迹进行一次系统性挖掘，整理成翔实的村庄革命史，为儿孙后代留下点资料。

杨星惠表示赞同，当即决定牵头实施这一计划，并利用寄送报纸的机会，动员生活在外地的杨牌坊革命后代们参与其中。

为了表示支持，我答应帮他们负责后期的材料汇总、文字把关等工作。这也使我得以充分了解杨牌坊的革命历史及其革命后代在和平时期的从军情况，继而产生了以此为素材创作一本红色题材纪实文学的想法。

2. 特殊“采访团”

自从决定挖掘整理杨牌坊革命史料，杨星惠便不顾年事已高、身体欠佳，一门心思投入到了联络、督促、协调等工作之中，还亲自动笔书写注意事项、老革命名单、采访提纲、个人回忆等内容。

杨星惠这种认真负责、亲力亲为的态度及做法，在杨牌坊革命后代中产生很大反响，也深深感染着大家，大家纷纷表示全力支持配合她的工作，争取共同把这件大事做好。

首当其冲的，是同为八旬老人的杨星华。

杨星华，是杨牌坊老革命杨炳文的长子，1959 年于沭阳师范结业后参加教育工作，并且步父亲后尘，先后担任过多地、多所小学的校长，桃李满天下。曾因教学成绩显著而受到上级奖励，并出席县先进代表大会。1999 年退休，2016 年荣获中华人民共和国教育部、中华人民共和国人力资源和社会保障部联合颁发的“乡村学校从教满 30 年荣誉证书”。

杨星华和杨星惠年龄相仿，而且是小学同学，平时联系较多，所以对杨星惠的行动计划非常赞赏，并且力所能及地提供帮助。他回忆并整理了好多老前辈的事迹，还梳理出了一些被遗漏的老革命名单。尤其是对于烈士杨炳来的牺牲时间、牺牲地点等细节问题，他通过走访了解，给出了很中肯的看法。

杨牌坊当年参加人民军队或地方革命工作的共有 32 人，其中 10 多人在中华人民共和国成立后定居外地，他们的资料由各自子女提供。而对于那些回到家乡生活的老革命，他们的后代普遍务农，动笔能力较弱，指望他们整理长辈材料，实在太难。

为此，杨星敢、杨文平、杨兴兵等人主动站出来，组成了一个特殊“采访团”，在杨星华等亲友的关心帮助下，统一对村中老革命的后代进行采访，逐一整理出他们的相关材料。

杨星敢，是杨牌坊老革命杨秉国的亲侄儿，为其三弟杨秉钺的次子，因身体原因，一直在家务农。

杨文平、杨兴兵系亲姐弟俩，是杨秉国五弟杨秉武的子女，均在江苏恒通客运集团（前身为沭阳汽车站）工作，杨文平是部门科长，杨兴兵是公司副总。

兄妹三人，因本门中有大伯杨秉国、二伯杨秉尧、大姑杨秉秀三位长辈同为老革命而倍感自豪，也深受影响，所以在杨星惠大姐的感召下，共同承担了对村中革命先辈们个人信息、事迹资料等的搜集整理任务。

他们既有分工，又有协作，并时常一同行动，挨家挨户进行走访。其中，杨星敢虽然住在城里，但经常回老家，对村中情况比较熟悉，所以负责带路、联系采访对象、收集电话号码等；杨文平，主要负责开车、采访、记录、录音等；杨兴兵则负责拍照录像、整理采访资料等。

虽然要采访的革命后代都是一个村的，但要想见到他们也非易事，因为现在条件好了，大家都分散在不同的地方工作或生活，有的住在镇上，有的住在县城，还有的住在工厂、敬老院等。

没办法，他们便不厌其烦地往返于各处，想方设法与采访对象见面。

这是一个凉爽的早晨，杨星友正在杨牌坊西南边的田地里锄草，忽见一男一女两个身影从远处深一脚浅一脚地走过来，他感到很奇怪，空野荒湖的，哪来这两人？

来者不是别人，正是杨星敢和杨文平。他们今天的任务是了解老革命杨秉芝的情况，刚才在村里听说杨秉芝的长子杨星友下地干活了，便径直找了过来。

待俩人走近些，杨星友赶忙放下锄头说道："是星敢呀，你怎么到这里了？身后这位大姐是谁呀，我怎么不认识？"

杨星敢赶忙介绍道："这是我五爷家的堂妹文平，来找你了解点事情。"

"哦，是五爷家文平小妹呀，我知道的，不是和五爷一起在沭阳汽车站工作吗？就是不常见到，都不敢认了。”

杨文平也赶忙上前打招呼，并把来意简单说明了一下。

就这样，一番寒暄之后，他们便开始了正式采访。

类似于这种田间地头式的采访，还有很多呢。

杨炳来是杨牌坊的第一位烈士，也是村中较早参加革命的杨姓成员之一，关于其资料，无疑是搜集重点。

然而，由于杨炳来的儿子杨星凯以及杨星凯的两个儿子均已去世，杨星凯的孙子又都不在老家，只能先找杨星凯的儿媳妇看看。

几番打听，得知杨星凯的大儿媳妇耿志平住在镇上某处，杨星敢、杨文平、杨兴兵三人便来到镇上，找到耿志平的住处，却发现大门紧锁。

邻居告诉他们，耿志平在一家工厂上班，短时间内不会回来的，如果急着想见她，可以到工厂去找找看。

于是，三人又马不停蹄地找到那家工厂，打听是否有耿志平这样一个人。一问，还真有，而且正在附近的车间工作。

他们在有关人员的指引下，找到车间，见到了正在工作的耿志平，便在车间完成了对她的采访，了解到了一些有关杨炳来的情况。

杨星敢他们的采访，可以说真正是走街串巷、登门入户。有时候，为了核实准确，他们还得来回跑好多趟。比如有的革命后代虽然见到了，也采访了，但因记忆不准确或说得不清楚，事后发现有些内容不对，于是便再约时间，重新见面采访。

还有的革命后代在外地打工，春节才回到老家，杨星敢他们一得到消息，便不顾冰天雪地，放下筹办年货等手头事情，赶忙前去见面，生怕失去机会。

有一阵子，他们实在采访不到有价值的信息，便根据掌握到的零星线索，到县档案馆查找资料。特别是杨文平，一次次单独跑，不嫌烦不嫌累，查找到了许多老革命的档案资料，收获很大。

在他们的努力下，该见面的基本见面了，该采访的也都采访了，搜集到了大量有用的资料。杨星惠对他们的工作予以了高度评价，一再表示没想到他们的行动会如此迅速、高效，短时间内掌握了那么多的情况。

3. 源源不断的资料

物有甘苦，尝之者识；道有夷险，履之者知。

对于搜集整理杨牌坊革命史料，好多人觉得启动太晚了，担心年代久远，很多资料已丢失，仅凭后代回忆，怕是收效甚微，所以积极性不高。

而杨星惠却信心满满，坚信自己能把父亲的革命经历回忆、整理出来（并在报刊发表），别人也能做到，就看大家用不用心去做。

果然，在她的耐心引导下，一些生活在外地的杨牌坊革命后代纷纷动起手来，或翻箱倒柜查找父辈的遗留物品，或搜肠刮肚回忆父辈的过往，明知有难度，还是乐此不疲地去做。而一旦有了结果，便立即提供给了杨星惠。

于是乎，一张张照片、一篇篇文章、一本本书籍……陆续呈现在了杨星惠面前。

为了方便工作，杨星惠一方面让女儿王晓宁将现有的资料全部转交给我；另一方面介绍我跟各家各户认识，让大家今后把相关资料直接寄送给我，由我统筹。

源源不断的资料，使我再一次被震撼，也再一次提振了帮忙整理杨牌坊革命史料和创作一本红色题材纪实文学的决心。

首先要说的，是辈分较晚、现年 65 岁的杨芳莉。

杨芳莉，是杨牌坊老革命杨行奎（与杨星惠平辈）的长女，大学毕业后到淮阴师范专科学校附中任语文老师，后调入淮阴教育学院，任团委书记、宣传部部长等职。2017 年淮阴教育学院与淮阴师范专科学校合并为淮阴师范学院，杨芳莉先后任淮阴师范学院工会副主席、女工委主任等职。

工作期间，杨芳莉写了不少论文，其中《欠发达地区女性创业、就业现状及对策》一文获得淮安市第四届精神文明建设“五个一工程”入选作品奖，并应邀参加在北京举办的“中国妇女就业论坛”，作大会交流发言。

由于父亲已 97 岁高龄，是杨牌坊健在的老革命之一，所以杨芳莉非常支持杨星惠发起的这一行动，并翻阅了父亲的大批资料、物件，全力查找有用的内容，一点一滴提供给我，还时常与我交流心得，那种身为革命后代的自豪感溢于言表。

她首先把父亲的档案资料一页一页拍成照片发送给我，使我对其父亲的一生有了大概了解。然后又把父亲早年间发表的有关老家或革命经历的文章，一篇一篇打印成文档发送给我。那个年代报刊上的文章都是繁体字，她为此还下了不少功夫呢。接着，她又和弟弟妹妹们一起，把父亲的工作日记进行了汇总和解读，并写下了《厚实的“家底”——读父亲日记有感》。

此外，杨芳莉撰写了《农耕园中一奇葩——五十年后再读〈沭城粪〉》《人才的摇篮　革命的熔炉——杨牌坊私塾学堂杂忆》等多篇文章，抒发了她对父亲杨行奎以及家乡杨牌坊的崇敬之情。她还转发了一篇曾与杨行奎共同参加过“四清”工作队的南京南湖二中退休教师马启荣（现年 86 岁）写的文章《回忆“四清”时的杨队长》给我，马老在文章中回忆了杨行奎当年在“四清”工作队的突出表现，以及关心下属、团结同事的良好品德。

其次要说的，是远在山东的杨燎原。

杨燎原，是杨牌坊老革命杨秉钧的长子，自学考上了高中、电大，拿到大专文凭后分配到济宁市酿酒厂。由于工作踏实认真，业务能力突出，不到一年时间就担任企业管理科科长，后又被提拔为厂长办公室主任。1988 年济宁筹建一个大型出口食品加工企业，他被上级调去参与筹建工作，先后被任命为该企业供销科科长、筹建处副主任、经营副厂长。

在企业工作期间，杨燎原掌握了食品加工企业从建设到投产运营，再到产品的市场开拓等企业管理知识，以及不同食品加工的专业技术知识。

20世纪90年代国企改制，他退出了原来的单位，先后被济南、青岛等地的三家食品生产企业聘为总经理，直到退休。

杨燎原虽然出生在外地，也没回过老家几次，却对家乡杨牌坊有着深厚的感情，家族观念很强。尤其是通过父亲多年的潜移默化，他对家乡的革命传统有着很深的认识，自从父亲去世后，他就一直在整理父亲的事迹。这次悉知杨星惠牵头整理杨牌坊革命史料，他自然拍手称好，并积极响应，很快将先前整理的部分内容缩减成题为《抗日烽火中我入了党》的文章，并在《宿迁日报》《宿迁晚报》等媒体上发表，起到了推波助澜作用。

杨燎原所提供的，当然不只是上面这篇文章，还有很多珍贵的资料呢。

首先，杨秉钧晚年亲笔写过150多页的个人回忆录，杨燎原一直收藏着，这次觉得对我有用，便将其一页一页扫描成电子件，通过微信发给了我。我收到后浏览一遍，真的是如获至宝，它不仅写了杨秉钧自己，还提到了村中的杨炳来（烈士）、杨秉承、杨秉国、范锡华（杨秉国之妻）、张桂兴（烈士）等革命先辈，好多细节性内容正是我想要而又迟迟没能了解到的。

其次，杨燎原经常转发一些网络文章给我参考，都是与沭阳有关的，其中的主人公还多与其父亲杨秉钧有交集。

比如《百岁老战士徐亚球：身经百战，初心永驻》一文，写了沭阳籍老干部徐亚球的革命事迹，而当年徐亚球和杨秉钧同在中国人民解放军第三野战军第30军88师262团1营，徐亚球为教导员，杨秉钧则为副教导员；再比如《戎马生涯写春秋——记原空军第13航校副政委、正师职顾问、离休干部张运生》一文，写到了新沂（沭阳邻县）籍老干部张运生，而张运生当年也和杨秉钧同在中国人民解放军第三野战军第30军88师262团1营，且两人均为1营副教导员。

1950年，徐亚球调师部保卫处工作，杨秉钧接替徐亚球升任1营教导员，张运生则被抽调到空军部队，他们从此各奔东西，在不同岗位上继续为保家卫国而征战。

通过这些文章，可以梳理出杨秉钧的革命轨迹，尤其是在部队期间的成长历程，也能从一个侧面呈现那个时代的风貌，对我的创作提供了很大帮助。

此外，杨燎原还提供了有关杨秉钧的许多老照片，包括早年间的工作照、与村中革命伙伴杨琛的合影、抗美援朝授奖证书照等。他转赠的《新宇回忆录》（徐亚球著）一书，也很有参考价值。

接下来要说的，是杨星光、杨星明兄弟俩。

杨星光，是杨牌坊老革命杨琛的长子，曾任沈阳军区后勤部政治部副处长、团单位政委、总参兵种部沈阳军事代表局政治部主任、总装备部沈阳军事代表局政委、总装备部南京军事代表局政委等职。

杨星明，是杨琛的次子，曾任中国人民解放军驻铁路绥化车站军代处主任、中国人民解放军驻哈尔滨铁路分局军代处副主任、主任、高级工程师等职。

他们兄弟俩，对父辈的革命气节、军人情怀是感同身受的，毕竟，他们也把各自的一生都奉献给了军营。因此，他们至少从退休起，便时常回忆父辈的革命过往，好多内容还被他们写成了文章，在“美篇”、微信朋友圈等处发布，供亲朋好友阅读、交流。

杨星光写的《儿子眼中的父亲》《父亲在抗美援朝前线》《“文化大革命”中的红军大院》《七旬老爸当交通》《军人心中的殉国之地》；杨星明写的《父亲百年，无尽思念》《女性楷模，母爱无边》《军人的标杆，后代的榜样》《血染八滩》等文章，这次都转发到了我这里。

2019 年，在杨琛诞辰 100 周年之际，他们俩还和姐姐杨星惠、弟弟杨星华一道，编印了《老父百年——纪念革命老人杨琛诞辰一百周年》一书，以此缅怀父亲杨琛的光辉一生。这本书及其电子文档，也被转交到了我手中。

另外，他们还给我寄来了中国人民解放军第 39 军政治部编印的《廿八年间（1931—1958）》一书，其中有很多内容是可以作为介绍杨牌坊老革命战斗经历的背景资料的。特别是其中有一篇《“海防司令”顾景班的下场》系杨琛本人所写，参考价值更大，象征意义也更深。

4. 层出不穷的线索

既然是整理杨牌坊全村的革命史料，首要的任务，自然是把所有老革命的名单及其家庭成员等基本情况搞清楚，也就是“摸底”。

而对于我创作这部红色题材纪实文学来说，也有必要了解一下在和平时期当兵入伍的杨牌坊人的一些情况，这是“赓续红色血脉，传承红色基因”的重要体现，我认为很值得写一写。

因此，整个杨牌坊在中华人民共和国成立前参加人民军队或地方革命工作人员的基本情况，以及中华人民共和国成立后当兵入伍人员的基本情况，必须同时掌握和充分掌握。至少，不能留有太多的遗憾。

事实上，好多信息资料按常规是很难了解到的，正是杨星惠等人不断提供的线索，使得相关信息不断明朗化，搜集到的资料也越来越多、越来越丰富。

就拿全村老革命人数来说，最初统计出来的是 22 人，最终结果却是 32 人，多出的 10 人便是根据各种线索梳理出来的。其中，杨星华（杨炳文之子）老人一个人便梳理出了好几个。

当然，仅仅梳理出人数是不够的，整理革命史料毕竟不只是统计数据，而是要了解到各人的革命事迹的。

可是，不少老革命或没有直系亲属，或直系亲属在外地联系不上，他们的出生日期、当兵时间、所在部队等最基本信息都核实不清楚，更不要说革命事迹了。

而有了线索，就能有效地解决问题。

比如，当联系不上杨秉琳的家人时，杨星惠回忆，杨秉琳生前好像在无锡防疫站工作过。根据这一线索，正好在无锡工作的杨牌坊后人杨胜，担负起了查寻任务。经他多方打听和不懈努力，终于了解到，杨秉琳生前确实在无锡市卫生防疫站工作，20世纪80年代初离休，80年代末去世。继而，他又通过相关部门了解到了杨秉琳的更具体情况，从而完善了杨秉琳的资料。

再比如，杨秉模的资料也是一片空白，其家人同样联系不上。这时，有人提供线索，说杨秉模生前是泰州市的医院工作者。正好，我有一个同学是泰州人，我便让他根据这点线索，在泰州医疗系统打听看看。没多久，这位同学竟真的打听到，杨秉模是泰州市姜堰区中医院的离休干部，刚去世没几年。而且很快，他把杨秉模的具体资料也找到了。

说到线索，最让我感到惊喜的，莫过于得知杨曙明还健在。

自从答应帮忙整理杨牌坊的革命史料，我最大的困惑是，见不到一位杨牌坊老革命本人，相关事迹材料全凭他们的后代提供，核实、整理起来颇为费劲。

想想也是，毕竟都21世纪了，离当年的抗日战争、解放战争已过去几十年，作为亲历战争的那代人，如今不是离世，便是高龄、病重或丧失语言能力，哪还能轻易见到？

尤其是杨曙明，听说当年参军入伍后便去了外地，最后定居贵阳，与老家这边联系甚少，所以我一开始并没抱多大希望，几乎是将其纳入“失联”行列的。

功夫不负有心人，在杨星惠等人的努力下，终于跟杨曙明一家取得了联系，得知杨曙明还健在，并且可以打电话交流。

当我拿到杨曙明手机号码的时候，几乎不敢相信，一位已经93岁高龄的革命老人，还能接听电话？还能与人交流？

而当我试着将电话打过去以后，对方几乎以神速接听了电话，并且非常明确、非常清晰地告诉我：“就是杨曙明！”

接着，当他明白我的身份以及意图以后，很快在电话里讲起杨牌坊的革命传统等情况来，诸如杨牌坊当年有多少人参加革命，谁是第一个参军的，谁是第一个牺牲的，有哪些人转业后在外地工作，谁的子女也当兵入伍成了“军二代”，等等。

通过短暂的交流以及他那清晰的记忆、铿锵的话语，我不但知道杨曙明原名叫杨秉琦，是贵阳市第四人民医院的县级离休干部，还明显感觉到他绝非一个普通老人，而是一个肯定有故事的人……

于是，我产生了想见一见杨曙明的冲动。如果能跟他面对面交谈，一定能了解到更多、更细的信息，而且可以跟他核实有些事情的真相。

但是，我们这儿与贵阳相距约2000公里，开车得一天左右才能到，坐车的话更复杂，加之我还要正常上班，想与他见面并非易事。

不过事也有凑巧，物则有偶然。2021年5月下旬，我有了一次外出的机会，正好路过贵阳，还将在贵阳住一个晚上。这样，我就可以借机与杨曙明老人见上一面了。

于是，我早早在电话里跟老人家约好，等到了贵阳后去他家拜访他。

那天晚上，在贵阳导游小方的热情指点下，我从所住酒店北门叫了辆出租车，用了不到20分钟时间，便来到了位于贵阳市南明河畔湘雅园小区的杨曙明老人家中。

叩开房门的一瞬间，只见一位身穿光鲜毛衣、满头银发而又精神矍铄的老人出现在眼前，笑容可掬地招呼我进屋，好像我们原本就很熟悉似的，甚至都没问我是谁、找谁。

这反倒让我多了点自然、少了些拘谨。

于是，坐下后我便开门见山，直接跟老人家聊起了他的革命经历。

老人家不愧是一个健谈的人，一打开话匣子，就跟像遇见知音似的，滔滔不绝地讲述起过往来，声情并茂，细致入微，一点不像年过九旬的老者。

而这次见面，还有两个意外收获：

一个是杨曙明老人给我看了本名为《白衣风采——原华东军区医科大学卫校八队建队五十周年聚会》的资料汇编，其中有一篇文章是写杨牌坊老革命杨耀东（曾为华东军区医科大学卫校八队学员）的，正好弥补了杨耀东资料不足的遗憾。

另一个是老人家无意间说了句“杨牌坊第一个参军的是杨维池”，我赶忙往下追问，结果把杨牌坊老革命人数在现有的基础上又增加了一位。

之前，并没有人提到杨维池也当过兵或参加过地方革命工作，我也从没听说过这个人，经杨曙明老人一介绍，才知杨维池并不简单：他早年间因率先剪辫子，被人戏谑“辫子没了就跟和尚似的”；后来参加人民军队，曾随部队驻扎过杨牌坊，中华人民共和国成立后主动要求转业回家，终身未娶（晚年跟侄儿杨效周一起生活），便得了绰号“老和尚”，很多晚辈习惯叫他“和（尚）大爷”或“和（尚）大老爹”。

知道杨维池晚年跟侄儿杨效周一起生活，我出差回来便与杨文平一起，拜访了杨效周的儿子杨星怀，想从他那里了解有关杨维池的更多情况。

而这一拜访，又有新收获。原来，杨效周当年也参加过革命工作，曾因“变节”风波的影响被组织上开除，后又重新回到革命队伍，曾为机动江南骨干，后回到沭阳医疗系统工作，退休后享受离休待遇。

既如此，杨效周不也应视为老革命吗？

另外，杨星怀的母亲，也就是杨效周的妻子李玉兰，当年也参加过地方革命工作，还曾担任村里的妇救会会长，且结婚前便加入中国共产党，晚年一直享受老党员补贴。像她这种情况，当然也应该纳入老革命统计范围。

这样一来，杨牌坊老革命人数一下子又增加了好几位，而且整体事迹也更加丰富起来。

而对于中华人民共和国成立后当兵入伍的杨牌坊人，我原以为只有杨星光、杨星明等极少数几个，后来也是杨星华老人无意中说起，他的孙子杨艳辉曾当兵 8 年，我再一打听，才知村中还有很多人当过兵，而且不同年代都有，最后一统计，竟达 40 多人。一个小村庄，在和平年代能有这么多人参军入伍，可以说较为少见，不容小觑。

而且，通过进一步走访了解，在这些人中，还是有不少人经历特殊，值得一写的。

比如，杨星光曾参与过多起经济诉讼案件的组织协调工作，较好维护了军队合法利益，并被领导称赞为“法律专家”“打官司专家”；杨星明曾参加过“大兴安岭灭火”“98 抗洪抢险”等重大行动中的部队运输工作，并受到嘉奖；杨树东曾出国参加过“援老（挝）抗美”；杨兴富曾参加过对越自卫反击战；杨越曾参加过抗击新冠肺炎疫情，并被评为黑龙江省抗击新冠肺炎疫情先进个人。

尤其是跟“80 后”杨树亮交谈时，得知他曾在非常艰苦的条件下巡逻放哨，戍守边关，而且他服役的新疆军区塔城军分区边防某团是歌曲《小白杨》的诞生地……

无论在眼前的抗击新冠肺炎疫情中，还是往前的“（汶川）抗震救灾”“（南方）抗雪救灾”等之中，抑或是再往前的“98 抗洪抢险”“大兴安岭灭火”等之中，人们总会感叹“哪有什么岁月静好，不过是有人在替你负重前行”，说的便是军人或退役军人的无私奉献。

就在采访杨树亮的时候，中央军委表彰了边境冲突中涌现的戍边英雄，授予祁发宝“卫国戍边英雄团长”荣誉称号，追授陈红军“卫国戍边英雄”荣誉称号，给陈祥榕、肖思远、王焯冉追记一等功。这在全国上下掀起了新一波的爱国热潮和拥军热潮，也令我对杨树亮等新时代军人在保家卫国上的贡献更加钦佩。

5. 尘封的纪念章

网上流传一个段子，说横扫世界乒坛的张怡宁金牌拿到手软，反倒是银牌变得十分稀有，以至她告诫自己的女儿，金牌可以随便玩，但银牌不能动，因为银牌只有一块！

这或许只是网友们的调侃，却也从侧面证明了张怡宁的奖牌之多。

而在杨牌坊的许多革命家庭，纪念章之多，也令人刮目相看。

杨星敢、杨文平、杨兴兵等人在这些人家采访过程中，见识了各家收藏的纪念章，感受到了杨牌坊革命后代们对纪念章的那份虔诚与情感。

杨星敢说，在他很小的时候，他便知道很多家庭藏有纪念章，成为这些家庭的一种骄傲。

他还记得，每年一到过年的时候，这些人家便会把纪念章拿出来互相传阅、对比，看谁家的数量多、级别高。那时许多老革命还健在，也会配合着讲述每一枚纪念章的来历及其背后的故事。

如今，老革命们大多已去世，但他们曾经获得的纪念章，仍被后代们妥善收藏着，视为珍宝。纵然早已不再拿出来“晒”，甚至忘了放在哪里，但只要想找，肯定能在某个角落找得到。

那天在杨星山（老革命杨秉銮之子）家采访时，杨文平问家中有没有杨秉銮留下的纪念章，杨星山很干脆地说“有”，其妻子则说“没有”，俩人边找边争论，谁也说服不了谁。

而最终，杨星山还是在一个旧箱子的底部，找到了一个小袋子，拿出来打开一看，里面装的正是几枚有点褪色的纪念章。他一脸轻松而又自豪地说道：“我就说有嘛，这么珍贵的纪念章，怎么会弄丢呢？”

然后，杨星山小心翼翼地把纪念章一枚一枚摆放在桌子上，让杨文平他们观赏和拍照。

纪念章共有四枚，分别是中国人民解放军华东军区颁发的淮海战役纪念章和渡江胜利纪念章、中南军政委员会颁发的解放华中南纪念章、全国人民慰问人民解放军代表团赠送的纪念章。

而在杨兴柏（老革命杨秉华长子）家采访时，得知杨文平他们想看纪念章，杨兴柏走进里屋，很快捧出一个布包，放到桌上，然后一层一层地打开。待布包完全打开，一组纪念章呈现在大家面前。

不同的是，因杨兴柏自身当过兵，也获得过一些纪念章，所以他于多年前把自己的纪念章和父亲的纪念章放在一起，一枚一枚地挂在一块干净整洁的白布上，然后叠好存放着。所以现在一打开，那些纪念章齐刷刷地露出尊容，煞是壮观。

正因对纪念章有着顶礼膜拜般的情结，有些家庭兄弟几个在对父辈遗物、财产进行分配时，有的人宁愿放弃一些值钱的东西，也要选择看上去并无实用价值的纪念章。比如杨连的纪念章，便被其长子珍藏着。

也有的家庭，兄弟几个把纪念章分配到各人手中，每人保管一两枚，都有精神寄托。

在转交给我的采访照片中，有一张是一个男子单膝跪在地板上的一堆硬币前，像是寻找什么。我向杨文平打听，才知其中还有一段小插曲。

那天，杨文平他们在杨星余（老革命杨秉芝次子）家采访，想看看杨秉芝的纪念章。杨星余拿出珍藏的纪念章，数来数去，发现少了一枚。

原本以为，少了的一枚被混在了孩子的储钱罐中，杨星余便捧出储钱罐，打开底盖，将里边的钱币全倒在地板上，然后单膝跪在地板上，在凌乱的硬币中仔细寻找。

可是，一枚一枚硬币都扒拉过了，却并未看到纪念章。

显然，纪念章没放在储钱罐中。

那到底弄哪儿去了呢？

后来在妻子提醒下，杨星余终于想起，是早些年被他姐夫钱兆林要去了一枚，说是老岳父的纪念章有纪念意义，他要收藏一枚在家中。为了防止杨星余反悔要回去，当时钱兆林还给了杨星余 50 元钱买烟抽，说是“有偿交换”。

93 岁高龄的杨曙明老人，对曾经获得的纪念章更是爱不释手，多年来一直自行保管着。

那天在他家，讲到过去的革命生涯、战斗经历，老人家说，一枚枚纪念章可以见证他们那代人的奉献。

说着，老人家起身走到书架前，拿下一个盒子，重新回到我身边坐下。

他从盒子里取出了两个纸袋子，然后，拿起其中一个纸袋子给我看，只见上面写着“内有‘淮海战役胜利纪念章、渡江胜利纪念章、解放西南胜利纪念章、全国人民慰问团赠送纪念章’”等字。

老人家打开这个袋子，倒出了四个小纸包，四个小纸包上分别写有“淮海战役纪念章”“渡江纪念章”“解放西南纪念章”“全国人民慰问团赠纪念章”字样，虽然简短，却已分明懂得其中包着的是什么了。

老人家小心翼翼地逐一打开小纸包，把里面的纪念章依次拿起来给我欣赏和拍照。

原来，老人家为了防止早年间获得的纪念章丢失或混乱，便把它们一枚一枚地分别用纸包好，写上字，再统一放在一个纸袋子里，然后再写上字，以好区分。

而对于中华人民共和国于1955年颁发的一枚“解放奖章”及其“奖章证书”，他则单独用一个纸袋子装好——也就是他刚才从盒子里取出的另一个纸袋子。这枚解放奖章，在他心目中的分量更重，所以他要单独包装。

老人家把这两个装有不同纪念章的纸袋子放在同一个盒子里珍藏着，没事便拿出来看看，然后再装好放回原处，多年来一直如此。没有他的同意，儿女们谁也不敢乱动，因为他们知道，纪念章里有老人的青春与回忆、有老人的信仰与追求、有老人的生命与灵魂……

结 语

“生活中不是缺少美，而是缺少发现美的眼睛。”完成书稿，我想到了法国雕塑艺术家罗丹的这句名言。

世间众生万物，似乎皆如此。之所以会沉寂，是因为没被人关注。或者，暂时还没被人关注。

“不识庐山真面目，只缘身在此山中。”苏轼的这一诗句则启迪我们，平时要善于发现身边的美，而不要习以为常，甚至置若罔闻。

过去，我自以为对杨牌坊还是很了解的，谁知这么多年过来，竟然从未在意过它的革命历史、红色特征。

当然，杨牌坊人本身，同样长期忽视了此问题。

他们，也许是不好意思主动宣传，也许是还没提上日程。总之，杨牌坊的革命历史、红色文化，就这么“沉睡”下来了。

一个小小的村庄，在战争年代走出了30多位革命者，且多数为革命军人，有几位还成了烈士，这难道不足以引起重视吗?

而在中华人民共和国成立后至今，全村又先后有40多人当兵入伍，这只是偶然吗?难道不是“传承革命精神　赓续红色基因”的体现吗?

终于，83岁高龄的杨星惠意识到了这个问题，果断提出“宣传杨牌坊”的设想，并带头写下了相关文章。

杨星惠的举动，无疑具有开创性，不仅揭开了杨牌坊“革命村庄”“红色村庄”的神圣面纱，也带动了一批亲友参与到了对杨牌坊革命史料的挖掘、整理之中。

他们中，有她的自家兄弟杨星光、杨星明，有族中平辈杨星华（杨炳文之子）、杨燎原、杨正华、杨兴勇、杨星敢、杨文平、杨兴兵、杨兴柏等人，也有晚辈杨芳莉、王晓宁等人，更有长辈杨维帮、杨曙明、杨秉全、杨秉武等人。可谓是一呼百应！

他们对我的创作也给予了大力支持，而且是方方面面的，令我受益匪浅。他们都认为我是在为杨牌坊“老杨家”书写历史，所以纷纷对我表示感谢。可在我看来，恰恰是他们在帮我的忙，应该是我感谢他们才对。

作为一名本土作者，我始终认为关注社会与现实，创作贴近时代与生活的正能量作品，是自己的义务与责任。杨牌坊的革命历史、红色文化是笔宝贵财富，对于这样一个鲜为人知的革命村庄、红色村庄，我没有理由不以文学创作的形式进行关注与推介。

事实上，这次创作对我来说也是一次接受教育的过程。当一个个革命前辈的事迹在笔下化为串串字符，我的内心也升起了一股股暖流与敬意。他们的坎坷经历、精彩过往，不仅为我的创作提供了不竭源泉，更成为我学习的重要内容。

高山仰止，景行行止，虽不能至，然心向往之。对于杨牌坊的革命历史、红色文化，我愿意和杨星惠他们一道，认真学习，努力宣传，当好传承的“接力棒”，为后代作出榜样。

愿杨牌坊的红色光芒，永远闪耀！